达摩流浪者

The
Dharma
Bums
—
Jack Kerouac

〔美〕 杰克·凯鲁亚克 —— 著

杨蔚 —— 译

台海出版社

果麦文化 出品

目录

序：从"快活的疯子"到"达摩流浪者"

　　本书编辑邀请我作序，大抵是因为果麦版《在路上》的序就是我写的，鉴于《达摩流浪者》可以视为《在路上》的续篇，由我继续来写能保持延续性。

　　和《在路上》一样，《达摩流浪者》也是一气呵成的"即兴式自发性写作"，犹如查理·帕克进行了一大段恣意畅快的即兴萨克斯吹奏（前两天适逢比波普爵士大师查理·帕克一百周年诞辰）。凯鲁亚克写就《在路上》只花了二十天，《达摩流浪者》的写作时间甚至更短。凯鲁亚克擅长用半自传半虚构的方式描绘他和友人的经历，其书中出场的人物几乎都真实存在，活脱脱勾勒出垮掉派作家、诗人群像。艾伦·金斯堡、威廉·巴勒斯、尼尔·卡萨迪出现在《在路上》里，在《达摩流浪者》中亮相的则有加里·斯奈德（贾菲）、艾伦·金斯堡（阿尔瓦）、彼得·奥洛夫斯基（乔治）、菲利普·韦伦（沃伦）、菲利普·拉曼蒂亚（弗朗西斯）、迈克尔·麦克克鲁尔（艾克）、王红公（莱因侯德）等人。

　　《达摩流浪者》记述了旧金山诗歌复兴运动的诞生之夜——前面提及的数位垮掉派诗人在"六号画廊读书会"先后登场进行诗歌朗诵，其中金斯堡首次朗诵反主流文化长诗

《嚎叫》。诗歌朗诵、纵饮派对以及爵士乐是凯鲁亚克笔下的"城市生活"，它们与书中在户外发生的背包搭车旅行、徒步攀登马特洪峰、在荒凉峰上静修形成鲜明对比，如果说前者还带着《在路上》式的颓废、享乐和放纵，那后者就多了一份禅意、睿智和哲思。《达摩流浪者》的故事发生在《在路上》之后，大约 1955 至 1956 年间，当时横穿美国大陆，一路流浪、一路疯狂的凯鲁亚克（雷）感到厌倦和疲惫，直到有一天，他在旧金山的大街上遇到了诗人、翻译家加里·斯奈德（贾菲）。激发凯鲁亚克写出《在路上》的是尼尔·卡萨迪，而如果没有加里·斯奈德，就不会有《达摩流浪者》。凯鲁亚克在这两本书里分别是卡萨迪和斯奈德的追随者，可以这么说，卡萨迪和斯奈德分别决定了《在路上》和《达摩流浪者》的基调。卡萨迪热情癫狂、玩世不恭、蔑视权威、追求快感；斯奈德则沉静内省、博览群书、崇尚自然、笃信禅宗，他向凯鲁亚克介绍了佛教的精神理念。凯鲁亚克很快受到斯奈德的影响，开始寄情于自然、寄望于东方的哲学和宗教，在东方的禅意中重建自己的信仰体系。在《达摩流浪者》里，主人公雷和贾菲借助禅宗修持，努力追求禅理和心灵的宁静，一切都仿佛慢了下来，静了下来，与对大自然充满诗意的描写互相映衬。雷从《在路上》时期那个激烈对抗主流价值观的"反抗青年"，转而变成探索精神出路的"达摩流浪者"。

这条时间线堪称完美：二十世纪五十年代，战后美国资本主义迅速发展、冷战氛围变强、麦卡锡主义横行，虚无与悲观的心理弥漫，垮掉的一代作家和《在路上》应时而生；

1955—1956 年，凯鲁亚克与斯奈德结识并成为挚友，《达摩流浪者》的故事呼之欲出；1957 年《在路上》出版，凯鲁亚克意外一举成名；次年《达摩流浪者》出版，预见性地触到了下一个十年的脉搏：《达摩流浪者》里倡导的"背包革命"（波希米亚式自由上路，反主流生活方式、反消费主义，借由东方哲学和宗教去寻找精神上的自由）是一次精神觉醒，它走在二十世纪六十年代反战等背景下产生的嬉皮反文化运动的前面，对一代西方青年产生重大影响。

书中贾菲说道："大众不得不工作以获取消费的特权，消费那些说到底他们其实并不需要的垃圾，冰箱啊，电视机啊，汽车啊，至少是昂贵的新款汽车，还有什么发油、除臭剂，各种各样只消一个礼拜你就能看到被扔进车库里的垃圾。他们全都被锁在了一个工作、生产、消费、工作、生产、消费的闭环里，我能看到一场浩大的背包革命就要爆发，数以千计甚至百万计的美国年轻人背上背包漫游行走……他们写下不知从何而来的突然出现在他们脑子里的诗句，他们心地善良，向所有人、所有生灵展示永恒的自由的模样……"

大部分"垮掉派"作家都出生于大都市，而加里·斯奈德在乡村长大，又攻读东方语言文学、热爱东方文化，被"垮掉派"群体视为有魅力的异类。谁对加里·斯奈德影响最大呢？书中对唐代诗僧寒山诗作的一再引用，以及扉页上"献给寒山"的题献给出了答案。小说里雷好奇寒山为何能成为贾菲的偶像。贾菲回答："他是个诗人，是个山间隐士，一个全身心奉献给思索万事万物精髓的人……另外，他还是个孤独者，可以遗世独立、纯粹、真实地去生活，去面对自己。"寒山乐山好水，喜爱逍遥的生活，因与现实格格不入而出家隐居，在山林间创作了大量诗歌。他生前籍籍无名，生后却声誉日隆，绵延千年至今不断，甚至在二十世纪五十年代远渡重洋传入西方，被垮掉的一代奉为精神偶像——其反抗主流、避世求索的态度，蕴含山林逸趣和出世思想的诗歌，与当时的正统唐诗背道而驰的文体，均暗合垮掉派的主张。

加里·斯奈德是寒山最重要的英译者之一，曾在著名的"六号画廊读书会"上诵读他翻译的寒山诗。正是由于斯奈德的译介，凯鲁亚克等"垮掉派"作家以及许多美国青年才接触到了寒山诗，笃信里面的东方哲思和佛法妙理能帮助他们走出精神困境。与此同时，翻译寒山诗也导致斯奈德对东方禅宗更加痴迷，最终他决定继续修行，前往日本出家为僧三年（1956—1958年）。当斯奈德东渡日本出家时，凯鲁亚克追寻斯奈德过往的脚步，独自一人去了北喀斯喀特山脉的荒凉峰做火警瞭望员，《达摩流浪者》里描写了他在荒凉峰长达六十天的孤身静修经历——我不禁想到曾在洛杉矶东郊的秃山上跟随日本禅僧杏山禅修五年的莱昂纳德·科恩——无休无止地与自然和孤独相处谈何容易。书中打坐冥想、喝茶读诗、沉声吟诵、林间写作的生活看起来很美，但在真实生活中，孤守荒凉峰的凯鲁亚克经常觉得自己就快死于百无聊赖，差点就要纵身一跃。

二十世纪五十年代，"垮掉派"作家、诗人是反主流文化的代言人；二十世纪六十年代，嬉皮摇滚明星高歌猛进，跻身为反主流文化的代言人暨大时代的诗人。作为"垮掉派"的继承者，这一时期的摇滚明星热衷于探求东方哲学和宗教，从中寻找灵感。平克·弗洛伊德《启动系统，驶往太阳之心》（*Set the Controls for the Heart of the Sun*）的歌词便借用了唐代诗人李商隐、李贺和杜牧的诗句。平克·弗洛伊德主创罗杰·沃特斯之所以用英译唐诗入词，是因为其意境悠远神秘，契合他想在这首歌里营造的迷幻摇滚／太空摇滚氛围。沃特斯的实验大获成功，这首歌就像一幅弥漫着氤氲之气的山水画，阴冷的氛围里透着诗意和禅意，七十年代众多追随平克·弗洛伊德步伐的乐队都受到过它的滋养和影响。它与《达摩流浪者》颇有相似之处——都蕴含着诗意和禅意，且两部作品都得益于唐诗英译者的译介（葛瑞汉和斯奈德巧妙地传达了原诗的意境和意象）。沃特斯的前任席德·巴瑞特对东方哲学更为着迷，他以《易经》为灵感创作了乐队首张专辑里的《第二十四章》（*Chapter 24*），歌词直接借用了《易经》第二十四卦复卦的爻辞。

二十世纪六十年代的希腊伊兹拉岛是那个时代的一个缩影，当时众多践行"背包革命"的创作者在伊兹拉居住或逗留，他们中就有莱昂纳德·科恩、艾伦·金斯堡和格雷戈里·科索。科恩的老友史蒂夫·桑菲尔德回忆说："二十世纪六十年代初叶是我们这群人的黄金年代。我们不是垮掉派，也不是嬉皮士——我们是国际波希米亚旅人，以艺术之名从世界各地来到伊兹拉岛。莱昂纳德和我还在通过藏传佛教和《易经》探索灵修之路。"嬉皮反文化运动在某种程度上就是

"垮掉派"文化的延续，《达摩流浪者》对嬉皮反文化运动的影响不言而喻。

在探索精神世界的小说里，音乐总是不可或缺的一部分。对"垮掉派"影响颇深的除了佛教，还有比波普爵士乐。但是"达摩流浪者"听的不光是比波普。爵士女伶萨拉·沃恩和埃拉·菲兹杰拉德、酷爵士萨克斯手斯坦·盖茨、拉丁爵士之父卡尔·雅德、流行天王弗兰克·辛纳屈、布鲁斯之母雷尼大妈在小说里留下了那个时代的印记。书中的人物生活简朴，但是爱引吭高歌爱听唱片，信奉读万卷书行万里路，既浸淫流行文化又善于引经据典，《金刚经》《心经》《圣经》《佛本行经》，莎士比亚、寒山、惠特曼、梅尔维尔、正冈子规、白隐慧鹤……十九世纪五六十年代的美国充满理想主义，以凯鲁亚克和斯奈德为代表的青年自省、反叛、热爱思考、求知若渴，渴求精神世界的充盈。而杰克·凯鲁亚克从未老去。

那句著名的"永远年轻，永远热泪盈眶"出自《达摩流浪者》的尾声，这本小说问世半个世纪后，与寒山来自同一国度的万晓利写了一首名为《达摩流浪者》的歌曲向其致敬，并且同样以这句话作为歌曲的结尾。像雷和贾菲一样，保持充盈的内心，保持感动的能力，就能"永远年轻，永远热泪盈眶"（O ever youthful, O ever weeping）。

陈震

2020 年 9 月 1 日

献给寒山 [1]
Dedicated to Han Shan

第一章

一九五五年九月末的一个正午时分，我跳上一列自洛杉矶开出的货运火车，爬上一节敞篷车厢，仰面躺下，头枕着我的行李包，跷起二郎腿，注视着朵朵云彩，车轮滚滚向北，驶往圣芭芭拉。这是一列慢车，我打算当晚就在圣芭芭拉的海滩上过夜，等到天亮之后，要么搭一辆到圣路易斯—奥比斯波的慢车，要么就选晚上七点直发旧金山的一级铁路货运快车。就在卡马里奥附近，那个查理·帕克[1]发了疯之后休养恢复的地方，我们的列车正开进侧线准备让车，一个又瘦又小的老流浪汉爬进了我所在的车厢，看见我似乎还很惊讶的样子。他在车厢另一头安置下来，面对着我，脑袋靠在他小得可怜的背包上，一言不发。没等多久，一辆东行的列车呼啸着穿过主线轨道，他们拉响了高球信号[2]，我们的车启动了。此时，空气开始变冷，海上的雾也越过海岸温暖的山谷飘了过来。小个子流浪汉和我各踞一头，在冰冷的铁皮车厢地板上紧紧蜷成了团，可惜无济

1　查理·帕克（Charlie Parker，1920—1955 年），美国波普爵士音乐家、萨克斯演奏家，因 1946 年发布专辑《鸟类学》（Ornithology）而有"大鸟"之称。
2　蒸汽机车时代曾应用于美国部分地区的一种火车通行信号标志，若信号圆球升至立杆最高点，即为高球，表示列车可以全速通过。

于事，于是我们又都站了起来，在各自的地盘里来来回回地走动、蹦跳、拍打摩挲自己的胳膊。很快，车来到了一个铁道小镇，又一次开进侧线暂停，我意识到自己需要一瓶穷小子版的托卡伊葡萄酒来抵御接下来前往圣芭芭拉这一路上的寒冷。"你能帮我照看一下行李吗？我去那边买瓶酒，很快就回来。"

"当然没问题。"

我连蹦带跳地越过侧线轨道，横穿 101 号公路，冲进商店，买了酒，还顺带买了点儿面包和糖。我冲回货运列车时，它还要再等上十五分钟才能发车。现在倒是阳光温暖，不过已经傍晚了，很快就会冷起来。小个子流浪汉盘着腿坐在他那头，面前是他可怜兮兮的晚餐—— 一个沙丁鱼罐头。我有些可怜他，于是走过去，说："来点儿葡萄酒暖和一下怎么样？或者你还愿意再来点儿面包和奶酪，配你的沙丁鱼。"

"当然没问题。"他声音轻柔、语调谦恭，像是从身体深处发出来，唯恐——或者说是不愿意——引起别人的注意。我的奶酪是三天前在墨西哥城买的，那时我正要开始一段便宜的长途巴士旅程，全程两千英里[1]，穿越萨卡特卡斯、杜兰戈和奇瓦瓦，最后到达边境上的埃尔帕索。他满怀热情与感激地吃下奶酪和面包，又喝了些葡萄酒。我很高兴。这让我想起了《金刚经》说的："当行布施，却不要心怀行布施之念，因为'布施'二字只是言语。"[2] 有一阵子，我非常虔诚地践行我的信仰，几

---

1 约为 3219 千米。
2 此处直译小说原文，对应通行的中文版《金刚经》鸠摩罗什版译本，应为"（菩萨）应如是布施，不住于相"。

乎做到了尽善尽美的地步。可之后，我开始变得有点儿苛求，总觉得自己是口惠而实不至，还有点儿倦怠，有点儿犬儒主义起来。因为我实在是老了，无喜无悲了……可另一方面，我还是真心相信存在着布施、仁慈、谦逊、热诚、安宁平和、智慧、入定这些东西的，我相信我是一个披着现代外衣的旧时比丘，行走在这现世间（通常是纽约到墨西哥城到旧金山这样一个巨大的弧形三角区域），为的是推动"真谛"之车轮滚动起来，也可以将"真谛"称为"达摩"，为自己能在未来成为佛陀（度世人者），成为天堂里的英雄而积福累德。那时候我还没有见到贾菲·赖德，还要等到差不多一个礼拜之后才第一次听到"达摩流浪者"这样一个名词，尽管我本身早已是个地地道道的"达摩流浪者"了，可那时候我还只以为自己是个心怀宗教虔诚的漫游者。那天，车厢里的小个子流浪汉坚定了我所有的信仰，他喝了酒，暖和过来，开始说话了，到最后拿出一张小纸片，上面是一段圣特蕾莎 [1] 的祷文，宣称她死亡后将以天降玫瑰花雨的形式重归人间，福泽众生万物，直到永远。

"你从哪里弄到这个的？"我问。

"啊，我几年前从洛杉矶一个阅览室里的杂志上撕下来的。我总是带着，随身带。"

"然后你就偷偷躲在货车车厢里读？"

"基本上每天都看一看。"他没多说这事儿，也没再说起有

---

1 指"利西厄的圣特蕾莎"（Saint Thérèse of Lisieux，1873—1897年），传说她在临终的病榻上说下了文中这段话。

关圣特蕾莎修女的事，他对于自己的信仰非常低调，也几乎没跟我提到他自己的生活。他瘦瘦小小的，非常安静，是那种就算在贫民区里也没人会多看一眼的流浪汉，更别提热闹的商业中心区了。要是警察一把把他撵开，他就闪开，然后消失；要是大城市的车场里有货车要发车，不管巡查员如何前前后后地检查，多半也压根儿不会注意到这个藏在草丛里的小个子男人，更不会知道他什么时候借着阴影蹿上了车。我跟他说我打算搭第二天夜里的"大拉链"一级铁路货车，他说："噢，你是说'半夜鬼影'啊。"

"你们管'大拉链'叫这个啊？"

"你以前肯定在这条铁路上干过吧？"

"是啊，我以前干过司闸员，在南太平洋铁路上。"

"嗯，我们流浪汉管它叫'半夜鬼影'，因为从你在洛杉矶跳上车，一直到早上进了旧金山，一路都没人会看到你，开得太快了，飞一样。"

"直路上每小时八十英里，老爹。"

"没错，不过夜里在海岸线那段儿真是冷得要死，就是从加维奥塔往北到瑟夫附近那一段。"

"瑟夫，没错，然后就是山区，一路南下到玛格丽塔。"

"玛格丽缇[1]，没错，要说我搭'半夜鬼影'的次数真是数也数不清。"

---

1 玛格丽缇（Margarity）即玛格丽塔（Margarita），小说中的人物有时会用类似的变体来称呼某地或某人。另有贾菲（Japhy）、贾夫（Japh）等，后文不再一一说明。

“你离家多少年了？”

“好多年了，我都懒得算。俄亥俄，我从那里来的。”

火车开了，风又冷起来，雾蒙蒙的。接下来的一个小时里，我们至少一半时间都在竭尽全力调动一切可以调动的能量和意志力，努力让自己不要被冻僵，让上下牙不要打战打得太厉害。我蜷成一团，靠想象温暖来对抗寒冷，那是来自上帝的切实的温暖；可到后来也不得不跳起来，猛拍自己的胳膊腿儿，开始唱歌。那小个子流浪汉比我能忍，大多数时间都只是躺在那里，反复咀嚼他苦思冥想的那点儿无望的念想。我的牙齿一直在打战，我的嘴唇青紫。终于，就在天黑之前，我们满心安慰地看到了圣芭芭拉熟悉的山峰轮廓出现在眼前。就快到了，我们可以在铁道边星光熠熠的温暖夜晚里暖和过来了。

我们在道岔口跳下车。跟这位小个子流浪汉挥手道别后，我转身朝海滩走去，准备找片沙滩，裹上我的毯子过这一夜。我沿着沙滩一直走出很远，走到一片悬崖脚下，那个地方不会有巡逻的警察赶我走。我燃起一堆篝火，砍下树枝削尖了当钎子，就着炭火烤热狗，一边把豆子罐头和奶酪通心粉罐头放在烧得滚烫的沙坑里热着，一边喝着之前刚买的葡萄酒，欣喜若狂地享受我人生中最愉快的夜晚之一。我蹚进水里，泡了泡，抬头仰望璀璨的夜空，这是观世音菩萨的十方玄妙世界，于黑暗中有星钻点点。“好了，雷，”我说，满心欢喜，“剩下没多少英里的路程了。你又做到了。”喜悦。我穿着泳裤，光着脚，蓬着一头乱发，在篝火映红的黑暗中，唱歌、痛饮、吐痰、跳跃、奔跑——这就是生活之道。唯我一人，自由自在，海滩上细沙绵软，大海在浅叹轻吟。要是罐头太烫，你没法徒手拿起，那就戴上铁路上用的那种结实的老手套，就这么简单。我把吃的先放在一边晾着，正好再多享受些美酒，享受我的思绪。我盘腿坐在沙滩上，思索我的人生。噢，嗯，会有什么不同呢？"将来还会遇到什么？"就在这时，葡萄酒起效了，影响了我的味蕾，没过多久，我就忍不住开始大嚼那些还发烫的热狗，从树枝尖那头开始咬，大声嚼，大声嚼，用一把旧勺子伸进两听美味的罐头里搅着，挖出满满的一勺又一勺热腾腾的豆子猪肉，或是带着滚烫汤汁的通心粉，也许还有点儿飘进去的沙子。"这片沙滩上有多少粒沙子？"我琢磨着，"嘿，沙数同天上的星星一样多！"（大声嚼，大声嚼）要是这样的话，从"由无始劫[1]之前更简单的世界到如今，世上有过多少人？更确切地说，是有过多少生灵？嘿，噢呀，我看你得把这沙滩上的沙子数清，把天空中每一颗星星上的，亿千大千世界里每一个世界的沙子都数清，要知道，所有这些沙子加起来的数字，那是无论 IBM 还是宝来电脑都无法计算的，嘿小子，我可没办法知道。"（灌一口酒）"我没办法知道确切的数字，但那肯定抵得上好多好多万亿个百万的六次幂的无数的异端的破烂玫瑰花，那个和气的小老头这会儿正往头上撒的那些玫瑰花，还有百合花。"

晚饭结束，我用红色的大手帕擦了擦嘴，就着苦咸的海水

---

1 佛教用语。"劫"为梵文"Kalpa"音译，计时单位，世界一生一灭为一劫。佛教认为无论生死还是时间，一切都是无始无终的。"无始劫"可大略理解为生死之根本，世界的最初。

洗干净餐具，踢开几块板结的沙块，边溜达着边把罐头听子什么的擦干，扔到一边，再把旧勺子塞回透着咸味儿的行李包里，然后就躺下来，裹紧毯子，打算好好睡上一觉。我在半夜里醒了过来。"哈？我在哪儿？这是什么篮球比赛，怎么老有啦啦队姑娘跑来找我，在我家老房子里闹腾，老房子不是早就烧掉了吗？"可那不过是一波推着一波涌上来拍打我的毯子床的海浪。"我就像个海螺壳一样又老又硬。"我睡着了，梦到我一边睡着觉，一边一口气干掉了三片面包……啊，贫乏的可怜人，孤独的人孤独地待在沙滩上，我得说，上帝注视着我，带着意味深长的微笑……我梦到很久很久以前在新英格兰[1]的家，我的小猫咪们努力想跟上我，跟我一起上路，一起行走上万英里，穿越美国，我的母亲背着背包，我的父亲在追一列不可能追上的一闪而过的火车。我做着梦，在灰蒙蒙的黎明醒来，看着它，嗤之以鼻（因为我早已见过一切地平线上的变幻景象，那就像是有个布景工在匆匆忙忙地把布景归位，还想叫我相信那就是真实），翻个身，我又睡了过去。"全都是老一套。"我听见自己的声音在虚空中响起，睡着时，那样的虚空是很容易接受的。

1　即美国的新英格兰地区，区域范围覆盖美国东北部的缅因州、佛蒙特州、新罕布什尔州、马萨诸塞州、罗德岛和康涅狄格州，共六州。

第二章

那个小个子流浪汉是我遇到的第一个真正的达摩流浪者，第二个，是在所有达摩流浪者里都数得上头一号的那个，事实上，那就是他，贾菲·赖德，创造了这个名词。贾菲·赖德是个来自俄勒冈东部的小子，在森林深处的一间木屋里跟着父母和妹妹一起长大，从一开始，这个丛林小子、伐木人、农夫，就对动物和印度传说很感兴趣，因此，等到他终于千方百计进入大学之后，无论是早期的人类学学习，还是后来对于印度传说的研究乃至于真正扎扎实实的印度神话文本研究，他都早已做好了准备。最后，他学会了中文和日语。与此同时，作为一名有着理想主义倾向的东北部男孩，他开始对老派的世界产业工人联盟式的无政府主义产生兴趣，而在印度歌曲和通俗民歌的兴趣之外，他还学会了吉他和工人们的老歌。我第一次见到他，是搭火车之后一个礼拜的事了，那会儿他正走在旧金山的大街上（到头来，我是从圣芭芭拉搭车来的，那是一段漫长曲折的旅程，说出来都没人会相信，载我的是个年轻的漂亮甜心，金发雪肤，穿一身雪白的无肩带泳衣，赤裸的脚踝上戴着条金链子，开一辆来年才会正式发售的最新款肉桂红色林肯水星车，她想弄点苯丙胺，好撑着一口气开到旧金山城。我说我背包里就有一些，她立刻大叫"棒极了！"），我看见贾菲轻松地迈着大步走在路上，是那种登山者才会有的大到古怪的步幅，他背着个小背包，里面塞满了各种书、牙刷和不知道什么东西，那是他的"进城小包"，他另外还有个大背包，一样塞得满满当当的，装着睡袋、防雨斗篷和厨具之类的。他蓄着一撮小山羊胡子，微微斜挑的绿眼睛看起来透着些奇异的味道，可他一点儿也不像波希米亚人，跟波希米亚人（那种混在所谓艺术圈子里的放荡不羁的人）相去甚远。他结实，晒得黝黑，精力十足，热情开朗，见谁都打招呼，还很健谈，就算是看到大街上的流浪汉都会大声喊"哈罗"，要是有人提问，他总能立刻从脑子里不知道表面还是深处翻出答案来，永远兴致勃勃。

"你在哪里认识雷·史密斯的？"他们问他。那会儿我们俩正一起走进"老地方"，那个海滩一带爵士迷们最钟爱的酒吧。

"噢，我总能在大街上遇到我的菩提萨埵！"他大声说着，叫了啤酒。

那是个盛大的夜晚，从许多方面来说都非比寻常的一个历史性的夜晚。他和另外几个诗人（他也写诗，还把中文和日文诗翻译成英文）计划在城里的六号画廊办一次诗歌朗读会[1]。所有人都聚在酒吧里，兴致高昂至极。看着他们站的站、坐的坐，全都聚在一起，我却发现，贾菲是唯一一个看起来不像诗

1　六号画廊实有其地。六号画廊朗读会（Gallery Six reading）发生在1955年10月7日周五，是"垮掉的一代"的里程碑式重要事件，也是这一群体第一次重要的公开露面。艾伦·金斯堡（Irwin Allen Ginsberg, 1926—1997年）在这次朗读会上首次发布了他的代表诗作《嚎叫》（Howl）。杰克·凯鲁亚克和尼尔·卡萨迪等作为听众参与了此次盛会。

人的，虽说他就是诗人。其他诗人要么架着角质边框眼镜，顶着满头乱蓬蓬的黑发，一副满腹诗书的爵士迷模样，比如阿尔瓦·哥德布克；要么苍白俊美，比如艾克·欧－谢伊（穿着一身西装）；要么一派文质彬彬、超凡脱俗的意大利文艺复兴气质，比如弗朗西斯·达帕维阿（看着像个年轻的神父）；要么一副系着领结、蓬着头发的老派无政府主义模样，比如莱因侯德·凯寇伊瑟斯；要么就是戴着眼镜、沉默安静的大块头乐天派傻胖子，比如沃伦·考夫林。其他满怀希望的新诗人挤在外围站了一圈，穿着各式各样的衣服，磨秃了袖子的灯芯绒夹克，破旧的鞋子，口袋里揣着露出边角的书。只有贾菲，穿的是从慈善商店里买来的二手工装，粗糙结实，方便他爬山、远足，晚上点起篝火坐在空地上，或是在海岸一带搭车上上下下。事实上，他的小背包里还有一顶有趣的绿色登山帽，一到山脚他就会戴上，多半嘴里还会哼着约德尔小调 [1]，准备要开始奋力往山上爬个几千英尺 [2]。他脚上蹬的是一双登山靴，很贵，意大利出品，这是他的骄傲，也是他的享受，他穿着它们在酒吧的锯木地板上走来走去，像个老派的木材采运工人。贾菲个头不大，也就差不多五英尺七英寸 [3] 的样子，但结实修长，敏捷利落，不乏肌肉。他长了一副苦脸的架子，在那撮小山羊胡子上面，双眼却闪亮得像通达快乐的中国古圣先贤，抵消了他英俊面孔上

1　约德尔（yodel, yodeling）是一种源于瑞士山区的歌唱技巧，特点在于频繁且不断重复的真假声转换。也指相应的山歌小调。

2　1 英尺约为 0.3 米。

3　约为 170 厘米。

悲苦的感觉。因为早年的山林生活,他的牙齿有点儿发黄,可就算他听到什么笑话张开嘴大笑,你也绝对不会去关注这一点。有时他也会安静下来,悲伤地注视着地板,像个累垮了的人。有时又会暗自陶醉一下。他对我表现出惺惺相惜般的极大兴趣,对我所讲有关那个小老头流浪汉的故事,还有我对他提起的我自己那些扒货车、搭顺风车、在山林里徒步穿行的经历也兴致盎然。他立刻就断定我是一个"菩提萨埵",意思是"有大智慧的人",或者"有大智慧的天使",还说我以我的真挚诚恳为这个世界增了辉添了彩。就连我们最喜欢的佛教圣徒都是同一个,那就是观世音菩萨,或者,用日本人的说法,叫十一面观音 [1]。他熟知有关藏传佛教、汉传佛教、大乘佛教、上座部佛教、日本佛教乃至于缅甸佛教的一切细节,不过我立刻告诉他,我一点儿也不关心那些什么见鬼的佛教传说、各种名号以及各国宗派传承的特点,只对释迦牟尼"四圣谛" [2] 中的第一个感兴趣,也就是苦谛,"众生皆苦"。外加第三个灭谛,"诸苦可灭",不过那时候我还并不相信这是有可能做到的事情。(那时我还没读懂《楞伽经》[3],总而言之,它其实就是在告诉你,除了意识本身,世上什么也没有,因此一切都有可能,包括灭除苦厄。)贾菲最好的伙伴是前面说到的那个好心的大块头乐天派老沃伦·考夫林,他整个儿就是一块一百八十磅重的诗意的肉,

---

1　为观世音菩萨的化身,六观音之一,也称大光普照观音。

2　佛教基本教义之一,即苦谛、集谛、灭谛、道谛。

3　又名《楞伽阿跋多罗宝经》《入楞伽经》《大乘入楞伽经》,禅宗重要经典典籍之一。

贾菲（贴在我的耳朵边上）跟我说他是不可貌相的那种人。

"他是什么人？"

"他是我最好的朋友，从北面的俄勒冈来的，我们认识很长时间了。一开始你会觉得他反应迟钝，很蠢，可事实上，他就是颗闪亮的钻石。等着瞧吧。小心，别让他把你给撕碎喽。只要漫不经心的一句话，他就能让你的脑袋飞到不知哪儿去了，小子。"

"怎么说？"

"我怀疑他就是了不起的古代大乘佛教高僧无著大师[1]转世的。"

"那我是谁？"

"我不知道，也许是大山羊。"

"大山羊？"

"也许是玛德菲斯。"

"玛德菲斯是谁？"

"玛德菲斯就是你的山羊脸上的泥巴[2]。要是有人被问到'狗有佛性吗？'，然后他回答'汪！'，你会怎么看？"

"我会说，这也未免有点儿太禅宗了，太蠢了。"这话让贾菲往后缩了缩。

"听着，贾菲，"我说，"我不是禅宗信徒。我是个虔诚的佛教信徒，但我是那种充满梦想的老派的上座部佛教信徒，面

1　原文写作"Asagna"，据文意推测为古印度佛教高僧、印度唯识宗创始人无著大师（Asanga，约 4 世纪），也称无著菩萨，北印度犍陀罗人。
2　"玛德菲斯"原文作"Mudface"，字面直译即为"泥巴脸"，因此有这么一说。

对后来的大乘佛教信条怯懦不前。"就这么一个晚上，聊到后来，我的论点就变成了禅宗不够专注于仁心善行，反倒是更多地纠结于凭借智识脑力去认知来自万事万物的虚幻表象。"这太狭隘了，"我说道，"那些禅宗大师个个都把小孩子朝烂泥巴地里扔，就因为他们解不出他们自己那些愚蠢的禅机。"

"他们那么做是因为想让徒弟明白泥巴比语言更好，小子。"我没办法分毫不差地（我尽力争取吧）重现贾菲话语中所有的光彩，他反反复复地运用这些工具，令我从头到尾如坐针毡，到最后，他将某些东西深深地钉进了我结晶的脑子里，改变了我的人生规划。

总而言之，那天晚上我跟着这一大群嚎叫的诗人们跑去参加了他们在六号画廊的朗读会。旧金山诗歌复兴运动[1]的重要事件很多，可这一晚，是它的诞生之夜。所有人都在，那是个疯狂的夜晚。我就是那个满场窜来窜去搅热场子的人，从那些僵硬拘谨得一塌糊涂的听众手里这个讨一毛那个讨两毛，凑钱买回满满三加仑[2]的加州勃艮第，让他们全都喝了个稀里哗啦。就这样，等到十一点阿尔瓦·哥德布克上台朗读，哭号出他的诗作《哭号》[3]时，所有人都已经醉意醺然，挥舞着胳膊大叫"唷！唷！唷！"（像在摇滚爵士的即兴演奏会上一样），旧金山

---

1 又称"旧金山文艺复兴"（San Francisco Renaissance），是 20 世纪 50 年代以旧金山为大本营兴起的诗歌运动，主力军多为"垮掉的一代"诗人，包括艾伦·金斯堡、肯尼斯·雷克斯罗斯等等。有观点认为其影响延及哲学、视觉和表演艺术、跨文化融合等多个领域，因此直接称其为"文艺复兴"，而不局限于"诗歌复兴"。
2 美制有湿量加仑和干量加仑，1 湿量加仑约为 3.79 升，1 干量加仑约为 4.40 升。
3 此处原型对应艾伦·金斯堡及其代表作《嚎叫》（Howl）。

诗歌圈之父，老莱因侯德·凯寇伊瑟斯欢喜得擦起了眼泪。贾菲自己读了他好几首写郊狼的诗，那是北美高原印第安人尊奉的神（我觉得是），至少也是西北部印第安人的神，夸扣特尔人[1]什么的。"× 你！郊狼高歌着，飞奔而去！"贾菲面对高贵的听众朗声吟诵，引得他们全都快活地嚎叫起来，那嚎叫如此纯粹，"×"从脏话的泥沼里脱身而出，干净了。他写下温柔多情的诗句，讲述饱食浆果盛宴的熊，表达他对动物的爱[2]；他用神秘玄奥的诗句描绘蒙古道路边的公牛，展示他在东方文学乃至于有关中国高僧寒山方面的博学多识，这位大和尚曾捧香西行。然后，贾菲拿出他突如其来的酒吧间幽默，叙述郊狼如何带来美食。他的无政府主义思想认为美国人不懂得生活，于是在诗句里写下这些每日上下班往返于两点一线之间的人如何被困在锯条斩下的可怜树木做成的起居室牢笼里（从这里也能看出他北部伐木工人的背景出身）。他的声音低沉洪亮，不知怎么的，透着勇敢，像是旧时的美洲英雄或演说家。我喜欢他，他拥有某种诚挚、强健的东西，充满人性的希冀。至于其他诗人，有的太雕琢于唯美的考究，有的太歇斯底里地玩世不恭以至于无所希冀，有的太抽象、太沉迷自我，有的太政治，有的太晦涩难明——就像考夫林（大块头考夫林说到了些有关"混沌模糊的过程"之类的东西，他说启示是个人的事情，可我却留意到其中强烈的贾菲的佛教和理想主义意味，当初在大学里的亲密

---

1 分布于太平洋西北海岸的印第安部族，至 2016 年总人口已不足 4000 人。
2 此处原型对应加里·斯奈德（Gary Snyder, 1930— ）及其诗作《浆果盛宴》（The Berry Feast）。

21

岁月里他曾同好心的考夫林分享过这些，就像我同阿尔瓦分享我的东部故事，也同其他人分享过，只是他们更直接，不那么具备天启气质，却也并没能更富有同情心、更容易落泪）。

几十号人站在黑灯瞎火的画廊里聆听诗歌朗读，伸长了脖子唯恐漏掉一个字，我则拎着大酒瓶子从这群人走到那群人，面对他们，背对舞台，劝说他们就着瓶子大口喝酒，不时踱回台边，在舞台右侧坐下，叫几声好，喝两句彩，甚至发表一整段的评论，虽说没人邀请我这么做，可这整场欢乐的聚会不也一样没人批准？那是个了不起的夜晚。精致的弗朗西斯·达帕维阿拿着一叠精致的洋葱皮般的黄色纸页，也许是粉红色，用他修长苍白的手指无比小心地翻动着，朗诵他那位因为在奇瓦瓦吃下太多佩奥特而死去（也可能是死于小儿麻痹症吧，都一样）的密友阿尔特曼的诗[1]，而自己的作品一首也没读——这是一首迷人的挽歌，蕴含着对死去的年轻诗人的回忆，足以让第七章的塞万提斯们也流下眼泪。他用精致的英国腔朗读诗句，叫我憋笑憋出了眼泪，不过我后来有幸结识了弗朗西斯，很喜欢他。

站在听众群里的还有罗茜·布坎南，一个短发姑娘，头发染成红色，瘦得骨骼分明，很帅气，是个真正的美人，这海滩一带任何数得出点儿名号的人都是她的朋友。她在给一个画家当模特，自己还是个作家，那会儿她正和我的老伙计寇迪[2]热

---

1 此处原型对应菲利普·拉曼蒂亚（Philip Lamantia，1927—2005 年）所朗诵的亡友约翰·霍夫曼（John Hoffman，生卒年不详）的诗作。
  佩奥特是一种仙人掌，可提取出佩奥特碱，有致幻作用。
2 寇迪原型对应尼尔·卡萨迪（Neal Cassady，1926—1968 年），他也是本书作者代表作《在路上》（On the Road）一书中主角狄恩·莫里亚蒂的原型。

恋，整个人都冒着兴奋的泡泡。"嘿，罗茜，很棒吧？"我大声招呼，她接过我的酒瓶喝了一大口，两眼发亮地看看我。寇迪就站在她背后，两只胳膊搂在她的腰上。每一个诗人读完，身穿寒酸旧外套、打着领结的莱因侯德·凯寇伊瑟斯就会站起来，用他那带着些许刻薄的逗趣口气发表几句小小的逗趣言论，引出下一位朗读者——不过，就像我说的，到十一点半时，所有诗作都朗读完毕，所有人都成群结队地转来转去，纷纷议论着美国的诗歌究竟发生了什么，接下来还会发生什么，他却掏出手帕，擦拭起了眼睛。我们全都聚在他身边，所有诗人们，一起开着好几辆车去唐人街享受丰盛晚餐，吃中国菜，用筷子吃，在旧金山那些自由率真的、了不起的中餐馆之中的一家里，在午夜时分，大声嚷嚷着谈天、交流。那家刚好是贾菲最爱的中餐馆，名叫"南苑"，他为我示范要怎样点菜，怎样用筷子吃饭，嘴里说着东方禅师们的逸闻趣事，叫我高兴得忘了形（席间我们还喝掉了一瓶葡萄酒）。最后，我跑到厨房门口，抓着一个老厨子问他："菩提达摩为什么从西方来？"

"管他为什么呢。"老厨子耷拉着眼皮，说。我回来说给贾菲听，他说："完美的回答，绝对完美。这下子你明白我说的'禅'是什么意思了吧。"

可我还有很多东西要学。特别是在如何跟姑娘打交道方面——还要学习贾菲无与伦比的"禅"的方式。很快，就在之后的那一个星期里，我得到了当面观摩的机会。

第三章

　　我跟阿尔瓦·哥德布克一起住在他伯克利的小屋里，那屋子上爬满了玫瑰，就在米尔维亚大街旁一栋大一些的房子的后院里。破旧的门廊被葡萄藤缠绕着歪斜向地面，上面放着一把漂亮的老摇椅，我每天早晨都坐在上面读我的《金刚经》。后院里满是将熟的番茄，还有薄荷、薄荷，一切东西都散发着薄荷的味道，还有一棵漂亮的老树，那些凉爽美好的、星光闪烁的加利福尼亚十月的夜晚，是其他任何地方都无法匹敌的，我喜欢在那样的夜里坐在树下冥想。我们有个非常棒的小厨房，里面有燃气炉，但没有冰箱，不过那无所谓。我们还有一间无可挑剔的小浴室，有浴缸，有热水；主屋地板上扔满了枕头、草席和睡觉的床垫，还有书、书，成百上千册的书，什么都有，从卡图卢斯到庞德到布莱斯，到巴赫和贝多芬的唱片（甚至还有一张埃拉·菲兹杰拉德的摇摆爵士唱片，她在里面和克拉克·泰瑞的小号合作非常有趣），外加一台很好的 Webcor 牌三速留声机，放起唱片来声音大得能把屋顶都给掀了——屋顶没别的，就是胶合板，墙壁也一样，在我们的狂饮夜里，有一晚，我欢欢喜喜地一拳打穿了墙壁，考夫林看到我这样，也跟着一头撞出了个差不多三英尺大小的洞。

出小屋，沿着米尔维亚大街一直走，然后上坡朝加州大学校园的方向走，在约莫一英里开外的一条僻静小街（希莱加斯）上，另一栋大的老房子背后，就是贾菲的住处，那是他自己的小窝棚，比我们的还要小得多，大概只有十二英尺见方，除了可以在苦行僧般的生活里昭示出他的信仰的典型的"贾菲的东西"之外，几乎什么也没有——根本就没有椅子，更不必说永远沾染着感情色彩的摇椅，有的只是草席。在屋角，他那人人皆知的大背包和收拾得干干净净的厨具放在一起，锅碗瓢盆刚好一个套着一个，非常紧凑，用一块蓝色大手帕包好系牢。再有就是他一次也没穿过的日式木屐了，另外还有一双搭配木屐的黑色袜子，他穿来在那些漂亮的草席上轻巧地走来走去，那是一种分趾袜，大拇指单独一个指套，另外四个脚趾一个指套。他有许多橘黄色的板条箱，里面都装满了漂亮的学术书籍，其中有些是东方文字的，包括所有那些最伟大的经书、经书注疏、全套的铃木大拙[1]作品集和一套四卷本的日本俳句选集。此外，他还有无数颇有价值的普通诗集。事实上，如果有小偷闯进来，唯一能找到的值钱东西也就这些书了。贾菲的衣服全都是从慈善商店和救世军商店里买来的二手货，他就那么傻呵呵、乐滋滋地有什么就买什么：补过的羊毛袜、染色的内衣、牛仔裤、劳动衫、印第安人那种莫卡辛软帮皮鞋，还有几件高领毛衣，在山上过夜时他就把这些毛衣一件套着一件

1　铃木大拙（1870—1966年），日本学者、作家，专研佛教，也是一位多产的翻译家，将大量中文、日文乃至于梵文相关著作引进到西方。

地穿上来御寒——那通常都是在加利福尼亚的内华达山脉，还有华盛顿州以及俄勒冈州境内的喀斯喀特山脉上，他会去进行一些不可思议的徒步，有时一去就是接连好几个星期，背包里只装着几磅重的干粮。屋子里，几个板条箱拼起来就是他的书桌。我是在一个晴朗的下午到的，那时，他手边的书桌上放着一杯静谧的茶，蒸汽袅袅，他自己正严肃地埋头研究一本中文版的寒山诗集。地址是考夫林给我的，到达以后，首先映入我眼帘的是贾菲的自行车，停在大房子（他的房东住在里面）门前的草坪上，然后是几块古怪的圆石头和石块，几株别有意趣的小树，都是他在山上徒步时带回来的，用来布置他自己的"日式茶园"，或者叫"茶室花园"，刚巧又有一株松树荫庇着他小小的居所，风吹松动，飒飒作响。

我从未见过比这更加宁静的画面，在那样一个寒意凛凛的午后，我只是简简单单推开他小小的房门，朝里望去，看见他在小屋的最里面，盘腿坐在草席上，身下垫着一个涡纹图案的垫子，戴着眼镜，显得老了些，却也更有学者风范，更睿智，一本书摊开在他的膝头，一套小巧的锡茶壶和瓷茶杯在他身旁袅袅地冒着热气。他无比平静地抬起头，看清来的是谁后，只说了一句，"雷，进来"，就又垂下眼睛，看他的书去了。

"你在做什么？"

"翻译寒山和尚的诗，很了不起，就叫《寒山》，一千多年前的作品，写在方圆数百英里内都没有人烟的悬崖峭壁上。"

"哇噢。"

"进屋千万记得脱掉鞋子，看到这些草席了吧，穿着鞋子会把它们踩坏的。"于是我脱掉我的软底蓝布鞋，小心地把它们放在门边。他扔给我一个垫子，我靠着木板墙盘腿坐下，他给我倒了一杯热茶。"你读过《茶经》[1]吗？"

"没有，那是什么？"

"是一本学术专著，讲如何利用两千年的烹茶智慧来泡茶的。里面描述到第一口茶、第二口茶和第三口茶的感觉，其中一些实在是疯狂，叫人着迷。"

"没其他什么能让那些家伙嗨起来了，是吧，嗯？"

"尝尝你手里的茶你就会明白了。这是上好的绿茶。"茶很棒，我立刻感到了平静与温暖。

"想听我读一读寒山的这首诗吗？或者听我说说寒山？"

"好啊。"

"你知道，寒山是名中国学者，他一直在山里隐居。"

"我说，这听起来跟你有点儿像。"

"但在那些时代里，你是真的可以这么做。他住在唐兴县天台山上的洞里，不远处有一座佛寺，他唯一的朋友是个有趣的禅者，叫拾得，拾得的工作是拿着用稻草扎成的扫帚打扫寺院。拾得也是个诗人，不过写得不多。寒山经常穿着他的树皮衣服从寒岩上下来，跑到寺庙暖和的厨房里等东西吃，可那些和尚从来就不肯给他吃的，因为他不愿意持戒守规矩，不肯照着一天三次的敲钟时间做冥想。从他有些句子里你就能看出原因，像是——听好了，我现在就要把这些中文诗读出来给你

---

1 《茶经》为唐代陆羽所著的论茶专著。

27

听了。"我越过他的肩头，探头看着他读那些横平竖直的汉字：
"爬上寒山道，山道绵延又漫长，碎石塞满狭长山谷，河道宽宽，草上迷雾漫，虽无雨而青苔仍滑，虽无风却松叶飒飒，谁能跳脱尘世羁绊，与我并坐白云之端？"[1]

"哇噢。"

"这是我自己翻译的英文版，你看到了，他书里每一句都是五个字，但我不得不依照西方语言的习惯加一些连接词啊定冠词之类的进去。"

"为什么不直接照着它那样翻译呢，五个字五个字的来？这第一句的五个字都是什么？"

"分别是'爬''上''寒冷''山''小道'。"

"那就译成'爬上寒山道'。"

"是。可这一句怎么办呢？一个'长的'，一个'山谷'，一个'塞满'，一个'山崩'，一个'石堆'。"

"是哪一句？"

"第三句，难道要读作'长谷塞崩石'不成？"

"哦，这句更好！"

"哦，是啊，我也考虑过，但我得先得到这边大学里中文学者的认可才行，还得能用英语表达清楚。"

"嘿，伙计，这真是太棒了，"我环顾着小小的蜗居，说，"在这样安宁的时刻，你这样安宁地坐在这里，戴着眼镜研读

---

1 原诗为唐代寒山《诗三百三首》其二十八："登陟寒山道，寒山路不穷。溪长石磊磊，涧阔草蒙蒙。苔滑非关雨，松鸣不假风。谁能超世累，共坐白云中。"

这些……"

"雷，最近找个时间跟我一起去爬个山怎么样？你想去爬马特洪峰 [1] 吗？"

"太棒了！那是在哪里？"

"就在内华达山脉上。我们可以跟亨利·莫尔利一起去，开他的车，带上我们的背包，从湖边出发。我可以背我的大背包，带上我们所有人的食物什么的，你可以把阿尔瓦的小背包借来，带点儿袜子鞋子之类的。"

"这些字是什么意思？"

"这些是说，很多年以后，寒山从山上下来，信步游走，去探访他的亲人朋友，他说，'我在寒山上一直待到最近才下来'，诸如此类的，然后是，'昨天我去寻找朋友和亲人，过半数的人都已经下了黄泉'——就是死了，'下黄泉'的意思——'现在，在清晨里，我面对着自己孤独的身影，泪水盈满双眼，让我无法探究' [2]。"

"那也很像你，贾菲，你用盈满泪水的双眼探究。"

"我的眼睛里没有盈满泪水！"

"看书看太久也不会吗？"

"当然会，雷……看这里，'山间天气寒冷，那里总是寒冷，不独是今年'，看，他住得真的很高，也许在一万二千或

1　指内华达山脉的马特洪峰（Matterhorn），海拔约 3744 米，位于约塞米蒂国家公园北部边缘。

2　原诗为唐代寒山《诗三百三首》其二十九："一向寒山坐，淹留三十年。昨来访亲友，太半入黄泉。渐减如残烛，长流似逝川。今朝对孤影，不觉泪双悬。"

者一万三千英尺¹，甚至更高，高高在上，他说，'锯齿般的峭壁上终年积雪覆盖，森林在幽暗的山谷里吞吐迷雾，六月的最后，草还在发芽，八月一开始，树叶就落下，我在这里飘然若仙，就像个瘾君子一样——'²"

"像个瘾君子！"

"这是我自己的翻译，他在这里说的其实是，我在这里如此沉醉，就像山脚城市里沉迷酒色的人，我只是把它做了现代化的处理。"

"棒极了。"我好奇寒山为什么能成为贾菲的偶像。

"因为，"他说，"他是个诗人，是个山间隐士，一个全身心奉献给思索万事万物精髓的人，还是一位以那样的方式持戒的素食者，虽说我还没迈出这一步，另外，他还是个孤独者，可以遗世独立，纯粹、真实地去生活，去面对自己。"

"这听起来也很像你。"

"也像你，雷，我没有忘记你跟我说过的那些事，你如何在北卡罗来纳的森林里冥想。"贾菲非常哀伤，整个人都沉郁起来，我从没见过他这样安静、忧郁、若有所思，他的声音轻柔得好像妈妈的声音，他像是站在遥远的地方，对一个满怀渴望的可怜生物（就是我）说话，这个生物需要聆听来自他的讯息，他身无片缕，神思恍惚。

"你今天做过冥想了吗？"

1　约3962.4米。
2　原诗为唐代寒山《诗三百三首》其六十七："山中何太冷，自古非今年。沓嶂恒凝雪，幽林每吐烟。草生芒种后，叶落立秋前。此有沈迷客，窥窥不见天。"

30

"做了，冥想是我早上醒来的第一要务，然后再吃早餐，要是没人打扰，下午我通常也会花很长时间冥想。"

"谁会打扰你？"

"哦，人们。有时候是考夫林，昨天来的是阿尔瓦，还有罗尔·斯德拉森，我还叫姑娘到这儿来修雅雍。"

"雅雍？那是什么？"

"你不知道雅雍，史密斯？回头告诉你。"他似乎是太悲哀了，没兴致解说雅雍。不过两三天之后我就知道了。我们又聊了会儿寒山和那些写在悬崖上的诗，就在我打算离开时，他的朋友罗尔·斯德拉森进来了，那是个金发碧眼的帅小伙儿，个头挺高，他来找贾菲讨论他即将开始的日本之行。这位罗尔·斯德拉森对京都相国寺著名的龙安石庭[1]很感兴趣，那个庭院里除了几块古老的石头之外什么也没有，石头以特殊的方式排布，被认为是一种神秘的美学，每年都吸引着成千上万的观光客和僧侣专程跑去，就只为注视一下那些放在沙地上的石头，以此获得内心的宁静。我从没遇见过这么古怪却又认真、热忱的人。我后来再也没有见到罗尔·斯德拉森，他不久之后就动身去了日本，可我忘不掉他是怎样说起那些大石头的，当时问："哦，是谁以那么了不起的方式摆放那些石头的呢？"

"没人知道，某位和尚，或者某几位和尚，那是很久以前的事情了。不过在这些石头的排列之中一定存在着某种神秘的

1　相国寺和龙安寺都是京都著名佛寺，其中龙安寺石庭是著名的日本枯山水园林代表。原文应当是混淆了两者。

形式。唯有透过形式，我们才能认识到'空'。"他给我看石庭的照片：大石头散在耙得平平整整的沙地上，看上去就像海中的小岛，仿佛它们也都长了眼睛（斜着挑起的那种），整个石庭是一个带围墙的寺庙庭院，整洁清爽，充满了建筑的美感。接着他又给我看了一张有关石头及其影子排列分布的分析图，向我阐述几何逻辑什么的，提到了诸如"孤独的个体"之类的词，说那些石头像是"被顶进空间里的隆起"，说来说去，谈的全都是禅宗公案[1]一类的东西，可我对这些还不如对他本人感兴趣，更别说对于和善的好贾菲的兴趣了，后者这会儿正在他噪音很大的便携汽油炉上继续烧水烹茶，为我们添茶，同时还沉默地鞠了个躬。这一切都和读诗会那晚太不一样了。

1　禅宗术语，特指禅宗祖师在开悟、教学等过程中的言行记录，或是相关小故事。

第四章

然而，到了第二天晚上，差不多半夜的时候，考夫林、我和阿尔瓦凑在一起，决定去买一大瓶一加仑装的勃艮第，直接闯到贾菲的小屋里去突袭他。

"他今晚会在做什么呢？"我问。

"噢，"考夫林说，"可能在做学问，也可能在做爱，咱们一会儿就知道了。"我们在夏塔克大道买了酒，直奔他家，我又一次看到他那辆英国产的自行车躺在草坪上。"贾菲整天都骑着那辆自行车，背着他的小背包，在伯克利上上下下地逛。"考夫林说，"他在俄勒冈的里德学院那会儿也这样。他是那里的常客。那会儿，我们开大派对，喝葡萄酒，找姑娘，到最后就直接从窗户跳出去，满城乱跑干那些大学男生的恶作剧。"

"呀，他还真是古怪。"阿尔瓦咬着嘴唇说，语气里颇有几分赞叹。阿尔瓦自己也对我们这位集闹腾和宁静于一身的古怪朋友很感兴趣，正在小心翼翼地探究他。我们又一次走进那扇小门，贾菲一个人盘腿坐着，架着眼镜，在读一本书，这一次是美国诗歌，他抬起头来，除了一声腔调考究得离奇的"啊"之外，没再多说一个字。我们依次脱掉鞋子，踏着草席走过那短短五英尺的距离，挨着他坐下，我是最后一个，酒在我手里拿着。当我脱掉鞋，转身朝屋子那头的贾菲亮出酒瓶时，之前一直盘腿坐着没动的他突然"呀啊啊啊！"地大吼一声，一下子跳起来，跃过房间，直冲着我而来，落地时双脚摆出防卫的姿势，手猛地向前一探，指尖"叮"的一声敲在瓶身上，几乎直接戳爆了玻璃。那是我这辈子见过的最神奇的跳跃——除了那种怪异的杂技。他这一跳更像山羊，后来的事实也证明了这一点。我以为那是在怪我们打断了他的研究，抱怨葡萄酒会让他喝醉，害他没法完成原本的晚间阅读计划。谁知，下一秒他就干脆利落地自己动手，起开瓶盖喝了一大口。我们全都盘腿坐在地上，吵吵嚷嚷地聊了四个钟头，相互交换新闻。又一个最有趣的夜晚。对话都是类似这样的：

贾菲：嘿，考夫林，你这老家伙，你在干吗？

考夫林：没干吗。

阿尔瓦：这些奇怪的书都是些什么？唔，庞德，你喜欢庞德？

贾菲：除了他用日本人的说法写李白的名字之类人人皆知的乱来行径之外，他还不错——事实上，他是我最喜欢的诗人。

雷：庞德？谁会想挑那个自命不凡的人当最喜欢的诗人？

贾菲：再来点儿葡萄酒，史密斯，你这话说得没道理。阿尔瓦，你最喜欢哪个诗人？

雷：为什么没人问问我最喜欢的诗人是谁？我比你们所有人加起来都更懂诗歌。

贾菲：真的吗？

阿尔瓦：有可能。你还没见过雷最新的诗集吧，他在墨西哥写的——"颤巍巍的肉孕育成轮，滚进了虚空，驱逐抽搐、豪猪、大象、人类、星辰、傻瓜、胡言……"

雷：才不是这样！

贾菲：说到肉，你们读过那首新出的诗吗……

诸如此类，诸如此类……到最后，这小小的聚会发散成了一场狂野的讨论派对、喊叫派对，再到最终高歌胡唱的派对，每个人都在地板上滚来滚去，放声大笑，最后的最后，阿尔瓦、考夫林和我跌跌撞撞地跑到宁静的校园路上，胳膊挽着胳膊，声嘶力竭地唱着"以利，以利"[1]，把喝空了的酒瓶摔在脚下，砸成碎片，贾菲待在他的小屋里哈哈大笑。可我们害他误了他的晚间研究，这让我感觉很不好——直到第二天晚上，他突然出现在我们的小房子里，带着个漂亮姑娘，进门就叫她脱掉衣服，那姑娘二话不说地照做了。

---

1 "以利"（Eli）为希伯来语，意思是"我的神"。

第五章

　　这倒是符合贾菲一贯以来有关女人和性爱的理论。我忘了说，当天下午晚些时候，那位摇滚艺术家来拜访过他，跟着又来了个女孩，一个金发碧眼的美人儿，穿橡胶靴，披一身配木头扣子的外套。闲谈中，她问起我们爬马特洪峰的计划，提了一句："我能跟你们一起去吗？"因为她自己多少也算得上个登山者。

　　"汤然（当然）。"贾菲说，是他惯常开玩笑用的滑稽腔调，粗门大嗓的，模仿他认识的一个西北部的木材采运工，事实上，那是个护林员，老伯尼·拜尔斯，"汤然（当然），跟我们一起去，我们可以一起在一万英尺的海拔上干你。"他说这话的腔调太轻松太逗乐，所以哪怕他其实是认真的，那姑娘也一点儿没被惊吓到，反倒不知怎么的挺高兴。现在，他以同样的神气，把这个名叫普林塞思的姑娘带到了我们的小屋。那是晚上八点的时候，天已经黑了，阿尔瓦和我正静静地喝着茶，读着诗，有时在打字机上写上几句。两辆自行车就那样闯进了我们的院子——贾菲骑他那辆，普林塞思骑她自己的。普林塞思有一对灰色的眼睛，黄头发，非常漂亮，才刚满二十岁。"史密斯，你不是不知道什么是雅雍吧？"贾菲用他低音炮似的声音说着，脚上蹬着靴子，手里拉着普林塞思的手，大步走进门来，"普林塞思和我来给你演示演示，孩子。"

"一定合我胃口，"我说，"不管那究竟是什么。"再说了，我之前就认识普林塞思，还疯狂迷恋过她，那会儿是在城里，差不多一年以前吧。谁知她偏偏遇到了贾菲，还偏偏爱上了他，这纯粹是个惊人的巧合。她爱得那么疯狂，无论他说什么都会照做。只要有人来这间小屋做客，我就会拿出我的红手帕盖在那盏小小的壁灯上，再关掉天花板上的顶灯，营造出一种舒适凉爽、迷蒙昏黄的氛围，好方便大家坐下来喝喝酒、聊聊天。这一次依然如此，接着，我去厨房拿了一瓶酒，再走出来时简直不能相信自己的眼睛——我看到贾菲和阿尔瓦都在脱衣服，把衣服扔得到处都是。我就这么看着。普林塞思一丝不挂，在迷蒙的红色灯光下，她的肌肤是那样的白，宛若傍晚时分昏红落日的余晖映照下的白雪。"搞什么鬼！"我说。

"这就是雅雍，史密斯。"贾菲说着，就地盘腿坐在坐垫上，冲普林塞思招了招手，后者走过去，面对面地坐到他身上，双手环在他的脖子上。他们就那样坐了好一会儿，一言不发。贾菲没有一丁点儿的紧张或窘迫，只是就那么安稳至极地坐着，仿佛生来就该如此。

"可我不会像那样盘腿坐。"贾菲是把两个脚踝交错盘放在两条大腿上。阿尔瓦坐在垫子上，正努力尝试把他的脚踝扳到大腿上去。终于，贾菲的腿也疼起来了，他们滚倒在草席上，就是在这草席之上，阿尔瓦和贾菲开始探索这个领域。我依然无法相信。

"脱掉你的衣服，跟我们一起来，史密斯！"可最重要的，比我对普林塞思的感觉更重要的，是我已经过了整整一年的禁欲生活了，原因在于我觉得性欲直接带来生命，生命直接带来痛苦和死亡，由此，我真心实意地推导到这样一个地步，认为性欲是可厌恶，甚至是令人痛苦的。

每当我不自觉地转头注视那些无与伦比的墨西哥印第安美人时，"红颜祸水"就是我用来自我警醒的箴言。而关于性欲的内在主动性的缺乏，也令我拥有了一种全新的宁静生活，我非常享受这样的生活。可眼下的情形太过头了。我还是不敢脱掉衣服——再说我向来不喜欢当着旁人的面做这样的事情，只能两个人，更别提还有其他男人在旁边。可贾菲对这些毫不在乎。

最后，普林塞思和贾菲一起骑上他们的自行车回家了，阿尔瓦和我坐在昏暗的红色灯光下，面面相觑。

"我说，雷，贾菲真是相当尖锐——他真的是我们遇见过的最疯狂、最大胆的尖锐的家伙。我之所以爱他，就在于他是西海岸的大英雄，你知道吗？在这之前，我在这里已经待了两年了，从没遇到过任何真正值得交往，或是任何有智慧的人，我都已经对西海岸不抱希望了。哇噢，贾菲·赖德是美国文化新的大英雄。"

"他的确棒极了！"我赞同道，"不过我还喜欢他的其他一些东西，像是他不太说话的那些时候，安静、哀伤……"

"啊呀，我真想知道他最后会怎么样。"

"我觉得他最后会像寒山一样，一个人住在山里，在悬崖石壁上写诗，或是在他的洞穴前把它们读给大众听。"

"也说不定，他会去好莱坞当个电影明星，你知道吗，有一天他提到过这个，他说，'阿尔瓦，要知道，我从来没想过去干电影，当个明星，可你知道，我想做什么都能成，问题只在于我有没有尝试去努力'。我相信他，他干什么都能成。你看到他是怎么让普林塞思满心满眼里全是他的了吧？"

"哎，真是。"当晚深夜，阿尔瓦睡了，我坐在院子里的树下，一会儿抬头凝望群星，一会儿闭上眼睛冥想，努力想让自己平静下来，回归平常的自我。

阿尔瓦也睡不着，他跑出来，摊平身体仰面躺在草地上，望着夜空，说："蓄满水汽的巨大云朵在黑暗的夜空里飘过，这能让我感觉到我们是生活在一个实实在在的星球上。"

"闭上眼睛，你能看到的比那更多。"

"噢，我一点儿也不明白你在说什么！"他恼火地说。每当我发表有关"三昧"极乐之境的小小言论时，他总是一头雾水。那是一种"物我皆空"的状态，只有停下一切，放空头脑，你才能进入这种境界，你闭上眼睛，看到的将是一束又一束不知名的电子流，它们来自某种呼号，无穷无尽，而不再只是具体物件的可怜的模样与轮廓，归根结底，那就是想象。如果你不相信我，那就往前回想十亿年再来否认。时间有什么意义呢？"你不觉得像贾菲那样，泡泡姑娘，做做研究，享受些好时光，实实在在去做些事情，比这么傻乎乎地坐在树下要有意思得多吗？"

"不。"我说，我是认真的，而且我知道贾菲也会赞同我的看法，"贾菲所做的一切都是在虚空中自娱自乐罢了。"

"我不这么认为。"

"我敢说，他一定是。我下个星期要和他一起去登山，到时候确认了告诉你。"

"好吧，"（叹了口气）"要我说，我就只能继续当阿尔瓦·哥德布克。"

"总有一天，你会觉得遗憾的。为什么你永远都不能理解我试图告诉你的东西呢？那就是和你的六种知觉有关，事实上，你是因为受到了蒙蔽才会相信自己拥有六种知觉，进而甚至相信你通过它们接触到的是一个真实存在的外部世界。要不是有眼睛，你不会看到我。要不是有耳朵，你不会听到那架飞机飞过。要不是有鼻子，你不会闻到午夜的薄荷。要不是有舌头尝味道，你不会分辨出这个和那个有什么不同。要不是有身体，你不会感觉到普林塞思。没有我，没有飞机，没有薄荷[1]，没有普林塞思，什么都没有，难道你想一辈子每分每秒都在被蒙蔽中度过吗？"

"是的，那就是我想要的，我要感谢上帝，从'无'中生出'有'。"

"噢，那我有些新东西要告诉你，从某一个方面说，'无'来自'有'，而这个'有'就是'法身'，也就是'真谛'的具象实体，'无'就是这句话和所有这些连篇的废话。我要去睡了。"

---

1 此处原文为"mind"（意识、头脑），据上下文判断应为"mint"（薄荷）的误写，存疑。

"好吧，有时候我的确能从你想说的东西里得到启发，灵光一现。"

阿尔瓦去睡觉了，我继续坐着，闭上眼睛，思索着要"放空思绪"，只因为我必须想着这句话来放空思绪，但这一切的扰攘不安都不过是场已经做完的梦，想到这里，一阵喜悦的浪刷过我的身体，我不必再为它们烦忧，因为我不再是"我"了，我祈求上帝或者如来佛祖能给我足够的时间、足够的感受和力量，能容我将我懂得的告诉人们（到现在我也还是没办法做好这件事），这样，他们就也能懂得我所懂得的，不致陷入太深的绝望。那老树如今正静静地庇护在我上方，一个有情活物的庇护。我听到园中野草里有老鼠在打呼。伯克利的屋顶仿佛将悲伤的幽魂隔绝在它们不敢面对的永恒的天堂之外。等到睡觉时，我已经不再纠结，我感觉很快乐，我睡得很好。

第六章

终于，登山的大日子到了。那天下午，贾菲骑着他的自行车来接我。我们翻出阿尔瓦的背包，放在自行车篮里。我收拾了些袜子和毛衣。可我没有登山鞋，唯一能穿去爬山的是贾菲的网球鞋，旧的，但很结实。我自己的鞋子都太软趴趴、太破了。"这样更好，雷，穿球鞋你脚上更轻巧，在大石头上跳来跳去都没问题。当然，回头上山这一路我们可以经常把鞋子换着穿穿。"

"吃的怎么样？你都带了什么？"

"哦，在讨论吃的之前，雷——伊，"（有时候他会直接叫我的名，每到这个时候，他都会拖长了声音叫成"雷——伊——"，像是在为我的福祉操心忧虑似的）"咱们还有个东西得先说一下，我给你带了个睡袋，不像我那个是鸭绒的，所以也重得多，这是自然的。不过只要穿着衣服睡，再好好生一堆火，烧得旺旺的，你在山上一样能睡得很舒服。"

"穿着衣服睡，没错，不过为什么要生火，还烧得旺旺的，现在才十月份。"

"是，不过十月的山上气温就已经能跌破冰点了，雷——伊——"他用宣布坏消息的语气说。

"夜里？"

"是的，夜里。白天很暖和，很舒服。你知道老约翰·缪尔[1]从前就常常去我们要爬的这些山上，除了他的老军大衣和一袋干面包之外什么都不带，睡觉就裹上大衣，吃饭就用水泡干面包，他就这么在山里走上好几个月，然后再回到城市里。"

"天啊，他一定特别硬汉！"

"现在来说说吃的，我去了一趟市场街的水晶宫市场，买了我最爱的干麦片，干小麦碎，这是一种碾碎的保加利亚粗加工小麦，我会在里面加几片培根，切成丁的那种，用来当晚餐，我们三个全都能吃得舒舒服服，我们俩，还有莫尔利。我还带了茶，坐在那些冷冷的群星下面时，你总是会想要喝上一杯热腾腾的好茶的。我还会做真正的巧克力布丁，不是那种滥竽充数的冒牌货，是真正上等的巧克力布丁，我会把东西放在火上煮开，一直搅拌，然后放在雪里冻起来。"

"噢，伙计！"

"我通常都是带大米，这次特意换成这个，就是想着给你做点儿好吃的，雷——伊，我还会往干小麦碎里扔各种各样的蔬菜干，都是在滑雪用品店里买的。我们早晚两顿都可以吃这个，另外这个大袋子里是花生和葡萄干，都是高热量食物，那个袋子里是杏脯和西梅干，应该适合我们在休息的时候当个小零嘴儿。"他给我看那个小得可怜的袋子，里面装着我们三个

---

1 约翰·缪尔（John Muir，1838—1914 年），美国博物学家、散文作家、环保主义者和荒野保护的早期倡导者，出生于苏格兰，著述甚丰，尤其关注加利福尼亚的内华达山脉。美国有多处山峰、冰川、海滩乃至公路等以"缪尔"命名。

大男人二十四小时甚至更长时间内的全部口粮，其间我们还要在高海拔的地方不断攀爬。"登山，最重要的就是尽可能轻装上阵，那些行李包袱会增加负担。"

"可我的老天，那个小袋子里的东西不够吃吧！"

"是，这么看着不够，但加上水它们就会胀起来了。"

"我们带酒吗？"

"不，上山带酒没好处，而且一旦上到高海拔，人又累了的时候，你是绝对不会想喝酒的。"我才不信，但也没多说什么。把我的东西放在他的自行车上之后，我们推着车横穿校园，贴着人行道边缘朝他的住处走去。那是个一千零一夜式的黄昏，清凉、澄净，森森柏树、尤加利树和各种各样树木组成的背景前是加州大学钟楼那清晰的黑色身影，有钟声自别处传来，空气干爽冷冽。"山上要开始降温了。"贾菲说，那天晚上他心情很好，当我问起之后一个礼拜四和普林塞思的聚会时，他大笑起来，"你知道，那晚之后我们又玩过两次雅雍，她随时都可以到我的小屋来，白天晚上都行，伙计，我不会拒绝她。就是这样。"贾菲谈兴大起，事无巨细地聊起了他在俄勒冈的童年，"你知道，那时候我父母和我妹妹过的是一种真正简朴原始的生活，我们住在农场木屋里，冬天的早晨很冷，所有人都在火炉前脱衣服穿衣服，对于这样的事情我不会有任何害羞或者其他什么的情绪。"

"你在大学里都做些什么？"

"夏天我多半会去当政府的火警瞭望员——明年夏天你也该去试试，史密斯——至于冬天，我经常去滑雪，撑着雪杖在

44

校园里转来转去，意气风发。我在那边爬过一些相当大的山，有一次还上了雷尼尔山，差一点就登顶了，登上去的话，你就可以在上面签上大名了。后面一年我就爬上去了。你知道吗，上面没几个名字。我还爬遍了喀斯喀特山，旺季淡季都有爬过，然后还去当伐木工。史密斯，我一定要跟你说说在西北部伐木的那些浪漫的事情，就像你总在说铁路上的事一样，你真该去看看那边山上的窄轨铁道，在那些冬天的早晨，下着雪，天气很冷，你肚子里装满了松饼、糖浆和黑咖啡，伙计，你抢起你的双刃斧，砍向早晨的第一棵树，再没什么能跟这个相比拟的了。"

"听起来完全就是我梦想中的大西北。夸扣特尔印第安人，西北骑警……"

"哦，骑警是在加拿大，不列颠哥伦比亚省那边，我在山路上经常遇到他们。"我们推着自行车经过了大学生喜欢盘桓的各色店铺和自助小餐馆，顺便朝"罗比"里望了一眼，想看看有没有认识的人。阿尔瓦在，他在里面兼职当杂工，这会儿正好当班。贾菲和我一身旧衣服，在这校园里显得有些古怪，事实上，贾菲在校园里一直被视为怪人，不过这也是很平常的事，只要一个有血有肉的人出现在校园里，那些生活在象牙塔里的人就总是这么想——大学变得一无是处，完全沦为了培育中产阶级的温床，里面的人毫无个性，所能找到的最完美的自我价值的表达就是校园周围那一排排中产阶级的漂亮房子，有草坪，每间起居室里都装着电视，每个人都在同样的时间里看着同样的东西，想着同样的事情，与此同时，这个世界上的贾菲们却在荒野里徘徊，倾听着荒野的呼号，寻找群星之下的迷醉狂喜，寻觅所有那些面目模糊、平凡无奇、贪婪无度的所谓文明之源头的黑暗难言的秘密。"所有这些人，"贾菲说，"他们都蹲贴白瓷砖的厕所，拉的也不过是肮脏的大便，和山里的熊没有区别，可高级的下水道很方便地就把大便冲走了，没人会再去多想这些东西，没人意识得到，他们的生命起源就藏在大便、麝猫的味道和海上的泡沫中。他们整天都忙着用香皂洗手，背地里想的却是要在厕所里吃东西。"他有成百上千万的想法，关于一切的想法。

回到他的小屋时，天色已经开始暗下去了，你能闻到空气里木头和树叶的烟气。我们把所有东西整整齐齐地打包好，沿街往下走，去找亨利·莫尔利，他有车。亨利·莫尔利是个戴眼镜的家伙，博文广识，只是人有点儿古怪，比贾菲在校园里更古怪，更格格不入，他是个图书管理员，没什么朋友，但也是个登山者。他自己在伯克利背后的草坪上有个独立的单间小屋，里面堆满了书和登山的照片，帆布背包、登山靴和滑雪用具扔得满屋子都是。他一开口就让我很是吃惊，他的腔调和莱因侯德·凯寇伊瑟斯那个批评家简直一模一样。到后来我才知道，原来他们俩是老朋友了，一起爬过挺多山，我完全弄不清楚究竟是莫尔利影响了凯寇伊瑟斯还是刚好相反。不过我感觉莫尔利才是施加影响的那个人——他能在同一段话里融入同样水准的暗讽、挖苦、极度的诙谐、完备的演说技巧，外加无数的画面感。比方说，贾菲和我走进他家时，里面正聚着一群他的朋友（那是一个稀奇古怪的群体，一个来自德国的德国人，还有好几个完全不一样的学生）。莫尔利唠叨着"我要带上我的空气垫子，你们这些家伙，高兴的话大可以睡在硬邦邦的冰冷地面上，但我有充气垫子帮忙，我为它花了十六块美金，在奥克兰林立的陆军海军用品商店里买的，我开着车转了一整天，一直在琢磨，是不是只要配上溜冰鞋或者拔罐器，从技术上说，你就可以称自己为一台汽车了"，全都是些诸如此类对我来说十分难以理解（对其他人也一样）的笑话，都是他自己创造的，意味深长，不过这些东西也没人认真听，他就那么一直一直地说个不停，像是在说给自己听一样，可我一下子就喜欢上了他。但看到他准备带上山的那东一堆西一堆乱七八糟的废物时，我们都忍不住要叹气——除了他的橡胶充气床垫，其中甚至还有罐头，还有一大堆鹤嘴钳啊各种我们压根儿用不着的莫名其妙的装备。

"你可以带上那把斧子，莫尔利，不过我觉得其实用不上。至于那些罐头，说到底就是一堆水，你得一路背着它们上山，你难道不知道我们在山上能找到水吗？要多少有多少，都在上面等着我们呢。"

"好吧，我只是觉得这种罐头大概挺好吃的。"

"吃的东西我都带了，足够我们三个人吃的。咱们走吧。"

莫尔利絮絮叨叨、摸摸索索地把行李收拾到他那个带硬框背架的笨重背包里，折腾了很久，到终于能和他的朋友们挥手道别，钻进他那辆英国产的小汽车里去发动汽车时，已经差不多晚上十点了。我们朝着特雷西进发，之后继续北上到布里奇波特，到那里之后还要再开八英里，一直开到湖边的登山道起点。

　　我坐后座，他们俩在前排聊天。莫尔利真是个疯子，他会带着一夸脱[1]的蛋奶酒来找我（那是后来的事了），指望我喝，而我会让他开车载我去卖酒的商店，其实他从头到尾打的就是这个主意：把我拉出门，去找某个姑娘，让我当个和事佬之类的。我们跑到姑娘家，姑娘打开门，一看到门外是谁，就"嘭"的一声甩上门，于是我们又开车回小屋。"嘿，怎么回事？""说来话长了。"莫尔利会含糊其词地回答，我永远没办法真正弄明白他究竟在忙活什么。还有，他会因为看到阿尔瓦的小屋里没有弹簧床，就在某一天像个幽魂似的突然出现在我们门口，那会儿我们才刚起床，正在煮咖啡，什么都不知道，他就那么带着个巨大的双人弹簧床，说要送给我们，等他走了，我们还得费劲巴拉地把那东西挪到车库里去。他还带来过古怪的组合拼板和古董架子、不可思议的书架，各式各样的东西。好几年后，我跟他进行了一场比"活宝三人组"[2]更甚的探险之旅，到康特拉科斯塔去看他的房子（是他自己的，一直在对外出租），度过了好几个叫人简直没办法相信的下午，他以每小时两美金的价格让我一桶一桶地往外拎烂泥浆，都是他自己用手从泡过水的地下室里一捧一捧掏出来的，那两只手乌漆麻黑的，满是淤泥，活像个巴勒提奥拉阿克阿克斯坦的募湿

1　美制有湿量夸脱和干量夸脱，1 湿量夸脱约为 846.35 毫升，1 干量夸脱约为 1101.22 毫升。

2　"活宝三人组"（Three Stooges）是活跃于 1922 年至 1970 年的美国轻歌舞剧及喜剧组合，其最具影响力的作品是哥伦比亚电影公司出品的短篇系列，自 1958 年起持续放映。

泥鞑鞑哩奥拉阿克阿克国王，脸上还挂着恶作剧精灵般乐滋滋的窃笑。之后，在回程经过某个小镇时，我们想吃蛋筒冰激凌了，就沿着主街一路走下去（之前还背着水桶和耙子在公路上走了很远），手里举着蛋筒冰激凌，在窄窄的人行道上横冲直撞，在行人之间窜来窜去，就像两个好莱坞老默片里的滑稽人物，粉刷匠之类的。就这么一个无论怎么说，无论在什么情况下，无论以什么样的眼光看来都古怪至极的家伙，如今正开着车，沿着繁忙的四车道公路驶向特雷西，一个人包揽了车里几乎所有的对话，不管什么，但凡贾菲说上一句，他就有十二句话要说，多半都是这样：贾菲提起个什么，像是"天哪，我觉得我最近真是很有求知欲，我看我下个星期要读点儿鸟类学的东西"。莫尔利就会说："要是没有个在里维埃拉晒出漂亮肤色的姑娘在身边的话，谁会有求知欲啊？"

　　每次要说话时，他都会转头看着贾菲，面无表情地说出这些实在是相当精彩的不知所谓的蠢话。我弄不明白，在加州这样的天空之下，他究竟是怎样一个奇怪的、隐秘的、博学的言语小丑。又比如，贾菲提起睡袋，莫尔利就会岔到"我就快有一个浅蓝色的法国睡袋了，很轻，鹅绒的，我觉得是个值得买的好东西，在温哥华看到的——就是给黛西·梅[1]用都很好。完全不适合加拿大。人人都想知道她的祖父是不是个探险家，有没有遇到过爱斯基摩人。我自己就是从北极来的"。

---

[1] 黛西·梅（Daisy Mae）是美国讽刺连载漫画《莱尔·阿布纳》（*Li'l Abner*）中风姿绰约的美女，无望地深爱着男主人公莱尔·阿布纳。漫画以一个贫困山区为故事场景展开，于1934—1977年间在美国、加拿大和欧洲的多种报刊刊载。

"他在说什么？"我坐在后座上问。

贾菲回答："他就是一台有趣的录音机。"

我跟这两个小子说了，我有点儿血栓性静脉炎，就是脚上有些静脉里有血栓，有点儿担心明天的登山，倒不是说这毛病会害我一瘸一拐走不动路，只是怕下山时情况会恶化。莫尔利说："血栓性静脉炎是对尿尿的特别说法吗？"要是我说起西部人，他就会说："我就是个笨嘴拙舌的西部人……瞧瞧偏见让英格兰变成了什么样子。"

"你真是个疯子，莫尔利。"

"我不知道，也许吧，可就算我是个疯子，不管怎么样，我还是会留下一份美好的遗嘱。"然后，又不知突然串到了哪里，他会说："哦，能和两位诗人一起爬山我真是太高兴了，我自己也打算动笔写一本书，有关拉古萨的，那是个中世纪晚期的海洋城邦共和国，那个地方彻底解决了阶级问题，马基雅维利在那里干过书记官，整整一代人的时间里，它的语言就是与黎凡特往来的官方外交语言。当然，这都是因为与土耳其的角力。"

"当然。"我们会说。

接着他就会大声问自己："你能在最早那个红色老烟囱只剩下将近一千八百万秒的情况下担保过好圣诞节吗？"

"没问题。"贾菲大笑着说。

"没问题。"莫尔利一边打着方向盘绕过越来越多的弯路，一边说，"他们把驯鹿装上灰狗巴士，专程送去内华达山脉的荒野里，开一场推心置腹的季前'幸福大会'，一万零五百六十码[1]之外才有一家原始的汽车旅馆。它比说起来的要新，也没有看上去那么简单。要是弄丢了往返票，你就会变成地精，装备很可爱，有传言说演员工会大会能吸纳军团收不下的人。当然，不管是哪种方式，史密斯，"（他转头看着后座上的我）"在寻找你的方式回归有情荒野的过程中，你一定能得到一份礼物……来自某个人的礼物。来点儿枫糖浆会不会让你感觉好点儿？"

"当然，亨利。"

这就是莫尔利。这时候，汽车来到了某处山麓，开始往上爬，一路经过各式各样阴沉沉的小镇，我们停下来加了油，道路两旁什么也没有，除了身穿蓝色牛仔装的"猫王"们正等着要给来者以迎面痛击，可远远地从下方传来了河水奔涌的咆哮，让人感觉高山就在不远处了。这是个纯净甜美的夜晚，最后，我们离开公路，拐上了一条窄窄的、真正的乡村柏油小路，开始向着实实在在的群山进发。道路两旁开始闪现出高大的松树，偶尔也有岩石峭壁。空气凛冽美妙。这天偏巧还是狩猎季开启的前夜，我们进了一间酒吧去喝东西，里面满是喝得醉醺醺的猎手，看上去个个都傻乎乎的，戴红色帽子，穿羊毛衬衫，车里装满了猎枪和子弹，急不可耐地追问我们有没有看到鹿。当然，我们看到了一头鹿，就在进这家酒吧之前。莫尔利的嘴一路上就没停下来过，那会儿他正说着："哦，赖德，说不定你就是我们这段海岸的小小网球派对上的阿尔弗雷

---

1 1 码约为 0.91 米。

德·丁尼生，他们会管你叫新波希米亚人，拿你同缺少了伟大的阿玛迪斯[1]的圆桌骑士和那个后来作价一万七千头骆驼外加一千六百个骑兵整个儿打包卖给埃塞俄比亚的小摩尔王国里最光辉闪耀的骑士相提并论，那时候恺撒还在叼着他妈妈的乳头在喝奶呢……"就在这时，一头鹿突然出现在路中间，迎着我们车头的灯光望过来，僵了一瞬，然后才跳进路旁的灌木丛，消失在骤然降临的钻石般澄澈辽阔的丛林寂静中（莫尔利熄火之后我们才察觉到），只留下一连串慌乱的蹄音，奔向高处迷雾中那些只吃生鱼的印第安人的庇护所，渐渐远去。如今我们身在真正的山野之中了，莫尔利说差不多有三千英尺海拔。我们看不见，但能听到溪水泠泠的清响冲刷过星光下冷冷的山岩。"嗨，小鹿，"我扬声冲着那动物喊，"别害怕，我们不会开枪打你的。"此刻，在这酒吧里——是我坚持要进来的（"在这种寒冷的北部高山的乡间午夜里，没什么能比一杯如同亚瑟爵士的糖浆一样甜蜜的热波特红酒[2]更能抚慰人心的了"）——"好吧，史密斯，"贾菲说，"只不过，要我说的话，徒步期间就不该喝酒。"

"啊，谁管它！"

"好吧，不过看看我们为这个周末买的便宜干粮，这下子，

---

1 阿尔弗雷德·丁尼生（Alfred Lord Tennyson，1809—1892 年），英国维多利亚时代的"桂冠诗人"。

　　阿玛迪斯（Amadis）是中世纪西班牙经典骑士小说《高卢的阿玛迪斯》（*Amadis de Gaula*）中的主人公，小说以阿玛迪斯追寻身世为引，展开一系列骑士冒险故事。
2 波特红酒是产自葡萄牙的著名红酒品种，又作"波尔图"，糖分很高。也用以指代同类型的甜红葡萄酒。

省下的钱大概都要被你们喝光了。"

"这就是我的人生，有时候有钱，有时候没钱，大多数时候都没钱，而且是真正的没有钱。"我们走进酒吧，那是个公路酒馆，地道的内陆山地风格，有点像瑞士的山间牧人小屋，卡座里装饰着麋鹿头和有关鹿的设计，吧台边的人群本身就昭告了狩猎季的到来，不过那些人都已经喝醉了。昏暗的吧台边光影交织，我们走过去，找了三张高脚凳坐下，点了波特酒。在一个猎手云集的威士忌山乡里点波特是件很奇怪的事情，不过酒保还是翻出了一瓶模样古怪的基督兄弟牌波特葡萄酒，用广口葡萄酒杯倒了两份（莫尔利是个身体力行的禁酒主义者），贾菲和我喝了，觉得很不错。

"嗯，"午夜氛围与葡萄酒让贾菲暖了过来，"最近我打算回一趟北部，去看看我小时候那些潮湿的林子和云雾缭绕的大山，还有满肚子学问的刻薄老朋友和成天醉醺醺的伐木工老朋友，天哪，雷，你要不跟我去一趟的话，这辈子就算白活了，自己去也行。那之后我就去日本，我打算走遍那里的山区，寻访隐藏在山里的那些已经被人遗忘了的小寺庙和一百零九岁的老贤者，他们住在小木屋里向观世音祈祷，花大把大把的时间冥想，等到从冥想中退出来，就笑看一切风云流转、世事变迁。可那并不是说我不爱美国，天哪，虽说我恨这些见鬼的猎手，他们唯一想做的就是端起枪对准一个无助的有情存在，杀死它，对于一切有情众生或者说生物来说，这就是实实在在的谋杀，他们会为此堕入轮回受苦受难，会为此付出代价的。"

"听听这个，莫尔利，亨利，你怎么看？"

"我对佛教没什么想法，只是对他们的一些画有那么点儿朦朦胧胧的不那么妥当的兴趣，虽说我必须说，凯寇伊瑟斯有时候会在他的登山诗里展示一种对于佛学的狂热，可我对于信仰这部分没什么兴趣。"事实上，这对他来说根本就没什么不同。"我是个中立者。"他快活地大笑着说，带着一丝热切地斜眼一瞥。贾菲大叫：

"中立就是佛教之义！"

"噢，这个波特酒能腻得你连酸奶都喝不下。知道吗，我实在是有点儿失望，因为这个地方没有本尼迪克丁葡萄酒，也没有特拉比斯葡萄酒 [1]，来来去去都是有基督兄弟的圣水和烈酒。不是说我进了这个酒吧就自我感觉膨胀得不行了，虽然说这地方怎么看怎么古怪，倒像个适合恰尔迪和布莱德洛夫作家 [2]、亚美尼亚杂货贩子，还有好心却笨拙的成群结队跑出

1　本尼迪克丁葡萄酒又称法国廊酒（Bénédictine），是一种高甜度高酒精度的草药酒。传说是法国诺曼底的一位本笃会修士首创的养生保健酒，事实上，其发明者是 19 世纪法国酒商亚历山德拉·格兰特（Alexandra Le Grand）。为呼应传说，酒瓶商标上都印有 D.O.M，本笃会文献开篇也常采用这个缩写，代表"Deo Optimo Maximo"，意思是"献给至高无上的主"。

特拉比斯会是一个严格遵行本笃会规的天主教隐世修道会，正式名称为严规熙笃隐修会（Ordo Cisterciensis Strictioris Observantiae，简称 O.C.S.O.），其修士擅长酿造啤酒，最初只是用于出售以换取收入，谋求自给自足，后发展为"修道院啤酒"这一啤酒种类，其中，特拉比斯啤酒（Trappist beer）为修士酿造，只有"国际特拉比斯协会"（International Trappist Association）成员出品的啤酒才能贴标，另一种 Abbey beer 虽然也称"修道院啤酒"，但并非联盟成员出品，也未必是修士酿造，而是修道院啤酒风格的啤酒。

两者都是著名酒类，与葡萄酒无关，这里只是小说中人物为了抱怨"基督兄弟"（Christian Brothers）而进行的发挥。

2　约翰·恰尔迪（John Ciardi，1916—1986 年），美国诗人、翻译家和词源学家，译有但丁的《神曲》，曾主持过布莱德洛夫作家大会（Bread Loaf Writers' Conference），后者创始于 1926 年，被誉为美国"历史最悠久、最具声望的作家大会"，每年夏天在佛蒙特州的米德尔伯里东部举办活动。

来想要寻欢作乐还琢磨着想避孕又不知道该怎么做的新教徒的大本营。这些家伙绝对狗屁不通。"莫尔利突然直言不讳起来，补充道，"这一带的牛奶一定不错，只不过奶牛比人还多。住在这上面的一定是个不一样的盎格鲁种族，我对他们的模样一点儿也不期待。这一带速度最快的孩子一定能跑出三十四英里。对了，贾菲，"他发表结束语，说，"要是你有一天找了份正儿八经的工作，我希望你一定要去弄一套布鲁克斯兄弟牌的西装……但愿你不用跑去参加那些做作的聚会，那种东西——嘿，我说，"几个姑娘刚好走进门来，"年轻猎手……这一定就是妇产科病房全年开放的原因了。"

可那些猎手们看不得我们扎小堆儿说小话，就只这么和谐地低声聊些我们自己七零八碎的话题，他们非得插进来不可，转眼间，椭圆形的吧台边就到处都是人在发表可笑的长篇大论，大谈本地的鹿如何，从哪里上山，干些什么，直到听说我们跑来这荒郊野外竟不是为了杀死动物而只是想爬个山时，他们才认定我们几个都是无可救药的怪胎，扔下我们不再理会了。贾菲和我一人喝了两杯酒，感觉很不错，这才和莫尔利一起开车离开，我们越爬越高，树更高，空气更冷，我们一路往上爬，直到最后，大约凌晨两点钟时，他们两个说离布里奇波特和登山道起点还有很长一段路，所以我们大概最好还是先把睡袋拖出来，在这些林子里睡一觉，等天亮了再接着走。

"天一亮我们就起床动身上路。到时候我们还可以在路上吃这些漂亮的黑面包和奶酪。"贾菲说着，亮了亮手里的东西，这些黑面包和奶酪是在离开他那间小屋前的最后一分钟才被他扔进行李袋里的，"这些就是一顿很好的早餐了，至于干小麦碎和其他好东西，我们可以留着当明天的早餐，在一万英尺的海拔上吃。"很好。莫尔利依旧絮絮叨叨地说个没完，汽车开过一小段铺满硬松针的地面，我们头顶上是大自然森林里无边无际的树冠，杉树、北美黄松，有的足有一百英尺高，这是一片洒满星光的辽阔宁静森林，地面上凝着白霜，四下里一片死寂，只偶尔有几声轻响从灌木丛里传出来，也许是只兔子，被我们的动静吓呆在里面了。我拿出我的睡袋，展开来，铺在地上，脱掉鞋子，幸福地叹息着，把我穿着袜子的双脚塞进睡袋里，愉快地环顾周遭漂亮的高大树木，想着，"啊，这样的夜晚能让人睡得多甜多美啊，在这样无处寻觅的无比寂静中我能进行怎样的冥想啊"。可就在这时，贾菲在车上大声冲我喊了起来："我说，看来莫尔利大概是忘记带他的睡袋了！"

"什么……那现在怎么办？"

他们讨论了一小会儿，手电筒的光照在结霜的地面上，然后，贾菲走过来，说，"你得从里面爬出来了，史密斯，现在我们只有两个睡袋，只能把它们铺开，拼成一张被子，三个人一起盖，见鬼，铁定会冷死了。"

"什么？寒气会从下面透上来的！"

"嗯。可亨利也不能在车里睡，他会被冻死的，车里没暖气。"

"见鬼，我才刚准备好好享受一番呢。"我抱怨着钻出来，套上我的鞋子。很快，贾菲就把两个睡袋拼到防雨布上面，收拾停当，可以睡了。按照丢硬币的结果，我只好睡在中间。这会儿气温已经降到了摄氏零度下，星星都变成了冷笑的冰锥。我钻进去，躺下来，至于莫尔利，我能听到他在疯狂地吹他那床可笑的充气床垫，准备睡在我身边，可一躺下来，他就立刻开始翻身、喘气、叹气，从这边翻到那边去背对着我，又从那边翻回这边，在冰冷的群星和一切美好之下没完没了。贾菲的呼声已经响起来了，他不必忍受这些叫人发疯的折腾。到最后，莫尔利完全睡不着了，爬起来跑到车上，说不定是去用他那种疯狂的方式跟自己聊天。我总算能打个盹儿了，可还没过几分钟他就回来了，浑身冰冷，钻进睡袋下面，又开始翻来翻去，翻来翻去，有一会儿嘴里还骂骂咧咧的，要不就是在叹气，就这样，仿佛一直要持续到天荒地老。我所知道的第一件事，就是曙光勾勒出了东方净土的轮廓，无论如何，我们马上就得起床了。这个疯子莫尔利！可这才只是个开始，这个不同凡响到了极点的家伙（很快你们就会明白了）弄出了一堆的倒霉事儿，这个不同凡响的家伙，大概是全世界有史以来唯一能把睡袋给忘掉的登山者吧。"天哪，"我想，"他怎么没把他那床可恶的充气床垫给忘了呢。"

第七章

从我们碰头的那一刻起，莫尔利就时不时地突然冒出一句约德尔小调，这事儿贯穿了我们的探险之旅始终。那只是一句简单的"唷德嘞嘿"，问题是它总在最古怪的时间、最古怪的情形下冒出来，比如他的朋友都还在时就有过好几次，后来上了车，跟我们一起坐在那么个小小的封闭空间里时也有，"唷德嘞嘿！"我们下车进酒吧，也有"唷德嘞嘿！"现在，贾菲醒了，看到天色已经破晓，便立刻从睡袋里跳出来，跑开去捡柴火，利索地生起一小堆火，在刚刚燃起的小火苗前瑟瑟发抖，莫尔利也醒了（他直到黎明才心神不宁地睡了一小会儿），打着哈欠，高喊"唷德嘞嘿！"这声音传向远远的山谷，又折返回来。我也起来了——我们唯一可做的就只有抱团取暖，唯一能做的事情就是又蹦又跳地揉搓拍打自己的胳膊，就像我和我那位哀伤的流浪汉搭火车经过南部海岸时那样。不过，贾菲很快就捡来了更多柴火填进火里，小火堆变成了熊熊燃烧的营火，没一会儿，我们就全都转过了身去烤后背，扯着嗓子聊起天来。这是个美丽的早晨：朝阳的红色光芒一束一束地落在山头，斜照进寒冷的树林，就像透进大教堂里的光；晨雾蒸腾着迎向初升的太阳；溪涧欢腾着发出巨大的神秘吼叫，从四面八方传来，或许水潭上已经结起了冰。

钓鱼的好地方。一眨眼间，我自己也跟着"唁德嘞嘿"起来，只不过后来贾菲走开去找更多柴火，从我们的视野里消失了好一会儿，莫尔利高呼"唁德嘞嘿"打招呼，贾菲却只回了个简单的"嚯呼"，他回来后说那是山地印第安人相互打招呼的方式，好得多。所以我也就改口喊"嚯呼"了。

不久，我们上车出发。我们吃了面包和奶酪。今天早晨的莫尔利和头天夜里的莫尔利没什么不同，依然以他那假学究的可笑方式喋喋不休，只是声音不大对劲，带着某种清晨初起的可笑，就像人们起太早了的那种声音，带着点儿不足，带着点儿沙哑和急切的渴望，准备迎接新的一天。很快，太阳就暖和起来。黑面包很好，是肖恩·莫纳汉的老婆烤的，肖恩在科特马德拉有间小棚屋，我们所有人都可以随时去免费住上一两天。奶酪是浓郁的切达奶酪。可我还是不太满足，自从我们进入山野后就不太能看到房舍和其他东西了，我开始渴望一顿上好的、热腾腾的老式早餐。突然间，就在刚刚开过一座河上小桥之后，一间透着欢腾劲儿的小餐馆出现在我们眼前，就立在路边巨大的杜松树下，烟囱里冒出袅袅的炊烟，门口立着霓虹招牌，窗户上贴着招贴纸，写着"薄饼、热咖啡"。

"我们进去吧，上帝啊，既然要爬一整天的山，那我们就该来点儿人吃的早餐。"

没人抱怨我这个提议，我们下车进店，在卡座里坐下，一个和气的女人过来为我们点单，带着偏僻小地方人们那种快言快语的欢快劲儿。"嘿，小伙子们，一大早去打猎？"

"不，女士，"贾菲说，"只是去爬马特洪峰。"

"马特洪，哈，要是有人给我一千块的话，我也会去爬的！"

中间我起身去屋子后门外的厕所，打开水龙头洗漱了一下，水凉得痛快，刺得我的脸微微发疼，我还喝了两口，像是把冒着气泡的冰块直接揣进了胃里，感觉很不错，于是我又多喝了两口。泛红的金色阳光从百来英尺高的杉树和美国黄松的枝叶间斜照下来，蓬着一身乱毛的狗儿在阳光里吠叫不休。我能看到远处光亮闪烁的雪峰，其中有一座就是马特洪。我回到屋里，薄饼已经上桌了，热腾腾地冒着蒸汽。我拿起糖浆浇在我那份三小块的黄油薄饼上，切开，啜一口热咖啡，吃了起来。亨利和贾菲也一样。一时间没人说话。很快，正当我们就着那无与伦比的凉水吃掉了早餐的时候，猎手们走了进来，穿着狩猎靴和羊毛衬衫，一个醉醺醺的都没有，全都是正儿八经的猎手，准备吃过早饭就出发。旁边就有一个酒吧，可在这个早晨，没人想碰酒精。

我们上了车，从桥上越过另一条小溪，穿过一片散落着几头奶牛、几座木屋的草甸，来到一片平地，从那里望去，南面诸峰参差错落，马特洪峰高耸其间，傲然兀立。"它就在那里。"莫尔利说，骄傲极了，"很漂亮不是吗？你们不觉得像阿尔卑斯山吗？我收藏了一些雪山的照片，你们什么时候该来看看。"

"我喜欢亲眼看实物。"贾菲说。他肃穆地望着群山，眼里是无尽的远方，是悄无声息的暗自叹息，我知道，他回家了。布里奇波特就在这块平地上，是个沉眠的小镇，奇怪地散发出几分新英格兰的味道。两家餐馆，两个加油站，一所学校，这就是395号公路两旁的一切了，这公路穿镇而过，从南面的毕晓普一路往北，通向内华达州的卡森城。

第八章

这会儿，我们再一次不可思议地耽搁了下来，因为莫尔利先生决心要去试试看能不能在布里奇波特找到一家开门的商店买只睡袋，或者至少买一块帆布或防水油布之类可以用来在这一晚睡觉时盖的东西，毕竟今晚我们要在九千英尺海拔上扎营，照昨晚睡在四千英尺的经验看来，会非常冷。贾菲和我坐在上午十点火热阳光下的学校草地上等他，看着冷清的公路上偶尔开过一两辆车，等着看一名往北去的年轻印第安人搭车的运气如何。我就着他热烈地讨论起来。"那就是我喜欢的，搭车到处走，感觉很自由，想象自己是个印第安人，随心所欲。该死，史密斯，我们去跟他说说话，祝他好运吧。"那个印第安人不算健谈，却也并不是不友善，他告诉我们，说他已经在395号公路上耗费了不少时间了。我们祝他好运。在此期间，就在这么个小得可怜的小镇上，莫尔利始终不见踪影。

"他在干吗，在把哪个店主从床上敲起来吗？"

最后，莫尔利回来了，说什么也没找到，为今之计，就只有到湖边的客栈里去借两条毯子了。我们上车，掉头往回开了几百码，然后转向南面，朝着湛蓝天空下积雪闪亮、杳无人迹的高山开去。我们沿着美丽的双子湖岸一直开到湖畔客栈，那是一栋白色的木头房子，莫尔利走进去，掏了五美金作为两条毯子租用一晚的押金。一个女人站在门口，两手叉腰，几条狗"汪汪"地叫。这是一条泥路，尘土飞扬，湖水却澄澈蔚蓝。悬崖和山麓倒映在湖面上，纤毫毕现。这一段正在修路，我们眼看着前方扬起的黄土，却还是得穿过去，一直走到湖的顶头上，穿过一道小溪，再向上穿过一片林下的灌木带，才能抵达登山道的起点。

我们停好车，取下所有装备，在温暖的太阳下整装待发。贾菲分出一些东西放进我的背包，跟我说，要么背上，要么自己跳到湖里去。他非常严肃，非常有大佬气势，再没什么比这更让我满意的了。接下来，带着同样孩子气的严肃劲儿，贾菲拿起鹤嘴锄走到路边的泥地上，画了个大圆圈，开始在圈里画一些东西。

"那是什么？"

"我在画魔法曼陀罗，它不但能保佑我们顺利登山，要是再多画几个符号和经文，我还能根据它预测未来。"

"什么是曼陀罗？"

"就是佛教的图案，通常都是一个画满了各种东西的圆圈，圆圈本身代表虚空，里面的东西代表幻景，喏，就这样。有时候，你能看到某尊菩萨头上画着曼陀罗，仔细研究它们，你就能了解这位菩萨的故事。"

我脚上穿着那双贾菲的网球鞋，这会儿又抽出了准备今天戴的登山帽，也是贾菲给我的，那是一顶黑色的法国小贝雷帽。我把它俏皮地斜扣在脑袋上，背上背包，一切准备就绪。

网球鞋加贝雷帽的搭配让我感觉自己更像个波希米亚风的画家，而不是登山者。至于贾菲，穿着他品质精良的大靴子，头戴他装饰着羽毛的绿色瑞士小帽，看上去就像个小精灵，只是更粗犷一些。我仿佛看见了他行走在群山之间的画面，就是这身打扮，独自一人。整个画面是这样的：那是个清爽的早晨，在干燥的内华达山脉高处，远处是不染尘埃的杉树，在岩石嶙峋的山壁上投下清晰的影子，更远处是依旧白雪覆盖的点点山峰，近一些是高大浓密的株株青松；贾菲戴着他的小帽子，背上背着一个大背包，正踏着大步独自前行，他的左手勾在胸前的背包肩带上，手里还拿着一朵花；草从密密匝匝的石块和大圆石头间钻出来；远远的碎石群勾勒出这幕清晨图景的边框；他的眼里闪着快乐的光芒，他走在他的路上，约翰·穆尔、寒山、拾得、李白、约翰·巴勒斯、保罗·班扬和克鲁泡特金[1]是他的英雄；他身形很小，迈步间肚子多少有点可笑地凸出来，可那不是因为他肚子大，而是因为他有点弓腰，只是弓腰的弧度又被他巨大的步幅抵消了看不出来，那真是大高个的步幅（这是我跟着他爬山的时候发现的），他胸膛厚实，肩膀宽阔。"真要命，贾菲，今天早上我感觉好极了。"我说。锁好车，我们三个背上包，开始沿着湖岸小路晃晃悠悠地走起来，从路

1　约翰·巴勒斯（John Burroughs，1837—1921年），美国博物学家、自然散文作家，活跃于美国的环保运动，代表作包括《醒来的森林》（*Wake Robin*，1871年）等。

保罗·班扬（Paul Bunyan），美国、加拿大等地民间传说中力大无比的伐木工巨人。

克鲁泡特金（Kropotkin，1842—1921年），无政府主义的重要倡导者，俄国贵族，博学多才，在历史、人文、经济、政治、科学、地理、生物、写作、社会活动等诸多领域都颇有所长。

边晃到中间，又晃到另一边，就像零落散乱的步兵兵团。"这比'老地方'好太多了，不是吗？哪怕是像这样清新的礼拜六早上，你在'老地方'也不过就是喝得醉醺醺的，胡子拉碴，恶心难受。可在这里，我们走在清澈的湖边，享受着这么棒的空气，天哪，这本身就是一首俳句。"

"比较是可憎的，史密斯。"他把球踢回给我，引了塞万提斯的话，还进行了一番禅宗视角的发散，"不管你在'老地方'还是在爬马特洪峰，都没有任何该死的见鬼的区别，都一样是古老的虚空，小子。"我咂摸着这句话，发现他是对的，比较是可憎的，都一样，可此刻的感觉实在是太好了，突然间，我意识到，这一趟会对我（除了我曲张的脚部血管以外）大有益处，会引领我远离酒精，甚至可能开启我一种全新的生活方式，令我为之感激。

"贾菲，真高兴能遇见你。正当我厌倦了城市文明之时，就有机会学到如何准备行囊、背包，该做什么，该如何在这样的山间攀登徒步，所有的这一切。说真的，我很感恩能遇见你。"

"哦，史密斯，我也很感恩能遇见你，能跟你学会如何自发自然地写作，还有其他所有的。"

"嗨，那不值一提。"

"对我来说很重要。来吧，伙计们，咱们得走快点儿了，没时间耽搁了。"

很快，我们来到了飞扬的黄土前，履带车搅动着土地，肥壮的大块头工人挥汗如雨，骂骂咧咧地干着活儿，瞥都不瞥我们一眼。要想让他们去爬个山，那非得付给他们双倍报酬不可，要是赶上今天这种星期六的日子，那就得四倍了。

想到这个，贾菲和我都笑了出来。顶着个小贝雷帽让我觉得有点窘，可那些履带车司机压根儿连眼皮都没抬一下，很快，我们就将他们抛在身后，向着登山道山脚起点旁的最后一家商店兼客栈走去。那是间原木小屋，就坐落在湖的尽头上，美丽广阔的 V 形山麓环抱着它。我们在这里稍微停了停，坐在台阶上休息了一会儿。我们已经走了将近四英里，不过都是在平地的好路上走。然后，我们进去买了些糖果、薄脆饼干和可乐之类的东西。就在这时，突然间，莫尔利——这四英里路程里他就没安静过，背着他那个硕大无比的背架，上面放着充气床垫什么的（已经把气放掉了），还没戴帽子，模样显得很滑稽，像是在图书馆里一样，只不过穿上了一条大垮垮的肥裤子——莫尔利突然想起他忘了排空曲轴箱。

"这么说，他忘了排空曲轴箱。"我说着，留意到他们的惊慌失措，可我自己并不太懂汽车，"这么说，他忘了摆空曲轴箱。"

"不，这意味着要是今晚这里的气温降到冰点以下，那该死的散热器就会被撑爆，我们回去时就没车开了，只能走上十二英里到布里奇波特，接下来再一路搭车。"

"啊，也许今晚没那么冷呢。"

"不能心存侥幸。"莫尔利说。到了这个时候，我已经烦透他了，他总能出尽各种想也想不到的问题，忘东西，搞砸事情，烦人，耽搁时间……就这么简单的一次徒步之旅，他就能弄得我们来来回回地兜圈子，没法子进行下去。

"那你要怎么办？我们要怎么办，走四英里回去？"

"只有一个办法了，我一个人回去，排空曲轴箱，再走回来，沿着山路上山追你们，今晚咱们在营地会合。"

"我会生一堆大大的篝火。"贾菲说，"你看到火光就唱约德尔，我们会给你指路。"

"这样就简单了。"

"但你一定要确保在天黑以前赶到营地。"

"我会的，我现在就动身回去。"

话说到这个份儿上，我又觉得对不住可怜的倒霉的滑稽的老亨利了，说："啊，该死，你是说你今天不跟我们一起登山了吗？让那什么曲轴箱见鬼去吧，跟我们一起来。"

"要是今晚真冻坏了的话，那代价就太大了，史密斯，不，我看我还是回去的好。我脑子里很有些点子，能知道你们俩这一天大概会聊些什么，我能跟你们保持同步，啊该死，我这就得赶紧回去了。记得千万不要朝蜜蜂叫，不要伤土狗，要是遇到天体网球派对记住别盯着车头灯看，不然太阳光会被姑娘的屁股反射过来直接照进你的眼睛，还额外赠送猫啊什么的还有成箱的水果橙子……"他叨咕着诸如此类的话，完全没有客套寒暄，掉头就往回走，一边还挥了一下手，嘴里依旧嘟嘟哝哝地自言自语着，我们只得大声喊，"那回头见，亨利，抓紧时间"，他没回答，也没停步，只耸了耸肩。

"知道吗，"我说，"我觉得对他来说这没什么不同。他其实就是满足于到处乱晃，忘掉各种东西。"

"还要拍着他的肚子，看着事情本身的样子，有点像《庄子》里写的那样。"贾菲和我好生笑了一通，看着落单的亨利大摇大摆地走在我们刚刚走过的路上，孤单而疯狂。

"好了，我们走吧。"贾菲说，"等到我背不动这个大包的时候，我们就换一下。"

"我现在就可以接手。兄弟，来吧，现在就给我，我正想背点儿重的东西呢。你不知道我现在感觉有多好，兄弟，来！"于是我们交换了背包，重新出发。

我们两个感觉都很好，想到哪儿聊到哪儿，什么都聊，文学、高山、姑娘、普林塞思、诗人、日本、我们生命中曾经的探险，我突然意识到，莫尔利忘记排空曲轴箱这事儿在某种意义上来说就是老天暗暗赐下的福分，不然贾菲就没法在这样一个天赐的好日子里自由自在地谈天说地，而现在，我却有幸能听到他的真知灼见。他做事和徒步的方式让我想起了我童年的玩伴麦克，他也很爱走在前面开路，一本正经得好像巴克·琼斯一样，双眼注视远方地平线的模样又像是纳提·邦波[1]，一路上都会提醒我小心横生的小树枝，不然就是说，"这里太深了，我们沿着河边走一段再蹚水过去吧"，或者"这块洼地里都是烂泥，我们还是绕一下比较好"，一边严肃得要死，一边兴高采烈。我完全可以想象贾菲那些在俄勒冈东部森林里的童

1　巴克·琼斯（Buck Jones，1891—1942 年），20 世纪 20—40 年代的电影明星，多出演西部片。

　纳提·邦波（Natty Bumppo）是一个虚构人物，丛林勇士，出自美国作家詹姆斯·菲尼摩尔·库珀（James Fenimore Cooper，1789—1851 年）的作品《皮袜子故事集》（*Leatherstocking Tales*）。

年时光是什么样子的。他走路的样子和说话的风格如出一辙，走在他身后，我能看到他的脚有点儿内八字，而不是向外撇（我也是这样）；可等到要攀登的时候，他的脚尖就会掉转方向往外，就像卓别林那样，好让他在艰难跋涉的时候能走得轻松稳当点儿。我们横穿过一段泥泞的河床，河床边生长着茂密的林下矮株和几棵柳树，我们钻出来，走到河对岸，身上多少都有些湿了。直到这时，才算是真正踏上了登山道。道路标识很清晰，有路牌，最近刚有修路工维护过，但当我们走到一处有山石滚落在路中间的地方时，贾菲相当警惕地把石头搬开扔掉，嘴里解释着，"我以前干过修路工，看不得路上有这种碍事的东西，史密斯"。随着我们越爬越高，湖开始出现在我们下方，忽然之间，在那清澈碧蓝的湖面上，我们看到了一个个深洞，那是湖中的泉眼所在，像是暗色的井，我们还能看到一群群的鱼儿轻快地游来游去。

"噢，这就像是中国的清晨，我才五岁，人生才刚开始！"我高唱起来，感觉很想在路边就地坐下，抽出我的小本子，写下几句话来描绘它。

"看那边，"贾菲高声说，"金黄的白杨。我刚想到一个俳句……'要说文学人生——金黄的白杨'。"走在这片乡野里，你才能真正读懂东方诗人们写下的那些俳句之中的最美好的珍宝，在这样的山里你永远不会喝醉，不会有类似那样的其他任何东西，只会像孩童般天真单纯，写下眼中看到的，没有文字技巧和空洞花哨的修饰。我们一边爬山一边作俳句，沿着蜿蜒曲折的山路，一直向上，一直向上，走在灌木丛生的山坡上。

"岩石悬在山崖上，"我说，"为什么不会滚下来？"

"这也许是俳句，也许不是，可能会太复杂了点儿。"贾菲说，"一首真正的俳句应该像麦片粥一样简单，却能让你看到真切的东西，就像这首，这大概是所有俳句中最伟大的一首了，'麻雀在游廊上跳，湿着脚'，正冈子规的 [1]。你能看到湿漉漉的脚印，就好像它们原本就是存在于你脑海中的画面，同样，还是透过这么几个简单的字眼，你就能看到那一天落下的雨，甚至几乎能闻到湿润的松针的味道。"

"我们再来一首吧。"

"这一次我自己来作一首，瞧着吧，'湖在下……深井造黑洞'，不，那不是俳句，该死，要作俳句你永远不能太刻意。"

"试试以最快的速度来作怎么样，让它们自己蹦出来？"

"看这个，"他开心得大叫起来，"高山羽扇豆，看这些小花精妙的蓝色。那里还有些加利福尼亚红罂粟。整片草地上都洒满了颜色！顺便说一句，上面那个是一棵真正的加州五针松，你如今很难再看到它们了。"

"你对鸟啊树啊之类的东西真的很了解。"

"我一辈子都在研究这个。"我们接着往上爬，但更放松了，说出的话更傻，更可笑。很快，我们转过了山道上的一个弯，眼前骤然变暗，却又豁然开朗——树荫浓密了，可一道惊人的山溪从天而降，冲刷着下方的岩石，泛起白色的浮沫，翻

---

1 正冈子规（1867—1902 年），笔名正冈升，日本明治时期的俳句诗人、作家、文学评论家，被认为是现代俳句发展史上举足轻重的人物之一。

卷着，继续向下流去，山溪上横架着一根倒木，成了完美的桥，我们踏上去，俯身趴着，探头下去，沾湿了头发，水溅起在我们脸上，我们大口地喝，就像把你的脑袋贴在水坝边跌落的激流旁。我趴了好一会儿，享受这突然而至的清凉。

"这真像雷尼尔麦芽啤酒的广告！"贾菲叫道。

"我们坐会儿，享受一下吧。"

"孩子，你不知道我们还有多少路要走！"

"啊，我一点都不累！"

"哦，你会累的，老虎先生。"

第九章

一路向前，我沉浸在无比的愉悦中，我喜欢这山道在此刻这样的午后，这样给人带来永恒不朽的感觉的样子；喜欢路旁青草萋萋的山坡宛如笼罩在古老的金色尘埃下的样子；喜欢飞虫在山石上空飞舞，风叹息着，在滚烫的岩石上跳出摇曳闪亮的舞蹈的样子；喜欢山道那样突然间一头扎入成片的阴凉，大树蔽日，光线变暗的样子。也喜欢大湖在我们脚下迅速退化成玩具般小水洼的样子，暗黑的"井口"依旧清晰可见，大朵的云在湖面投下影子，可怜的小路蜿蜒曲折，可怜的莫尔利正在赶回来的路上。

"你能看到莫尔利有没有掉头往这边来了吗？"

贾菲凝目望了好一会儿。"我看到一小团尘土，说不定就是他已经掉头回来了。"可我的眼中看到的，却只依稀是这条山道上的某个古老的午后，从草地上的岩石和羽扇豆花，到骤然重现的咆哮的山溪，水上倾木成桥，水花飞溅，水下绿意荡漾，某种言语无法表达的东西在我心中破土而出，就好像我曾经有过另一世人生，也曾走在这条山道上，在同样的情形下，身边同样伴着一位菩提萨埵，只是那似乎是一次更加重要的旅程。我只想就此躺倒在路边，好好地将这一切从头回忆一遍。

这是因为树林的关系，它们看上去总是差不多的模样，即便遗忘已久，就像某个早已过世的亲人的面庞，就像一个久远的梦，就像一曲歌谣漂过水面，更像是千百万年前早已逝去的童年与成年、生者与亡者与心碎故事的金色的永恒，云朵从头顶飘过，仿佛（用它们自己特有的寂寥的亲切感）在证实着这样的感觉。当记忆碎片一闪而逝，我甚至恍惚起来，汗水渗出，昏昏沉沉，像是躺在草地上酣眠，人在梦中。我们越爬越高，越来越累，到这时，已经完全是两个真正的登山者了，不再说话，不必说话，依然欣悦。事实上，贾菲提到过这样的情形，那是在一连半个小时的沉默过后，他转头对我说："这就是我喜欢的，你一直走，没有必要说话，就好像我们都是动物，无须言语，只凭感应就能沟通。"就这样，我们沉浸在各自纷涌的思绪里奋力攀爬，贾菲迈着我前面说到的那种瞪羚般的步伐大步地走，我也找到了属于自己的步调，步幅小一些，慢慢地、耐心地往上爬，一个小时走一英里，所以我总落在他后面大概三十码开外，要是这会儿再想出个什么俳句，我们就得冲着前面或后面大声喊出来了。很快，我们抵达了这一段山路的最高点，前方没有路了，只有一片无与伦比的梦幻般的草甸，上面有一个美丽的水潭，草甸过后就是石头，除了石头，再无其他。

"从现在开始，要想知道往哪儿走，唯一的路标就只有鸭子了。"

"什么鸭子？"

"看到那边那些大石头了吗？"

"看到那边那些大石头了吗！天哪伙计，我看到足足五英里的大石头，一直到那座山那边。"

"看到那棵松树旁边那块大圆石头了吗？上面垒着一堆小石头，那个就是鸭子，其他登山者摆的，说不定就是我自己在一九五四年的时候摆的，我也记不清了。从现在开始，我们只要从一块大石头走向另一块大石头，一路上留意找鸭子，然后就大概能知道该往哪个方向走了。当然了，我们其实是知道要往哪个方向走的。那边那个大悬崖就是我们要去的高地。"

"高地？我的天，你是说那还不是山顶？"

"当然不是，在那之后我们还会再经过一片高地，然后是一段碎石坡，再来是更多的岩石，然后，我们会抵达最后一个高山湖泊，不比刚才那片水潭大，然后再爬最后一千英尺几乎算是笔陡的山路，孩子，那之后，我们就登上了世界之巅，你能在那里看到整个加利福尼亚，还有一部分的内华达，风会直接钻进你的裤管里。"

"哇噢……那总共还有多远？"

"啊，我们唯一能知道的就是，今天在那边那块高地上扎营过夜。我管它叫'高地'，但其实根本不是，那就是高山与高山之间的一道山架。"

可这个山道尽头的顶点实在是个漂亮的地方，我说："伙计，看看这里……"梦幻般的草甸，有松树屹立一侧，有水潭，天空澄明清澈，午后的流云泛着金光……"我们今晚为什么不就睡在这里呢，我还从来没见过有哪个公园比这里更漂亮的呢。"

"啊，这不算什么。当然，这里非常棒，可到了明天早晨，我们可能一睁眼就发现足足三打的学校老师骑着马上来，在我们的后院里生火煎培根。可我们要去的地方，你可以放心大胆地用你的屁股打赌，不会有任何一个人类出现，如果有，我就是个斑点马屁股。也难保不会有个把登山者，或者两个，可现在这个季节，我看不大可能。你知道，这个时候随时都有可能下雪。要是今天晚上下雪，我们两个就都该跟这世界告别了。"

"哦，告别了贾菲。不过我们还是在这里休息一下吧，喝点儿水，欣赏欣赏这片草地。"我们都累了，感觉却棒极了。我们摊开手脚躺在草地上，休息片刻，交换背包，背上，迫不及待要继续了。几乎就在一转眼间，草地终结，石头登场——我们爬上第一块大石头，由此刻开始，唯一的动作就是从一块大石头跳到另一块大石头，慢慢往上爬，爬，爬过绵延五英里的山谷，山谷两侧巨大的峭壁如高墙般壁立，山谷里全是大石头，越来越陡……看起来，我们这一程都要在这些大石头上跳跃攀爬了，直到悬崖跟前。"那个悬崖后面是什么？"

"那里有深深的草丛，有灌木丛，大石头四散零落，漂亮的溪流曲曲弯弯，就算大下午河里也漂着冰，还有东一块西一块的雪，巨大的树，一块差不多有两个阿尔瓦的小屋那么大的石头垒在另一块上面，半截悬空，天然形成了一个半凹进去的洞，我们可以在里面扎营，点一堆旺旺的篝火，把石壁烤得热热的。再往下走，草地和树木就都没有了。到那里差不多刚好九千英尺。"

我穿着网球鞋在石头之间跳跃，轻松得就像在轻巧地跳舞，可没过多久，我就注意到贾菲跳得是多么优雅，他只是闲庭信步般地从一块石头漫步到另一块，偶尔双腿交错一下，左腿往右，右腿往左，迈出从容的舞步，我跟着他的步伐学了一会儿，但很快就意识到，对我来说，还是按照自己的步伐来选择落脚点，跳我自己笨拙的舞蹈更好一些。

"这样爬山的秘诀，"贾菲说，"就跟禅一样。不要想。只管顺其自然地跳。这是世间最容易的事情，事实上，比在平地上走路还容易，那个太乏味。像这样，一个一个可爱的小问题随着每一步自动浮现，而你绝不会犹豫不决，你会发现自己就那么跳到了另一块石头上，你选择了它，没有任何特别的理由，就像禅一样。"正是如此。

我们现在不怎么说话了，双腿肌肉都累了。我们花了好几个小时（大概是三个吧）来爬这道长长的、长长的山谷。在这期间，时间已经走到了向晚时分，光线渐渐变成琥珀色，黑影不祥地落在满是干涸大石头的山谷里，虽然如此，却并不会让你感到害怕，而是又一次带来永恒的感觉。"鸭子"们就在路边，都很容易看见：站在你的大石头上，朝前看，找到一个"鸭子"（多半只是两块叠在一起的扁石头，或许上面还会再有一颗圆石头作为提点），这样，你就能确定大方向了。这些"鸭子"都是之前的登山者摆的，目的就是为后来者节约一两英里的路程，免得他们在巨大的山谷里兜了远路。与此同时，咆哮的山溪一直都在，只是如今瘦了些，也安静多了，它从悬崖正面流淌下来，出自山谷上方大概一英里的高处，我能看到灰色的山石上有一个巨大的深色洞口。

要背着沉甸甸的背包在石头上跳来跳去，还不掉下去，这事儿做起来比听起来容易——只要找到舞之韵律，你就是想掉也掉不下去。我时不时地回头看看山谷，看到我们竟然已经爬到这么高，看到远方群山勾勒出的天际线已经落在身后，总不免惊讶不已。我们那山道尽头的美丽公园如今看上去就像亚登森林[1]里一个小小的幽谷。山路越来越陡，太阳越来越红，很快，我开始在岩石的背阴处看到斑斑点点的残雪。悬崖近在眼前了，它赫然矗立，仿佛直冲着我们逼过来。就在这时，我看到贾菲扔下了背包，于是紧赶几步追上他。

"好了，我们就在这里卸下装备，再从那边往悬崖上爬几百英尺，你会看到一片浅溪，那就到露营地了，我记得位置。说真的，你不如就坐在这里休息休息，要不自己乐和一下也行，我到周围转转，我喜欢自己转。"

好吧。于是我坐下来，脱掉我的湿袜子，脱掉汗湿的内衣，换上干的，盘起腿，吹着口哨，歇了大概半个小时。很惬意的任务。贾菲回来了，说已经找到了露营地。我以为离我们休息的地方只有短短的一小段路，谁知又花了差不多一个小时在陡峭的大石头上跳来跳去，一路兜来绕去地往上爬，最后才登上崖壁高处的一块平地上，上去以后又踏着总算多多少少长了些草的平地走了两百码，来到松林间一块高悬的灰色巨岩下方。此时此刻，世界变得如此灿烂美妙：土地上覆盖着积

---

1 亚登森林（Forest of Arden）主要位于英国沃里克郡境内，是莎士比亚喜剧《皆大欢喜》的故事背景地，因而成了世外桃源的代名词。

雪，草上残雪斑驳，山溪汩汩，巨大而寂静的岩石山脉高耸在两旁，有风吹过，有石南的香味飘过。我们涉过一条可爱的小溪——不过一掌深浅，水清透澄净——爬上那块巨岩。上面还有带着焦黑痕迹的老木头，有别的登山者也曾在这里露营。

"马特洪峰在哪里？"

"从这里看不到，不过——"他朝上指了指远处的长条平地和曲曲弯弯朝着右边延伸开去的碎石峡谷，"——绕过那里，再往上走两英里左右，我们就到马特洪峰脚下了。"

"哇噢，见鬼，呼，那还得要一整天时间！"

"跟我一起走就不用，史密斯。"

"好吧，赖德利，我没问题。"

"好的，史密西，现在我们放松享受一下，准备点儿晚饭，等等老莫尔雷伊如何？"

我们打开背包，把东西统统摊开来，点起烟卷好好享受了一番。这时的群山已经开始泛起淡粉色，我说的是那些石头，它们只是坚硬的岩石，却蒙上了自太古以来就积存下的尘埃的原子。说实在的，我有点害怕这些嶙峋的巨大怪物这样包围在我们周遭，高悬在我们头顶。

"它们太沉默了！"我说。

"是的，伙计，你知道吗，在我看来，一座山就是一尊佛陀。想想看吧，它们是多么有耐性，千百万年来，只是那样坐在那里，始终保持着完美的、全然的沉默，像是在那样的沉默中为芸芸众生祈祷，只为等待我们丢掉我们所有的烦恼和愚妄。"贾菲取出茶叶，中国茶，往一个锡壶里撒了些，一边生起火，开始只是小小的一堆（现在还有太阳）。他把一根长木棍稳稳地斜插在几块大石头下面，做了个吊锅的支架，很快，水开了，热腾腾的开水倒进锡壶里，我们用锡茶杯喝茶。水是我亲手从溪里打来的，很冷，很清澈，像白雪，像天堂里水晶睑下的眼睛。所以，这茶也是我这辈子到此刻为止喝过的最清纯、最解渴的茶，它会让你越喝越想喝，它是真的能解除你的干渴，当然，也会让温暖在你的肚腹间回旋盘绕。

"这下你明白东方人对茶的热爱了吧。"贾菲说，"记得我跟你说过的那本书吧，它说了，第一口让你欣喜，第二口让你快乐，第三口是宁静，第四口到癫狂，第五口就是陶醉沉迷了。"

"老朋友也是这样。"

我们背靠岩石扎营，那块石头堪称奇迹，足有三十英尺高，底部也有三十英尺见方，几乎就是个完美的正方形，虬结弯曲的树木在它上方结成了拱顶，垂首窥看着我们。它从下到上地向外斜伸出去，形成一个天然凹陷，所以就算下雨，我们也能有些遮挡。"这个大玩意儿是怎么来的？"

"有可能是冰川退行之后留下的。看到那边那片雪地了吗？"

"看到了。"

"那就是还剩下的冰川了。不管是这块还是那块石头，都有可能是从某些古老得不可思议的山峰上滚落下来的，那是我们无法理解的。再不然，就是当初侏罗纪地壳挤压，山脉从地面隆起时留下的。雷，到了这里，你就不是坐在伯克利的茶室里了。世界的开始与尽头就在这里。看看所有这些沉默的佛陀吧，它们在看着我们，一言不发。"

"那你以前都是自己一个人来这里……"

"一连好几个星期，就像约翰·穆尔一样，自己一个人，到处寻找石英矿脉，或者采花做花束来装饰我的营地，要不就光着身子地到处走，边走边唱歌，自己做晚饭，自己哈哈大笑。"

"贾菲，我一定要把这话说出来给你听：你是这世上最快活的小猫咪，老天做证，也是最伟大的。我非常确定，我很高兴能学到这一切。这个地方让我体会到了忘我，我想说的是，你知道我有一段祈祷词，可你知道我用的是什么祈祷词吗？"

"是什么？"

"我坐下来，开始祈祷，把我所有的朋友、亲人和敌人一个一个放进去，完全不带一丁点儿的愤怒或感激或其他什么，我会说，就像这样，'贾菲·赖德，同样空虚，同样被爱，同样能成佛'，然后到下一个，说，'大卫·欧-塞尔兹尼克，同样空虚，同样被爱，同样能成佛'，不过我没用过大卫·欧-塞尔兹尼克这样的名字罢了，都是我认识的人，因为当我说出'同样能成佛'这样的话时，我希望能想着他们的眼睛，就像你去想莫尔利，想想他眼镜片后面的蓝眼睛，当你想着'同样能成佛'时，你想的是那些眼睛，在那一刹那间，你就能真真切切地看到被掩盖的真实的宁静，看到他未来成佛的样子。接下来，你去想你敌人的眼睛，也是一样。"

"这太棒了，雷。"贾菲拿出他的笔记本，记录下我的祷词，一边惊诧地摇晃着脑袋，"这真的真的太棒了。我要把这段祷词告诉我在日本见到的和尚。你一点儿问题也没有，雷，唯一的小小麻烦就在于，你以前从来没有学会走出门，到这样的地方来，你听凭世界用它的胡话和谎言淹没你，让你为之烦恼……虽然我说过比较是可憎的，可我们现在谈论的是'真实'。"

他拿出他的保加利亚碎小麦，扔了两包蔬菜干进去，一起放在锅里，准备等到黄昏时再煮。我们开始竖起耳朵等待亨利·莫尔利的约德尔呼唤，直到现在都还没听到。我们开始担心他了。

"最大的麻烦在于，见鬼，要是他从石头上摔下去，摔断了腿，那地方根本就找不到人帮他。那很危险，对于……我自己倒是也这么走过，可我很擅长这个，我就是头野山羊。"

"我有点儿饿了。"

"我也是，该死，但愿他很快就能到。我们去逛一逛，吞几个雪球，喝点儿水，再等等吧。"

就这样，我们去探索了平坦高地的高处尽头，然后回来。这时太阳已经落到了山谷的西侧山壁背后，光线越来越暗，越来越粉，温度越来越低，越来越多的紫色从山口岩缝间透出来。天空变得幽深。我们甚至能看到黯淡的星星了，一两颗总是有的。突然间，我们听到了一声遥远的"唷德嘞嘿"，贾菲一跃而起，跳上一块大石头的顶端，高喊"嚯呼——嚯呼——嚯呼！"得到了"唷德嘞嘿"的回应。

"他还有多远？"

"老天，听声音他都还没开始呢。他甚至还没到岩石峡谷那里。今晚他是怎么也赶不过来了。"

"我们怎么办？"

"我们到悬崖顶上去吧，坐在崖边，等他一个小时，给他指路。带上这些花生和葡萄干，到上面边等边吃。也许他没我想得那么远呢。"

我们爬上悬崖的尖岬，在那里，能看到整条山谷，贾菲以全跏趺坐的方式在一块岩石上盘腿坐下，拿出他的木头念珠，开始祈祷。具体来说就是，他只是将念珠执在手中，用大拇指由上往下拨动珠子，双眼直视前方，身子一动不动。我在另一块岩石上坐下，尽可能坐得标准。我们俩都没说话，各自冥想，只是我的眼睛是闭上的。寂静是巨大的咆哮。山溪的声响，那汩汩的、哗啦啦的山溪的言语，都被岩石屏蔽在了我们的所在之外。我们又听到过几声叫人忧伤的"唷德嘞嘿"，也回应了，可那距离听来却好像一次比一次还要远。当我睁开眼睛时，粉红已经紫了许多。星星开始闪烁。我陷入深深的冥思，体悟群山就是诸佛，是我们的朋友，我有种奇怪的感觉，很怪异，仿佛这整个空旷的山谷间只有三个人——神秘的数字，三。应身、报身、法身[1]。我为可怜的莫尔利祈祷，愿他平安，得享真正的永久幸福。

每次睁开双眼，看到贾菲坐在那里纹丝不动，活像块石头

1　即佛教所说的"三身佛"概念，其中"报身"又称"化身"。"身"为聚集诸法而成，《最胜王经·分别三身品》中认为"一切如来有三种身"，唯有"三身具足"，方能悟得最高智慧。

一般，我就忍不住想要大笑，他的样子太滑稽了。可群山如此庄严，贾菲也是，这么说来，我也是，事实上，就连笑声也是庄严的。

美极了。粉红消退，暮色变成了全然的紫，寂静的咆哮有如金刚钻汇成的波浪冲刷过我们耳朵的液体玄关，足以给人带来延续千年的慰藉。我为贾菲祈祷，祈祷他未来平安喜乐，终能成佛。这是全然的严肃，全然的幻觉，全然的快乐。

"岩石是空间，"我想着，"空间是幻觉。"我有我的思绪万千。贾菲有他的。我惊叹于他竟能睁着眼冥想。更以一个普通人的视角，惊叹这个了不起的小个子男人，一边热切地钻研东方诗歌、人类学、鸟类学和书本中的一切，一边行走在群山野径之间，变身为如此瘦小又如此强悍的探险者，再一个转眼间，他却又能拿出他仁慈的美丽的木头念珠，肃穆地端坐祈祷，就像久远以前的圣徒，出现在沙漠很自然，出现在美国的钢筋水泥丛林和飞机场里就不免叫人惊诧感叹了。世界不是那么坏，只要还有贾菲们。想到这里，我很高兴。肌肉的酸痛和腹中的饥饿感加在一起很糟糕，周遭的幽暗岩石也很糟，事实上，这里没有任何能够抚慰你的东西，没有亲吻，没有温言软语，然而，只是坐在这里冥想，为这个还拥有另一个热忱的年轻人的世界而祈祷，就够了——能为死而生就已经足够好了，我们莫不如是。它会在无尽绵延的银河中浮现，会在我们虚幻的不偏不倚的眼前出现，朋友。我想把想到的这一切都说给贾菲听，可我知道那不重要，更有甚者，不知怎么的，他其实早已经知道了，沉默方为金山。

"唷德嘞嘿！"莫尔利唱歌传话。天已经黑了，贾菲说："好吧，看来他离得还远。他有判断力，会自己在下面选个地方扎营过夜的，我们回我们的营地去做晚饭吧。"

"好。"我们喊了两三次"嚯呼"以示安慰，这一晚便抛弃了可怜的莫尔。他绝对有足够的判断力，我们知道。事实也证明的确如此，他自己在下面扎了个营，铺开充气床垫，盖上他的两床毯子，在那个无与伦比的、有着水潭和松树的幸福草甸上安安稳稳地睡了一夜——这是他第二天赶上我们以后自己说的。

第十章

我跑来跑去捡回很多小树枝，用来引火，然后又转一圈，找稍微粗大一些的柴火，最后搜罗大块的碎树干，这活儿很简单，东西到处都是。照道理说，就我们生起的这堆火，莫尔利从五英里外都应该能看见，只是我们在悬崖背面的低处，高起的崖缘遮挡了他的视线。火堆将熊熊的热量投向我们的崖壁，悬崖吸收热量，再返送回来，就像在一个暖烘烘的屋子里一样，只有出去添柴或取水时，我们的鼻尖才会被冻得冰凉。贾菲往锅里加上水，开始和碎小麦一起煮，一边不断地转着圈搅，一边还忙着调巧克力布丁的配料，把它们统统放进另一个从我的背包里拿出来的小锅里面烧开。他还重新煮了一壶茶。然后，他抽出两双筷子，很快，我们做好了晚餐，快活地笑起来。这是有史以来最美味的晚餐。在我们的橘色火焰上方，你能看到浩瀚无垠的漫漫星海，有的傲然闪耀，有的掩映在金星的光辉之下，还有银河，广阔到人类无法想象的地步，它们全都是那样冷，那样蓝，那样银光闪烁，只有我们的食物和我们的火是粉红而美味的。贾菲说得没错，我一点儿也不想喝酒，我把它彻底抛到了九霄云外，海拔太高，运动强度太大，空气太凛冽，光是这空气本身就已经能让人醉得一塌糊涂了。这顿晚餐棒极了，攮在小小筷子尖上的食物总是更美味一些，你不会吃得狼吞虎咽，所以说，达尔文的适者生存理论最适合中国——要是不会用筷子，不能很好地将它们伸进一家人共享的菜盘子里夹菜，那你就得挨饿。最后，我干脆扔掉筷子，不管三七二十一地直接上手了。

晚餐结束，贾菲勤劳地拿出钢丝球刷锅，让我去打水，我用一个其他露营者留下的空罐头听子在倒映着星星的防火池里打了水，顺便还带了个雪球回来，贾菲用煮开的水洗盘子。"一般来说，我不洗盘子，就直接用我的蓝色大手帕包起来，因为这真的无所谓……不过麦迪逊大道上那些个卖马头肥皂的家伙是不会欣赏我这样的小小智慧的，叫什么来着，那家英国公司，乌尔博和乌尔博，管他呢，哦天哪，孩子，要是我没记着把星图拿出来看看每天晚上的情况，我就浑身难受，好像一切都乱七八糟了。它们在天上，数不胜数，比你最爱的所有佛经箴言加起来都多，孩子。"说着，他抽出他的星图，转一转方向，比照着稍稍调整一下，看了看，说："现在刚好是晚上八点四十八分。"

"你怎么知道的？"

"如果不是八点四十八分的话，天狼星就不会在它该在的位置上……你知道我喜欢你什么吗，雷，你让我领悟了这个国家真正的语言，那是工人的语言，铁道工的语言，伐木工的语言。你听过他们这样的人说话吗？"

"当然听过。我遇到过一个家伙，一个石油钻塔司机，那是种卡车，有一晚，大概是午夜前后吧，他捎了我一段，那时候我刚被一个同性恋拒之门外，那家伙有个什么汽车旅馆之类的，叫什么不好，偏偏叫——我亲爱的，叫'花花公子庭院'——还说什么要是你搭不到车就来睡我的地板吧，就这么着，我在空荡荡的公路边等了差不多一个小时，后来就来了这辆钻塔车，开车的是个切罗基人[1]，他自己说的，不过他的名字是约翰逊或者阿莱·雷诺兹或者类似什么见鬼的东西，他一开口就滔滔不绝，像是'哦伙计，我离开我妈妈的木屋，你知道，闻着河的味道，自己开车疯狂地往西，赶到得克萨斯东边的油田'，全都是这样充满韵律感的话，每一个重拍都猛踏一下离合或者他那些五花八门的各种装备，把车开到飞起，让它一路嘶吼着跑到每小时七十英里，冲劲儿十足，故事跟着人走，棒极了，要我说，这才叫诗。"

"我就是这个意思。你该听听老伯尼·拜尔斯在斯卡吉特县是怎么大声嚷嚷着说话的，雷，你真该去那儿走一趟。"

"好，我会去的。"

贾菲跪在那里研究他的星图，微微向前探出身子，透过半空中那古老岩石山野里生长出的虬结老树凝望天空，他的山羊胡子，所有一切，还有背后幽灵般的巨大岩石，就像是——根本就是我心目中身处荒野的古老中国禅宗大师的模样。他跪着，身体前倾，抬头仰望天空，仿佛手中捧着神圣的佛经。没多久，他站起来，走到雪地边拿回巧克力布丁，它们被冻得冰凉，好吃得简直没有言语能够形容。我们吃了个干干净净。

1　切罗基（Cherokee），北美原住民的一大部族。

"我们是不是该给莫尔利留一点儿。"

"啊，这个留不了，早上太阳一出来就会化掉了。"

火焰停止了摇曳呼啸，开始变成红色的炭，足有六英尺长的大木炭，夜色中冰晶刺骨的感觉越来越浓，但木炭的烟火气很甜美，就像巧克力布丁一样。我自己出去走了一小会儿，走到那道寒气逼人的浅溪边坐下来冥想，背靠着一个土堆，峡谷两侧壁立如墙的高山沉默不语。太冷了，像这样连一分钟都坚持不到。我回到我们的橘色火堆旁，火光投在巨岩上，贾菲跪在那里，抬头凝望着天空，这一切都高悬在那个咬牙切齿的世界的一万英尺之上，俨然一幅平和美妙的图画。贾菲身上还有一面也叫我惊奇：他那了不起的、温柔纤细的慈善的一面。他总在给予，总在身体力行着佛陀所说的"布施波罗蜜多"，尽善尽美的慈善。

此刻，当我回来，在火边坐下，他说："我说，史密斯，你也该有一条自己的念珠了，这个给你。"他递给我一串棕褐色的木头珠子，用一条黝黑发亮的结实绳子串起来，最后穿过一颗大珠子打结收尾，结成一个漂亮的圆环。

"噢，你不能就这么把这些东西给我了，这都是从日本来的，是不是？"

"我还有一条黑色的。史密斯，今晚你告诉我的那段祷词足够抵得上这样一串念珠了，无论如何，请你收下它。"几分钟后，他吃光了剩下的巧克力布丁——在确保我吃掉了其中的大部分之后。接着，他找来大树枝铺在我们清理出来的石头上，在上面盖上斗篷，同样，确保他的睡袋离火堆比我的远，这样我就能睡得更暖和。他总是以行动行善。事实上，是他教会了我这一点，一个星期之后，我给了他些很好的内衣，是我在慈善商店找到的。他转头就回了我一个装食物的塑料盒子作为礼物。我开玩笑地给了他一朵从阿尔瓦的院子里摘下的大花。隔天，他就一本正经地给我带来了一小束伯克利街头绿地里采来的鲜花。"另外，那双网球鞋你也可以留着。"他说，"我还有一双，旧一点，但一样好。"

"噢，我不能把你的东西都拿走。"

"史密斯，你还不明白，能送人礼物是一项特别的权利。"他做这些事的方式很迷人——其中并没有什么光辉灿烂的东西，也没有圣诞节那样的热烈气氛，相反，倒是近乎悲哀，有时他的礼物会是破烂的老东西，可其中却蕴含着他的给予本身所拥有的那种有益却悲哀的魅力。

差不多十一点时，已经冷得要命了，我们各自钻进睡袋，又聊了会儿，直到有一个人不再搭腔，很快，我们都睡着了。当他的鼾声响起时，我醒了过来，仰面躺着，两眼望着群星，感谢上帝让我开启了这次登山之旅。我的腿感觉好些了，整个身体感觉起来都更强壮了。寿数将尽的木头发出"噼啪"的声响，和贾菲一样，对我的幸福快乐不予置评。我看看他，他把脑袋埋在他的鸭绒睡袋里。那蜷成一团的小小轮廓是方圆数英里的黑暗之中我唯一能看见的东西，那样丰盈饱满，汇聚着一心想要变好的急迫渴望。我想着："人是多么奇怪的东西啊……《圣经》里说：谁知道人的灵魂是往上升的呢？这个可怜的孩子，比我小十岁，却让我显得像个傻瓜，近些年的纵饮与沮丧让我忘掉了从前知晓的所有理想与快乐，没有钱又如何，他在乎的是什么——他不需要钱，他要的只是一个背包，只是这些一小塑料袋一小塑料袋的干粮和一双结实的好鞋子，然后他就可以出发，来到这样的地方，享受百万富翁的特权。可痛风的百万富翁要怎样才能爬上这样一块岩石呢？这花掉了我们整整一天的时间才爬上来。"我答应自己，我要开始一种全新的生活。"我要走遍西方，要爬上东方的群山，走进沙漠，我要背着背包走，让一切简单纯粹。"我把鼻子埋进睡袋里，睡着了，再打着哆嗦醒来时已是晨光熹微，地上的寒意透过披风渗上来，穿透睡袋，我的肋骨顶着的地方更像是吹送湿气的风门，而不是潮湿冰冷的床。我的呼吸不断化作腾腾水汽。我翻了个身，换另一边肋骨贴地，继续睡——连梦都是纯净寒冷的梦，像冰水一样，是快乐的梦，没有噩梦。

当我再次醒来，清新的橘色阳光已经穿过东面的峭壁山岩，落在了我们芬芳的松枝上，我感觉像是回到了童年时光，这一天是礼拜六，该起床了，接下来可以穿着背带裤玩上整整一天。贾菲已经起来了，正哼着歌，伸手烤着火，火堆小小的。地面上凝着白霜。他往外猛冲一段，扬声喊，"唷德嘞嘿"，老天在上，我们立刻就听到了来自莫尔利的回应，比昨晚近。"他已经上路了。醒醒，史密斯，来喝杯古巴热茶，对你有好处！"我爬起来，从睡袋里摸出网球鞋穿上，我把它们整晚塞在睡袋里，很暖和。再戴上我的贝雷帽，跳起来，在草地上跑了跑，也就大概几个街区的距离。浅溪已经冰封了，只剩下中间还有窄窄一线流水泠泠。我俯身趴下，深深地喝了一大口水，浸湿了脸。再没有什么感觉能比得上在这样一个高山上的早晨用冰冷的水来洗脸的了。我转身回去，贾菲正在热昨晚剩下的晚餐，还是很好吃。吃完之后，我们去到悬崖边上，向莫尔利喊"嚯呼"，一眨眼间，我们看到他了，小小的身影，在下面两英里开外的岩石峡谷里，在无边无际的"空"之中移动着，像个动画小人。"下面那个黑色的小点就是我们幽默可爱的朋友莫尔利。"贾菲用他粗嘎逗趣的木材采运工式的声音说。

大约两个小时后，莫尔利进入了聊天距离，刚穿过最后一段石头路，他就立刻滔滔不绝起来，我们俩坐在悬崖岩石上等着他，太阳已经很暖和了。

"女士援助会[1]说我该上来看看你们两位男士是否愿意在衣服上面佩蓝色丝带，她们说粉红柠檬水很充足，蒙巴顿勋爵已经很不耐烦了。你们觉得她们是不是该了解一下最近中东问题的根源或者学着品一品咖啡更好一些。我该学学你们两位文学绅士的思考方式，她们该学学多注意注意她们的礼貌问题……"等等，等等，完全没个来龙去脉的，只是在清晨愉快的蓝天下，在岩石间，带着他冰消雪融的咧嘴笑脸，喋喋不休，因为一大早就动身，赶了这一上午的路，他微微有些汗湿。

"好了，莫尔利，准备好爬马特洪峰了吗？"

"没问题，等我换掉这些湿袜子就行。"

---

1 本指出现于美国内战期间的诸多士兵援助会（Soldiers' Aid Society），因所有成员均为女性而得名"女士援助会"（The Ladies' Aid Society），旨在为前线的士兵及伤病员提供援助，并在战后继续为退伍老兵及伤病者提供照顾。

第十一章

将近中午时，我们出发了，背包就留在营地里，反正来年之前应该都没人会来这个地方。我们沿着碎石山谷往上爬，只带了些吃的和急救医药包。山谷比看上去更长一些。仿佛一转眼就已经到了下午两点，太阳渐渐变成午后的金黄，起风了，我开始想："老天，我们怎么可能爬得上那座山，莫非要爬到半夜里去？"

我把这话说给了贾菲听，他说："你说得对，我们得加紧了。"

"我们干吗不忘掉这码事儿，干脆回家去？"

"噢，来吧，老虎先生，我们可以一口气跑上山，然后就回家去。"山谷很长，很长，很长。最高的一段变得非常陡，我开始有点害怕会摔下去了，石头很细碎，很滑，而且因为昨天的肌肉劳损，我的脚踝也开始疼了。可莫尔利依旧一路走，一路说，我这才见识到他惊人的耐力。贾菲脱掉了他的长裤，这样看起来完全就是个印第安人了，我说的是，他几乎赤身裸体，只穿一条紧绷的三角内裤，走在我们前面大约四分之一英里处，偶尔停下来等一等，好让我们能跟得上他，然后再继续，他爬得很快，一心想要在今天之内爬上山头。莫尔利走在第二个，一直领先我五十码的样子，我不着急。到下午过半之后，我加快了脚步，决心要超过莫尔利，赶上贾菲。现在，我们身在差不多一万一千英尺的海拔上，天冷起来了，地上有许多雪，朝东望去，我们能看到积雪覆盖的雄伟山脉和山峰下同样高得叫人只能"哇喔"的山谷，我们已经真真正正地站在加利福尼亚之巅了。中间有一个地方，我不得不手脚并用地爬上去，他们也一样，那是一道狭窄的岩架，环绕着一座岩石孤丘，我是真的被吓着了：那落差足有一百英尺，足够摔断你的脖子，甚至下面也不过只是一段更小的岩架，就等着给你一个反弹，让你来上个漂亮的一千英尺鱼跃坠落，就此彻底告别。风也凛冽得像鞭子一样。然而，古老的惶惑感和久远的记忆充溢着这个下午，甚至比前一个下午更甚，仿佛我在许久以前也曾来到这里，在这些岩石上攀爬，为了某些更古老、更庄严、更单纯的目标。终于，我们来到了马特洪峰脚下，那里有一个这世上大多数人都无缘亲眼得见的绝美小湖泊，只有一小撮登山者才能看到，一万一千英尺还有余的海拔上的湖泊，湖岸上积雪点点，旁边是美丽的野花和一片美丽的草甸，高山草甸，平坦、梦幻，我二话不说，合身扑倒在那草甸上，踢掉了脚上的鞋。到我爬上这里时，贾菲已经等了半个小时了，这时的气温很低，他的衣服都穿回了身上。莫尔利最后一个爬上来，脸上带着微笑。我们坐在那里，仰头看着眼前的马特洪峰和它最后那段笔陡的峭壁碎石坡。

"看起来不太难，我们能做到！"这会儿我倒是欢欣鼓舞起来。

"不，雷，没看上去那么简单。你有没有发现那有一千多英尺？"

"有那么多？"

"除非我们能一口气跑上去，跑得飞快，否则就别想能在天黑前返回营地，更别指望能在明天一早之前——好吧，在半夜——就回到客栈那儿去取车。"

"嗬。"

"我累了。"莫尔利说，"我看我还是不上去了。"

"嗯，没错。"我说，"对我来说，这趟登山的意义并不在于炫耀你有本事爬到山顶，而在于能走出来，来到这荒野自然之中。"

"好吧，我上去。"贾菲说。

"啊，要是你去的话，我就跟你一起。"

"莫尔利？"

"我不觉得我能做到。我就在这里等着吧。"风很大，未免太大了些。才沿着山壁往上爬了短短几百英尺，我就立刻察觉到了，它很可能为我们的攀登带来麻烦。

贾菲带上了一小包花生和葡萄干，说："这是我们的燃料，小伙子。雷，准备好冲锋了吗？"

"准备好了。要是辛苦爬了这么一路，却在最后关头放弃，我再面对'老地方'的那帮伙计们时又怎么开得了口呢？"

"时间不早了，我们得赶快了。"贾菲开始加快脚步，走得飞快，遇上需要在山脊上左左右右地跳来跳去时，更是索性奔跑起来。长长的碎石坡上铺满了山上滑落下来的山石和沙土，非常难走，还不断有小雪崩从天而降。每走几步，都能让我们感觉像是正在一部可怕的电梯上，越升越高，越升越高。我回望来路，倒吸了一口冷气——眼前是广袤无垠的蓝色天空，飘浮着可怕的行星空间的云朵，整个加利福尼亚州在天空下向着三面延展开去，伴随着无边无际的遥远山谷，甚至高原，我唯一知道的就是，那边是一整个的内华达州。朝下看很吓人，莫尔利就像个梦中的小黑点，正在小湖边等着我们。"噢，我为什么不跟老亨利待在一起？"我心想。这太高了，纯粹的恐惧让我开始害怕继续往上攀登，害怕会被风吹下去。曾经出现过的所有那些从高山或是摩天危楼上跌落的噩梦跑马般掠过我的脑海，无比清晰。更别说每爬个二十来步就能把我们的体力消耗殆尽了，两个人都是。

"那是因为这会儿海拔太高了，雷。"贾菲坐在我旁边，大口喘着气，说，"吃点儿花生和葡萄干，你就知道它们能给你加上多少油了。"每一次，它们都能给我们狠狠的一脚动力，让我们跳起来，一声不吭，再爬二十步、三十步。然后再坐下来，大口喘气，迎着冷风，汗流浃背，在世界之巅抽着鼻子，就像在冬日的礼拜六下午享受最后的游戏时光的小男孩那样，抽鼻子。风开始呼啸起来，跟那些讲珠穆朗玛峰的电影里一样。对我来说，接下来的坡太陡了，从此刻开始，我再也不敢回头往下看——我试过偷偷觑上一眼，可就连那小湖边的莫尔利的身影都无从找起了。

"快点儿爬上来。"贾菲在我头顶上一百英尺开外大喊，"太晚了，我们要来不及了。"我抬头看了看峰顶。它就在那里，再有五分钟我就能上去。"只差半个小时就到了!"贾菲在喊。我不信。又奋力向上爬了五分钟,我瘫倒在地,抬头看了看,峰顶还是那么远。我不喜欢那个峰顶,因为全世界的云朵都从那里飘过,好像迷雾一样。

"反正上去也没什么好看的。"我喃喃自语,"噢,我怎么会让自己落到这个境地的?"贾菲现在已经在我前面很远了,他把花生和葡萄干都留给了我。他决心冲顶,无论是不是会为此丢了性命,这之中透着某种孤独的庄严。他不再坐下休息。很快,他登上了一片全尺寸橄榄球场大小的空地,在我头顶一百码之上,身形更小了。我回头看了看,就像罗得的妻子[1]那样。"太高了!"我惊慌地冲着贾菲大喊。他没有听到。我又向上冲了几英尺,感觉整个人都被掏空了,不由得往下滑了一点。"太高了!"我大喊。我吓坏了。胡思乱想着我也许会就此滑落,永远地跌落,这些碎石随时都有可能坍塌。那见鬼的野山羊贾菲,隔着蒙蒙的雾气我也还能看到他在岩石间跳来跳去,一路向上,向上,向上,只有鞋底一闪一闪地划过。"我怎么可能跟得上这样的疯子?"可带着说不清道不明的绝望,我还是努力跟随他的脚步。最后,我找到一个类似小窗台模样的罅隙,可以有一小块水平的地方容我坐下来,而不必非得死扒着山壁才能不往下滑,我把自己整个身体都塞进那道缝隙

---

1 罗得与妻子伊迪斯的故事出自《圣经·创世记》,罗得一家住在罪恶的索多玛城,两名天使化身来到城中,罗得保护了他们,因此,当上帝决定摧毁索多玛城时,天使催促罗得带上家人逃离,并叮嘱他们不可回头,但伊迪斯忍不住回头看了一眼,当场化成了盐柱。

里，缩得紧紧的，这样就不会被风吹跑了，我低头看了一看，又左右望了一望，够了，我受够了。"我就到这里了！"我冲着贾菲大喊。

"快来，史密斯，只要五分钟就到了。我就差一百英尺了！"

"我就待在这里了！太高了！"

他没再答话，继续往上爬去。我看见他瘫在地上，大口喘气，又爬起来，继续冲。

我朝岩缝里又缩了缩，闭上眼睛，想着，"噢，这是怎样的人生啊，为什么我们一定要出生在这世上，却只是为了把我们可怜、柔弱的肉体置于这样不可思议的恐怖之下，置于巨大的山脉、岩石和无着无落的空间中"。恐惧之下，我甚至想起了禅宗的那句名言："百尺竿头，更进一步。"这话让我的汗毛都倒立了起来——坐在阿尔瓦的草席上读，它们是那么迷人，那么有诗意，可现在，它足以让我心如擂鼓，为生命本身而哀恸。"所以，就算登上那段峭壁，贾菲也还是会继续爬，就像风会不停地吹。而我这个老哲人却待在这里，就在此处。"我闭上双眼。"再说了，"我想着，"休息一下，平和一点，你不必证明任何东西。"突然，我听到了一声漂亮的约德尔伴着风破空传来，曲调奇异，响亮得简直神秘。我抬头望去，是贾菲，正站在马特洪峰之巅，扬声唱出他登临绝顶、参禅悟道的胜利欢歌。那声调很美妙，也有些好笑，在这样一个绝不好笑的加利福尼亚的绝高处，在所有这些飞驰流转的云雾中。可我必须向他致敬，为他的勇气，他的坚韧，为汗水，还有如今这癫狂的人类的歌唱——那是冰激凌顶上浇的掼奶油。我没力气回应他的约德尔。他在那上面绕着圈跑，消失了身影，去探查山巅的小块平地（他说的），那平地向西伸出几英尺，然后陡然下折，要让我猜的话，也许会直坠到弗吉尼亚城的那些锯木地板上。疯了。我能听到他在朝我大喊，可我只是颤抖着，又往我的庇护角里缩了缩。我低头去看下面的小湖泊，就在那里，莫尔利正仰面躺着，嘴里叼着一片草叶。我大声说："这就是这里三个人的业了：贾菲·赖德登上了他胜利的山巅，他做到了；我几乎做到，却不得不半途而废，缩在一个血腥的洞里；可他们之中最聪明的，还是下面那个诗人中的诗人，跷着二郎腿，躺着看天，嘴里嚼着一朵花儿，做着梦，身边是汩汩流水的湖岸。见鬼，谁也别想再把我弄到这上面来了。"

第十二章

现在我是真要赞叹莫尔利的智慧了，"他有他那些该死的阿尔卑斯雪山图片就够了"，我想着。

然而，突然间，一切都变了，就像爵士乐一样，事情的发生就在疯狂的一秒之间——我抬头望了一眼，就看到贾菲正奔下山峰，一跃就是二十英尺，奔跑，跳跃，落地时脚跟用力一蹬，弹起五英尺上下，奔跑，发出又一声悠长而疯狂的约德尔长啸，乘着风，贴着这世界的高墙滑翔而下，就在这一瞬间，我意识到跌下高山这种事是绝不可能发生的，你这笨蛋！随着一声属于我自己的约德尔，我猛然跃起，开始跟他身后向山下奔去，同样巨幅的大步跳跃，同样不可思议的奔跑起落，前后相距五分钟的路程，我猜，贾菲·赖德和我（穿着我的网球鞋，把我的球鞋后跟捶进沙里、岩石间、石头里，我不再在意，只一心想着要赶快下山，离开这里）这样又跑又叫的，就像野山羊一样，这模样足够让在湖边冥想沉思的莫尔利汗毛倒立，他说他抬头看到我们"飞"下来，简直不能置信。事实上，随着最大的一跃，最响亮的一声欢乐的呼喊，我降落在湖边，双脚鞋跟扎进烂泥里，一屁股坐到地上，满心欢喜。贾菲正脱下鞋子往外倒沙子和小石子儿。棒极了。我脱掉我的网球鞋，倒出了足有两桶的火山灰，说："噢，贾菲，你教会了我最后的一课，人是不会从山上掉下来的。"

"这就是他们那句话的意思，'百尺竿头，更进一步'，史密斯。"

"天哪，你那胜利的约德尔是我这辈子听过的最美的声音。真希望我能有个录音机把它录下来。"

"这些东西不是给下面那些人听的。"贾菲说，严肃极了。

"老天，你说得对，那些从不动弹一下的流浪汉只会坐在垫子上围成一圈听险峰征服者胜利的欢呼，他们不配。不过，那会儿我抬起头，看到你从山上往下跑，一下子就什么都明白了。"

"啊，史密斯今天有了一个小小的开悟。"莫尔利说。

"你在这下面都做了些什么？"

"睡觉，基本上一直在睡。"

"唉，见鬼，我没能登顶。想来真为自己感到羞愧，既然现在我知道了该如何下山，自然也就是知道该怎么上山了，也知道我不可能摔下来，可惜太迟了。"

"我们明年夏天再来，雷，再爬一次。你有没有发现这才是你第一次登山，而你已经把老手莫尔利都抛在了身后？"

"没错。"莫尔利说，"贾菲，你觉得他们要是知道了史密斯今天的成绩，会不会给他安个'老虎'的称号？"

"噢，当然。"贾菲说。这下子我真的感到骄傲了。我是老虎。

"噢，他妈的，下次再来这里，我会变成狮子的。"

"走吧先生们，我们接下来还有很长很长的路要走呢，下了这段碎石坡才到我们的营地，然后还要过那段石头山谷，再沿着那条湖边小路往下走，哇噢，我都怀疑我们能不能在半夜天彻底黑透以前抵达。"

"多半没问题。"莫尔利指了指正渐渐变红变暗的蓝色天空，月亮的银辉已经透了出来，"那个可以给我们照路。"

"走吧。"我们站起来，开始往回走。再次来到之前吓坏我的岩架跟前时，翻越变成了纯粹的乐趣，一桩趣事，只要轻巧地沿着岩架蹦跳雀跃，像跳舞一样，我真的学会了，你是绝不会从一座山上摔下去的。我不知道现实中你是不是会从山上掉下去，可我学会了，你不会。那就是我的当头棒喝。

我们一路下到山谷，眼见开阔的天空被它之下的种种东西遮挡殆尽，直到最后，时间走到了下午五点，天色一点点灰暗下来，我和那两位小伙子隔了有差不多一百码的距离，我一个人走着，循着一条鹿径上斑斑点点的黑色污迹在岩石间穿行，哼着歌儿，胡思乱想，不必刻意思考，不必向前看，不必担忧，只管低头盯着地面，循着那些鹿儿留下的小小黑球，享受生命本身。这是一种享受。有一刻，我抬眼望去，看到疯子贾菲纯粹为了好玩在爬一面雪坡，一直爬到顶上，再站着一滑到底，足足有差不多一百码那么高，直到最后几码才仰面倒下去，一路欢呼着，快活极了。还不止这样，他的长裤又脱掉了，就围在他的脖子上。照他的说法，这条裤子对他来说没什么意义，只是为了舒服点儿，这是真的，况且现在也根本没人会看他，不过我猜，就算跟姑娘们一块儿爬山，对他来说也没什么不一样。我能听到莫尔利在跟他说话，声音回荡在广阔孤寂的山谷里——就算隔着累累岩石，你也知道那是他的声音。到后来，我实在是太专注于寻找我的鹿径了，眼前完全失去了他们的影踪，全靠自己一个人走过山脊，下水涉溪，不过还能听到他们的声音，只是我相信我亲爱的千年来的小鹿们的直觉，事实证明这是对的，就在天色越来越黑之时，它们古老的小径把我带到了熟悉的浅溪边，一点儿没走偏（五千年来，它们总是来这里小憩，喝水），贾菲的篝火已经燃起来了，把旁边的巨岩照成了橘色，一派欢乐景象。月亮高悬在天空，很明亮。"好了，这月亮算是拯救了我们的屁股，我们接下来还有八英里下山路要走，小伙子们。"

我们吃了点儿东西，喝了很多茶，整理好我们所有的行李。我这辈子都没经历过比刚才更快乐的时光，那些循着小小鹿径下山的独处的时光。背上背包出发时，我回身最后看了一眼那条路——现在那里已经一片漆黑了——期望能看到一两只亲爱的小鹿。什么也没有，可我依然对那条小路上的一切心怀感激。那就像你还是个小男孩的时候，在树林和野地里瞎跑了一整天，到了傍晚该回家的时候，你眼睛望着地面，拖拖拉拉地走着，胡思乱想，吹着口哨；就像两百年前跟在大步流星的父亲身后从俄罗斯河谷走到沙士达山 [1] 的印第安小男孩一定会感受到的那样；就像阿拉伯小男孩跟随他们的父亲，追随他们父辈的脚步那样；那种简单的快乐的小小独处，抽着鼻子；就

1　两者都位于美国加利福尼亚州境内。

像小姑娘拉着她们坐在雪橇上的小弟弟回家那样，两个人一起唱着他们自己想出来的小调，低下头做鬼脸，在不得不走进厨房直面这个严肃的世界之前，就只做他们自己。"不过，还有什么事能比得上跟着一条鹿径找到水源更严肃的呢？"我琢磨着。我们走到悬崖边，开始穿越五英里长的石头山谷，此刻月光明亮，要在石头之间跳跃十分容易，那些大石头都是雪白的，间或夹杂着一块块深黑的阴影。月光下，一切都那么美，干净，洁白。偶尔能看到山溪的银光一闪。远远的山下，是草甸公园的松树和那水潭的水面。

走到现在，我的脚再也坚持不下去了。我大声叫住贾菲说"抱歉"。我再也跳不动了，不光脚底起了水泡，侧边也都一样，因为从昨天到今天，它们都没能得到任何保护。贾菲脱下靴子，让我跟他换鞋穿。

套上这两只能够提供充足防护的轻巧登山靴，我知道，我又能接着走了，没有问题。能从一块石头跳到另一块石头却感觉不到透过薄薄的网球鞋底带来的冲击与疼痛，这是一种全新的感觉，棒极了。而另一边，对于贾菲来说，脚上的重量突然变轻了，也同样是一种解脱，他也很享受。我们飞快地冲下山谷。只是现在，每走一步我们都得躬一下身子，我们全都累坏了。背着这些沉重的背包下山，你很难随心所欲地调动大腿肌肉，有时候，这比上山还要难。何况还有那么多大石头需要征服，有时候我们能走一段沙地，可接着路就被大石头堵住了，我们只能再次爬上石头，从这一块跳到那一块，然后，突然间，石头没有了，我们又得跳下去走沙地。再接下来，我们可能又被一片根本无法通行的灌木丛困住，不得不绕过去或是想方设法硬挤过去，有时候我的背包会被灌木卡住，只能站在那俨然不真实的月光下喃喃诅咒。我们谁都不说话。而且我怒气冲冲，因为贾菲和莫尔利连停下来稍微休息休息也不愿，他们说这个时候停下来很危险。

"月亮照着跟太阳照着有什么不一样，我们就算睡上一觉都没问题。"

"不，今晚我们必须下到停车的地方。"

"哦，就停一分钟吧。我的腿吃不消了。"

"好吧，就一分钟。"

可他们绝不肯多停一丁点儿时间来满足我，要我说，他们都歇斯底里了。我甚至开始咒骂他们，有一次，我甚至冲着贾菲骂出了口："像这样杀死你自己有什么意思，你管这个叫乐趣？呸！"（你脑子里装的都是破烂，我暗暗在心里补了一句。）一点小小的疲惫就足以改变很多东西。月光下，岩石、灌木、大卵石、鸭子，还有那可怕的山谷和两侧壁立的山岩，一切仿佛永远没有尽头，直到最后，我们似乎终于要走出去了，可并没有，还不算走出去了，我的双腿叫嚣着需要停下来，我诅咒着，拍碎了细枝嫩叶，合身扑倒在地上，要休息一分钟。

"快起来，雷，马上就要到了。"事实上，我也意识到了我终究没胆子冒险，关于这一点我倒也是早就知道的。可我能享受乐趣。一到那片高山草甸，我就整个人趴到了地上去喝水，他们在讨论，为能不能及时走完剩下的路程担忧，我却沉默着安然自得。

"啊，别担心，这是个美丽的夜晚，你们把自己逼得太紧了。喝点儿水，就在这里躺个五分钟甚至十分钟，一切都会好的。"此刻，我又变成了哲学家。其实贾菲是认同我的想法的，我们静静地休息。这次的休息时间很长，足够让我的骨头缓过劲儿来，我能下到湖边了，没问题。顺着小道下山是美妙的旅程。月光透过浓密的枝叶倾洒下来，映在我前面的莫尔利和贾菲背上，斑斑点点。我们背着背包，进入了一种美妙的节奏，享受着"呼哧呼哧"的步伐，转崖折角，兜兜转转，一路向下，向下，宜人的山道，顿挫抑扬，飘摇而下。月光下，喧腾的山溪俨然美人儿一般，那些月下粼粼的波光，那些雪白的水沫，那些沥青一样漆黑的树，月影交错的小精灵的天堂。空气暖和起来，更舒服了，说真的，我都觉得我重新闻到了人的味道。我们闻得到湖水轻卷送出潮润湿热的味道，鲜花的味道，还有低处温软的尘埃味道。上面就只有冰雪和无知无觉的嶙峋山岩的味道。而这里，有太阳炙烤过的木头的味道，月光下依然带着日光温度的尘土味道，湖泥、鲜花、稻草，所有那些土地里生出的好东西的味道。山道欢快地向下蜿蜒，虽说有一会儿我又累得跟之前一样，甚至比走在那无尽的石头山谷里时还要累，可现在已经能看到湖畔客栈就在脚下，一盏小灯温暖地亮着，那就不要紧了。莫尔利和贾菲连珠炮似的说个没完，我们要做的就是继续向下，去找我们的车。突然之间，就像掉进一个愉快的梦里，终于从没完没了的噩梦中挣脱出来，一切都结束了，现实中的我们大步走在了公路上，路边有了房子，树下停着汽车，莫尔利的车就在那里。

"看这空气的感觉，要我说啊，"莫尔利靠在车上，看着我们卸下背包扔在地上，说，"昨晚肯定一点儿都不冷，我还专门跑回来排空曲轴箱，真是白费力气。"

"嘿，也说不定冻了呢。"

莫尔利起身去客栈商店取机油，他们告诉他说昨晚根本不冷，是这一年里最暖和的夜晚之一。

"白白弄出了这么些大麻烦。"我说。可我们不在乎。我们饿疯了。我说："我们去布里奇波特吧，小伙子们，找个流动餐车小餐馆什么的吃点儿汉堡包、炸土豆，再来点儿热咖啡。"月光下，我们沿着湖边土路向山下开去，中途停下来让莫尔利去旅馆还了毛毯，然后继续，一直开进那小小的镇子，停在公路边。可怜的贾菲，到这时我才终于发现了他的阿喀琉斯之踵。这个坚韧的小个头男人什么都不怕，能独自在山间漫游好几个星期，能飞奔下悬崖险峰，却害怕走进一家餐厅，只因为里面的人穿得太光鲜整齐。莫尔利和我哈哈大笑，说："有什么关系？我们只是进去吃东西而已。"可贾菲觉得我选的地方太中产阶级了一点，坚持要去马路对面另一家看起来更像工人会去的餐厅。我们去了那家，那是个散漫的地方，懒洋洋的女侍应让我们干坐了五分钟，连份菜单都没送上来。我气坏了，说："我们走，去另外一家。贾菲，你怕什么，有什么关系？也许你懂得有关大山的一切，可要说该在哪儿吃东西，这个我懂。"事实上，我们对彼此都有一点儿小恼火，我感觉很糟糕。不过他还是跟我们去了另一家餐厅，那是两家里面好一些的一家，靠墙有个吧台，不少猎手正在昏暗的鸡尾酒吧灯下喝酒，餐厅本身也有一个长条餐台和许多桌子，桌边都是一家一家的客人，正兴高采烈地吃着各种各样丰盛的美食。菜品选择很多，也很好，什么都有，就连山鳟也有。我又发现了，贾菲还害怕只为吃顿好饭就花费到十美分以上。我到吧台买了一杯波尔多，端回到我们坐的高脚凳餐台座位边（贾菲："你确定可以这么做？"），我笑了贾菲好一阵子。他这会儿感觉好些了。"那就是你的问题了，贾菲，你就是个畏惧社会的老式无政府主义者。有什么关系呢？比较是可憎的。"

"好了，史密斯，只不过是在我看来，这个地方挤满了从前那种讨厌的有钱人，再说价钱也可能太高，我承认，我害怕这些美国人的富有，对于这种高标准的生活无所适从，该死，我一辈子都是个穷光蛋，有些东西我永远没法子习惯。"

"嗯，你的弱点值得钦佩。这顿我来买单。"我们放肆地大吃了一顿，烤土豆、猪排、沙拉、热腾腾的小圆面包和蓝莓派，等等等等。我们实在是饿坏了，不是开玩笑，是真的饿极了。吃过饭，我们转进一家酒品贩售店，我买了一瓶莫斯卡托葡萄酒，老店主和他胖胖的老伙计看着我们，说："你们这些小子这是去了哪里？"

"去爬了马特洪峰。"我骄傲地说。可他们只是瞪着我们，张口结舌。我感觉棒极了，又买了一支雪茄，点燃，说："一万两千英尺高，我们刚从上面下来，胃口好得不得了，感觉也好极了，现在再来点儿这个酒，正合适。"那老人张着嘴。我们三个都晒伤了，一身尘土，就像野人一样。他们一句话也没说，他们觉得我们都是疯子。

我们上车朝旧金山开去，一路喝着酒，笑着，说着长长的故事，那一晚莫尔利开车开得漂亮极了，悄无声息地载着我们穿过伯克利清晨灰蒙蒙的街道，贾菲和我在座位上睡得死沉。我像个小孩子一样在某个时刻突然惊醒，才知道已经到家了，于是跌跌撞撞地下了车，穿过草地，走进小屋，掀开我的毯子，倒下便蜷着身子沉沉睡去，一觉睡到了第二天下午，连梦也没做一个。等到第二天下午醒来时，我脚上的血管青筋都看不见了。我把那些血栓都干掉了，我感觉快活极了。

第十三章

　　第二天起床后，一想到头一天夜里贾菲手足无措地站在那家精致的餐馆门口不知道我们能不能进得去的样子，我就忍不住要笑。这还是我第一次看见他害怕什么东西。我琢磨着该跟他说说这一类的事情，就晚上，等他过来的时候。可那天晚上千头万绪，简直什么都发生了。首先是阿尔瓦出去了，离开了几个小时，我一个人待在屋里看书，突然听到一辆自行车停在了院子里，我抬头一看，是普林塞思。

　　"其他人呢？"她说。

　　"你能待多久？"

　　"马上就得走，除非给我妈妈打个电话。"

　　"那我们就去打电话吧。"

　　"好。"

　　我们走到街角加油站去打付费电话，她说她两个小时内就得回家。沿着人行道往回走时，我伸手搂住她的腰，偷偷把手指探进去抚摸她的肚子，她一边说着"喔喔，我受不了这个！"一边差点儿整个人都跌倒在地上，牙齿咬住了我的衬衫，刚巧一个老妇人经过，恼怒地瞪了我们两眼。等她走开之后，我们紧紧抱在一起，在黄昏的树荫下疯狂地热烈亲吻。我们冲回小屋，进门之后，她在我的怀抱里扭转缠绵了足足一个钟头，一点儿也不夸张，就在我们最后进行温柔一半时，阿尔瓦回来了。我们像往常一样一起洗澡，坐在热腾腾的浴缸里聊天，相互擦背，这感觉棒极了。可怜的普林塞思，她说的每个字都发自真心。我对她的感觉实在很好，出于怜惜，甚至开口警告她："记住了，别昏了头，别跟着十五个男人跑到山顶上去疯。"

她刚走贾菲就来了，跟着考夫林也来了，突然之间（我们有葡萄酒），一场狂欢派对在这小屋里开了起来。事情是从考夫林和我开始的，那会儿我们俩都喝醉了，把臂走在城中的主干道上，抱着一捧巨大的——大到简直不可思议的不知道什么花，是我们在公园里找到的，还拿着一瓶新的葡萄酒，朝我们在大街上看到的每一个人大喊俳句、"嚯呼"和开悟箴言，人人都冲着我们笑。"抱着大花走五英里。"考夫林大喊。现在，我喜欢他了，他不像看上去那么学究，或者说那么笨拙肥胖，他是个实实在在的人。我们去拜访了一个相识的加州大学英文系的教授，考夫林把鞋子甩在草地上，连蹦带跳地径直闯进那位惊呆了的教授家里，说真的，他大概是吓着了，虽说考夫林那时已经是个相当有名的诗人。然后，我们就这么赤着脚，拿着我们巨大的花束和几瓶葡萄酒回到小屋，当时已经差不多十点了。那天我刚刚收到一笔汇款，一笔三百美金的奖学金，于是，我对贾菲说："好了，现在我什么都学会了，我准备好了。明天开车带我跑一趟奥克兰，陪我去买齐背包啊工具物资之类在沙漠里用得上的全套装备怎么样？"

"好啊，我明天早上一起床就去拿莫尔利的车，然后过来接你，不过现在再来点儿葡萄酒怎么样？"我打开那盏昏暗的红手帕小灯，斟上葡萄酒，我们所有人围坐成一圈，聊着天。那是个了不起的谈话之夜。首先，贾菲说起了他长大后的故事，像是他 1948 年那会儿还在纽约港跑商船当海员，成天在屁股后面挂着把匕首走来走去之类的事情，这让阿尔瓦和我都非常吃惊。接着，他又说起了曾经爱过的一个姑娘，她住在加利福尼亚。

这时，考夫林说："贾夫，跟他们说说大梅。"

贾菲立刻说："大梅禅师被问到佛教的要义是什么，他说是蒲花、柳絮、竹针、麻线，换句话说，听好了，小伙子们，极乐无处不在，他的意思是，极乐存在于人心中，除心之外，整个世界都是虚无，那'心'又是什么呢？'心'不是别的，就是世界本身。那时候马祖禅师说'即心是佛'。后来还说'非心非佛'。最后说到弟子大梅，马祖说，'梅子熟了'。"[1]

"啊，非常有趣了。"阿尔瓦说，"不过，*去年白雪，如今安在*[2]？"

"是，我部分赞同你，因为困难的地方在于，这些人看着

---

1 大梅即唐代的法常禅师，马祖道一禅师的弟子，因居于浙江大梅山，后世称为大梅法常。禅门公案记载，法常听闻马祖说"即心是佛"而开悟，此后离开师门居于大梅山。后来马祖禅师派人前去传话说他的佛法变为"非心非佛"，以此考验法常禅师是否彻悟，法常不为所动，说"我只管即心即佛"，马祖禅师得知后赞叹"梅子熟也"，认可法常的确悟悟大道。

2 斜体字部分原文为法文，下文同。这句诗出自法国文艺复兴时期诗人维永（François Villon，约 1431—1474 年）的名篇《古美人歌》（*Ballade des dames du temps jadis*）。维永的代表作主要是诗集《小遗言集》（*Le Lais*）和《大遗言集》（*Le Testament*）。

花，就像在梦里看一样，可见鬼，世界是真实的，史密斯还有哥德布克，人人都活得像在梦里一样，见鬼，就好像他们就是他们自己的梦之类的。痛苦、爱或危险将你拉回现实，不是吗，雷，就像你被那个岩架吓到的时候一样？"

"一切都是真的，没错。"

"这就是为什么拓荒者总是英雄，他们一直是我心目中真正的英雄，永远都是。他们随时随地都保持着警惕，身在真实之中，那就像不真实一样真实，其中的差别在哪里呢，《金刚经》说了，'不要执着于真实的存在还是虚妄的存在'，诸如此类的[1]，手铐自开，棍棒落地，不管怎样，我们还是继续自由自在吧。"

"美国总统突然长出斗鸡眼，飘走啦！"我高喊。

"凤尾鱼变成飞灰啦！"考夫林跟着喊。

"太阳落山，金门生锈，吱吱嘎嘎。"阿尔瓦说。

"凤尾鱼变成飞灰啦。"考夫林坚持。

"再给我来杯那个酒。哈！嚯！嚯呼！"贾菲跳起来，"我一直在读惠特曼[2]，知道他说什么吗，'起来，奴隶，吓退外来的暴君'，他的意思是说，那就是对吟游诗人，对沙漠古道上的禅疯子吟游者的支持，看看到底是怎么回事儿吧，这个世界里到处都是背包行路人，达摩流浪者拒绝服从大众的要求，大

---

[1] 《金刚经》中有多处对于这一概念的阐述，如"是实相者，即是非相""如来说世界，即非世界，是名世界"等等。

[2] 沃尔特·惠特曼（Walt Whitman，1819—1892年），美国诗人，文中所引诗句出自其1955年首版的《草叶集》(*Leaves of Grass*) 前言中，这本诗集也是他的代表著作。

众消费物品，所以不得不工作以获取消费的特权，消费那些说到底他们其实并不需要的垃圾，冰箱啊，电视机啊，汽车啊，至少是昂贵的新款汽车，还有什么发油、除臭剂，各种各样只消一个礼拜你就能看到被扔进车库里的垃圾，他们全都被锁在了一个工作、生产、消费、工作、生产、消费的闭环里，我能看到一场浩大的背包革命就要爆发，数以千计甚至百万计的美国年轻人背上背包漫游行走，登上高山去祈祷，让孩子欢笑老人欢喜，让年轻姑娘快乐年长姑娘更快乐，所有那些禅疯子们，他们写下不知从何而来的突然出现在他们脑子里的诗句，他们心地善良，举止怪诞，向所有人、所有生灵展示永恒的自由的模样，那就是我喜欢你们的原因，哥德布克还有史密斯，你们两个东海岸来的小子，我本来以为东海岸已经死了。"

"我们以为西海岸死了！"

"你们的确给这里带来了一股清新的空气。嘿，你们有没有发现，内华达山脉上的侏罗纪纯花岗岩，杂乱丛生的最近一次冰河纪的高大松柏和我们之前刚刚见到的那些湖泊加在一起，就是这个地球最了不起的表达之一，想想看吧，拥有了所有这些专注于达摩的力量、生机和空间，美国人会变得多么伟大多么智慧啊，那是真正的伟大和智慧。"

"啊——"阿尔瓦说，"——又是那一套，没完没了的达摩，达摩。"

"哈！我们需要的是一个流动禅房，老菩提萨埵只要待在里面，就可以从一个地方到另一个地方，随时都有地方睡觉，有朋友环绕，有地方熬煮粥汤。"

"'小子们欢欢喜喜，坐下来养精蓄力，杰克熬粥煮玉米，那是对门的敬礼'。"我念道。

"这是什么？"

"我的诗。'小子们坐在林子里，听师兄解说"钥匙"。小子们，他说，"达摩"是扇"门"……我们来理一理……小子们，我说"那些钥匙"，因为"钥匙"无数，"门"却只有唯一，一个蜂巢群蜂住。所以听我说，我会尽力分说，一如多年前所闻所得，在那净土之国。可是好小子们啊，酒水浸透了你们的唇齿，如何能吃透这妙语的意思，所以我要努力说得简明，就像美酒一瓶，篝火通明，披着星辉粼粼。现在听我说，当你们聆听古老慈悲的佛陀之达摩，背靠孤树而坐，在亚利桑那的尤马，或是海角天涯，不必称谢，因为我曾听说，世界是轮，我在其中，这就是我之为我：心生万物，无根无故，一切造物，有生就有落幕。'"

"啊，这也太悲观了些吧，太像梦呓，"阿尔瓦说，"不过韵律倒完全就是梅尔维尔[1]式的。"

"我们会有一个流动的禅室，给师兄那些泡在酒里的小子们用，他们可以住在里面，学会像雷一样喝茶，学着冥想，阿尔瓦你也该学学，我就是禅室主持，有一个装满蟋蟀的大罐子。"

"蟋蟀？"

---

1 赫尔曼·梅尔维尔（Herman Melville，1819—1891 年），美国作家、诗人，代表作为小说《白鲸》（*Moby-Dick*，1851 年）。

"是的先生，就是那样，有许多寺院，人们可以进去修行，冥想，我们可以在内华达山脉或者喀斯喀特山脉的高峰上修建屋棚，甚至像雷说的南下墨西哥，找到无数虔诚神圣的男人，聚成一大群，喝酒、交谈、念诵祈祷，想想看吧，救赎的浪潮就那样自长夜里涌出，最后，还有女人，妻子，小屋棚里住着虔诚的家庭，就像过去的清教徒。谁说人人都得听从美国警察、共和党还有民主党的摆布呢？"

"蟋蟀是怎么回事？"

"满满一大罐子的蟋蟀——再给我一杯酒，考夫林——差不多十分之一英寸长，有巨大的白色触须，我自己孵的，瓶子里的小小有情生命，等到它们长大了，就能唱出真正美妙的歌声。我想在河里游泳，喝山羊奶，跟僧侣交谈，读中国的书，走遍山谷，跟农人和他们的孩子聊天。我们在我们的禅室里，一待就是好几个星期，专注我们的思想，你的思想会像万能工匠[1]一样纷飞，你要像个好士兵那样把它们归位，收集起来，闭上眼睛，只不过，当然，这整件事本来就是错的。你听过我最近刚写好的那首诗吗，哥德布克？"

"没，是什么？"

"孩子的母亲，姐妹，老病之人的女儿，处子啊你的衣衫已破，饥饿与赤足，我也饿了，读读这些诗吧。"

"不错，不错。"

"我想在午后的热浪里骑自行车，穿着巴基斯坦皮拖鞋，

---

1 "万能工匠"（Tinker Toy）为商标名，是一种结构拼接类的玩具。

冲着禅师兄弟们大声叫喊，他们站在那里，穿着薄薄的夏日麻衫，戴着斗笠，我想住在有金色亭子的寺庙里，喝啤酒，说再见，到横滨去，热闹的喧闹的亚洲大港口，挤满家臣和船，满怀期待，到处打工，回来，再去，去日本，回美国，读白隐慧鹤禅师[1]的书，咬紧牙关，刻苦修炼，一刻也不停，哪里也不去，就这么学习……学习，直到我的身体和所有一切都累了病了耗尽了，去找出有关白幽子的一切。"

"白幽子是谁？"

"字面意思就是白色的无名之辈，这个名字就是说他是个住在北白川背后的山里的人，我就是打算去那里徒步的，老天，那里肯定到处都是长满了松树的险峻峡谷，长满了竹林的山谷，还有无数小悬崖。"

"我跟你一起去！"（是我说的）

"我想读白隐慧鹤的东西，他去拜访过这位老人，老人住的是洞穴，吃的是橡子，和鹿一起睡觉，老人告诉他不要冥想不要思索公案，就像雷说的那样，只是学习如何睡觉，如何醒来，他说，睡觉时你要并拢双腿，深呼吸，把注意力集中到你肚脐下方一英寸半位置上的一个点，直到感觉它变成一个能量球，然后开始呼吸，从足跟一点一点往上荡涤清扫，集中精神，告诉你自己，这处核心就是阿弥陀的净土，是精神的中

1　白隐慧鹤（1685—1768年），日本江户时期的著名禅师，15岁在今静冈沼津的松荫寺（Shoin-ji）出家，研习日莲宗，后行脚各处，转向禅宗，曾至京都白川山中求师于洞穴隐士白幽子，学有所得后最终返回松荫寺，中兴临济宗，是日本禅宗的重要人物。

心，等到醒来时你也要有意识地呼吸，稍微舒展一下身体，脑子里还是想着同样的念头，你瞧，其他时候也一样。"

"这个我喜欢，喏，"阿尔瓦说，"就是这种针对明确事情的明确指引。还有什么？"

"其他时间里，他说，不要担心你没东西可想，只管好好吃，别吃太多，好好睡。那个时候，白幽子老人自己说他已经三百岁了，这么算来，现在该是五百多岁了，老天，所以我觉得，如果真有这么一号人物，那他肯定还活着。"

"不然牧羊人就会踢他的狗。"考夫林插话。

"我打赌我到日本以后能找到那个洞。"

"你不可能生在这世界却无处可去。"考夫林大笑。

"什么意思？"我问。

"意思就是，我屁股下的椅子是狮子的王座，狮子走来走去，发出吼叫。"

"他在说什么？"

"说啊，罗睺罗[1]！罗睺罗！光辉荣耀的面容！宇宙咀嚼吞咽！"

"哈，狗屁！"我高声叫道。

"我过两个礼拜要去马林县，"贾菲说，"去绕行塔马尔派斯山谷一百遍，帮助净化环境，让当地人听听佛经究竟是怎么一回事。阿尔瓦，你怎么说？"

"我觉得这纯粹是迷人的幻觉，但我还挺喜欢的。"

1　罗睺罗（Rahula）为佛祖释迦牟尼出家前留下的儿子。

"阿尔瓦，你的问题就在于晚上打坐打得不够，特别是在大冷天里，那是最好的，而且你该结婚，有嗷嗷待哺的孩子，有手稿、手织的毯子和妈妈的奶，地上铺着叫人觉得幸福的破垫子，就像这里一样。在离城不太远的地方给你自己造一个小房子，过简朴的生活，隔一阵子到酒吧参加个聚会，到山里写作，沉声吟诵，学着怎么锯木板，跟老奶奶们聊天，你这该死的笨蛋，帮她们搬一大堆木头，在神庙里拍手击掌，求取超自然之力的眷顾，上花艺课，在门边种菊花，看在耶稣的分上，去结婚，找个和气聪明细腻敏感的人类姑娘，她得不在乎每晚都来点儿马提尼，也不介意厨房里所有那些白色哑巴机器。"

"噢，"阿尔瓦坐直了身子，高兴地说，"还有什么？"

"想象谷仓里的燕子，田地里到处飞来飞去的小夜鹰。知道吗，我说，雷，昨天我又把寒山的诗译出来了一节，听好了，'寒山是间房，无墙也无梁，左右六扇门大敞，蓝天作厅堂，屋舍空空又荡荡，家徒四壁，东墙打西墙。不必烦恼人来借，我冷了就生小火，饿了就煮蔬叶，富农的大谷仓和大牧场，不是我所想……他画地为牢自相困，一旦走入便难脱身，好好想一想，切勿空自忙'。"[1]

说完，贾菲拎过他的吉他唱起歌来——到最后，我也接过吉他弹出了一首歌，就像过去的人们那样，信手拨弄着琴弦，

---

[1] 原诗出自寒山《诗三百三首》，为：寒山有一宅，宅中无阑隔。六门左右通，堂中见天碧。房房虚索索，东壁打西壁。其中一物无，免被人来借。寒到烧软火，饥来煮菜吃。不学田舍翁，广置牛庄宅。尽作地狱业，一入何曾极。好好善思量，思量知轨则。

其实是用指尖敲打它们，敲，敲，敲，唱出"半夜鬼影"的货车之歌。"这首唱的是加利福尼亚的'半夜鬼影'，可它叫我想起了史密斯，你们知道吗？热，非常热，竹子在那里钻出地面蹿到四十英尺高，在微风中摇摇摆摆，很热，一群和尚不知道在哪里热热闹闹地吹响笛子，当他们和着夸扣特尔人的鼓点与曲调诵起经文，那听上去就像史前大郊狼的吟啸……所有诸如此类的事情，疯小子们啊，就像是回到了从前的日子，那时候人类还和熊结婚，和野牛聊天，上帝啊。再给我来一杯。补好你们的袜子，小子们，上好你们的靴油。"

可仿佛嫌这样还不够似的，考夫林盘着腿，相当平静地接了下去，"削尖你们的铅笔，理好你们的领结，擦亮你们的鞋子，扣好你们的裤子，刷干净你们的牙齿，梳顺你们的头发，扫干净你们的地，吃掉你们的蓝莓派，睁开你们的眼睛……"

"吃掉蓝莓探子不错。"阿尔瓦伸出手指抚着嘴唇，严肃地说。

"日本小男孩还在 F 线地铁的车厢里唱《法国小姐帕里乌》[1]！"我高喊。

"高山还懵然无知，所以我不会放弃，脱掉你的鞋子，放进你们的背包。现在已经回答完了你们所有的问题，太糟糕了，给我一杯酒，*糟糕的话题*。"

1　原文作 "*Inky Dinky Parly Voo*"，应即 "*Hinky Dinky Parly Voo*"，是一战期间美国军中的流行歌，通常认为它源自法文歌《来自阿尔芒地耶尔的小姐》（*Mademoiselle from Armentieres*），后经军中多人改写歌词，并有可能融合了其他乐曲而成，早期版本较为粗俗露骨，有多个版本流传。

"不要踩到兔儿爷！"我醉醺醺地高喊。

"小心不要踩到食蚁兽。"考夫林说，"一辈子都不要当兔儿爷，闭嘴吧笨蛋。你明白我什么意思吗？我的狮子吃饱了，我就睡在它旁边。"

"噢，"阿尔瓦说，"真希望我能把这些全都记下来。"而我满心惊奇，非常惊奇，昏昏沉沉的脑子里有无数美妙的念头嗖嗖嗖地窜出来。我们都晕了，醉了。这是个疯狂的夜晚。直到考夫林和我比赛摔跤，在墙上撞出许多洞，险些把这小屋拆了才终于结束——阿尔瓦第二天看到简直气疯了。摔跤比赛时，我差一点儿弄断了可怜的考夫林的腿，至于我自己，一根差不多一英寸长的碎木刺直直扎进了我的皮肉里，直到将近一年之后才弄出来。那晚不知道几点的时候，莫尔利出现在门口，像个幽灵一样，带着两夸脱的酸奶，想知道我们有没有兴趣来一点。贾菲是大概凌晨两点左右走的，说他早上回来接我去大采购，陪我去买齐全套装备。贾菲他们样样都很好，只是木头马车太远，听不到我们的声音。而这一切之中还存在着一种智慧，只要找个晚上到城郊的街上走一走，走过街道两旁一栋又一栋的房子，一间间起居室里的灯光透出来，金子般闪亮，电视机的蓝色小方块里上演着每一个活生生的家庭专心致志盯着看的东西，也许是一场表演，没有人说话，院子里静悄悄的，狗儿冲着你吠叫，只因为你是迈着人类的双腿经过而不是坐在轮子上滚过，看到这些，你就会明白。你会明白我说的是什么，当这个世界仿佛很快就会变成人人都以同样方式思考的样子时，人们早已归于尘埃，化为尘土的唇间溢出大笑。对于看电视的人，盯着那成百上千万"独眼怪"的人，我只有一句话可说：他们坐在"独眼怪"前，没有伤害任何人。可贾菲也没有……我能看到他在未来的岁月里，背着鼓鼓囊囊的背包，大步行走，走在城郊的街道上，走过一户户人家的蓝色电视机窗口，独自一人，他的所思所想是唯一不需要依靠电控枢纽充电的思想。在我看来，也许答案就在我那首关于"师兄"的小诗里："'是谁开出这残忍的玩笑，一个家伙接着一个家伙，像老鼠一样，穿越平坦的荒漠？'问问蒙大拿瘦高个儿[1]，冲他打个手势比画，那男人的兄弟，在这狮子的巢穴里。'上帝是疯了吗，就像印第安的无赖，他只是给予者，曲曲弯弯好像一条河？给你一座花园，让它坚硬干涸，再来一场洪水，叫你血本无归？祈祷告诉我们，好兄弟，不要让它变成泥沼，是谁设下的陷阱，等待李四或张三，为什么如此苛刻，这永恒之景，整场戏里，重要的究竟是什么？'"我觉得答案或许终究还是得从这些达摩流浪者身上去寻找。

---

1 曾出现在《在路上》中的人物，是一名流浪汉。

第十四章

不过我有我自己的小打算，这些打算跟"疯子"什么的完全没有关系。我想为自己置办一整套的装备，睡觉的、遮身的、吃的、做饭的，样样都要有，说到底，就是要一套能背在背上的正常的厨房和卧室，走到哪里都能过上完美的隐居生活，能静心内观我心灵之太虚，达到全然的无悲无喜，澄心静念。我还打算将祈祷作为我唯一的活动，为一切生灵祈祷——我知道，它是这世上仅剩的唯一体面的活动。在某处干涸的河床上，在沙漠里，在群山之间，在墨西哥的茅屋或阿迪朗达克的窝棚里，休憩养心，成为仁慈宽和的人，别的什么也不做，身体力行中国人所说的"无为"。我什么都不想做，真的，无论贾菲那些关于社会（我的结论是彻底避开它，绕道而行）的思想，还是阿尔瓦那些"既然生命似甜实苦，再说反正早晚免不了一死，那还不如及时行乐"的观念，都一样。

到第二天一大早贾菲来接我时，我满脑子里都是这些东西。他和我还有阿尔瓦一起，开着莫尔利的车去奥克兰，首先去了几家慈善商店和救世军用品店，买各种各样的法兰绒衬衫（五十美分一件）和内衣。我们三个到处寻觅那些染了色的内衣汗衫，在清晨清新的阳光下横穿马路之后不过一分钟，贾菲突然冒出一句："要知道，地球是个年轻的星球，那还有什么可担心的呢？"（这话不假）此刻，我们满面困惑地在灰扑扑的旧箱子里寻觅，里面装满了洗好补好的各色衬衫，是贫民区宇宙里各色老流浪汉的衣箱。我买了几双短袜，还有一双可以一直拉到膝盖上面的苏格兰羊毛长袜，在有雾的寒冷夜晚里打坐冥想时一定能派上用场。我还花了九十美分买到一件很好的小帆布拉链夹克。

之后，我们开车去了奥克兰一家非常大的海军用品店，从后门进去，这家店把睡袋全都挂在钩子上，他们有各种各样的其他装备，包括莫尔利著名的充气床垫，还有水罐、手电筒、帐篷、来复枪、水壶、长筒胶鞋、各种猎户和渔夫用的不可思议的东西，贾菲和我在里面翻出了许多适合我们的小玩意儿。他买了一个铝的锅子提架，当礼物送给了我：这是铝制的，有了它你就绝对不会被烫着了，你只要直接用它把锅子从火上提开就行了。他还帮我挑了一个非常好的二手鸭绒睡袋，拉开拉链，翻过来从里面一点一点细细地检查了个遍。然后是一个崭新的背包，对于这个我是得意极了。"我回头把我自己的老睡袋套给你。"他说。我还买了一副小塑料雪镜，这就纯属闹着玩儿了，另外还有铁路劳务手套，全新的。我盘算着家里还有一双相当不错的靴子，反正我要回东部去过圣诞节的，到时候带出来就行了，不然的话，我都打算买一双贾菲那样的意大利登山靴了。

我们离开了奥克兰的商店，回到伯克利我们前些天去过的那家滑雪用品店，一走进去，店员就迎上前来，贾菲操着他的木材采运工口音说："给我朋友来套末日装备。"他领着我走到商店最里面，捡出一件带兜帽的漂亮尼龙斗篷，披上它，就连背包都能一起护住了（像个大块头的驼背和尚一样），保证雨一点儿也淋不着你。它还能变成一顶小帐篷，还能在睡觉时当防潮垫垫在睡袋下面用。我买了个钼钢合金[1]的瓶子，带螺旋盖子的，可以用来带蜂蜜上山（我是这么跟自己说的）。不过其实后来我多半用它装葡萄酒，很少派别的用场，再后来，等到我能多赚到些钱的时候，它就成了威士忌酒罐。此外，我还买了一个非常称手的塑料调酒器，只要放上一勺奶粉，再加点儿山溪水，摇一摇，你就能为自己调出一杯牛奶。我还买了一大堆食品干粮，都像贾菲那样分装好。这下子，我真的拥有全套的末日装备了，一点儿不开玩笑——哪怕当天夜里就有一颗原子弹打到旧金山，我要做的也不过是背起包走出城区（如果还出得去的话），只要有我包得严严实实的干粮和头顶上的卧室和厨房，走到世界哪个角落都没问题。最后一笔大开销是厨具，两个可以套起来收好的大锅，带把手的锅盖同时也可以当煎锅用，几个锡制的杯子，外加一套小巧的便携式组装餐具。贾菲从他自己的装备里翻出了另一份礼物送给我，那是一把普通的大汤匙，可他拿出老虎钳，把勺柄拗弯，说："看，你要是想从大火堆里把锅拿下来，只要用这个去钩就行了。"我感觉自己简直就是焕然新生了。

1　原文为"polybdenum"，含义不明确，有说法认为可能是一种包括碳钢、钼和铝成分在内的合金。

第十五章

当天晚上，我换上新法兰绒衬衣、新袜子、新内衣和我的牛仔裤，把背包塞满装好，背上肩头，出发去旧金山，只是为了体会一下背着行囊在城市里夜行的感觉。我走在米申街上，高兴地哼着歌儿。我到贫民区第三大街，去享受我最爱的新鲜出炉的甜甜圈和咖啡，那里的流浪汉们全都被我吸引了，想知道我是不是准备去找铀矿。我不想跟他们长篇大论地说我要寻找的东西对于整个人类的长远而言远比矿石有价值，于是任由他们跟我说什么"小子，你要做的就是到科罗拉多的野外去，带上你的背包和一个靠谱的小盖革计数器[1]，只要到了那里就能变成百万富翁"。贫民区的人个个都想变成百万富翁。

"好的伙计们。"我说，"也许吧。"

"往北走，育空那块儿也有很多铀矿。"

"还有南边儿墨西哥的奇瓦瓦。"老头儿说，"我打赌奇瓦瓦有铀矿。"

我走出那条街，背着硕大的背包在旧金山城里乱走，满心快乐。我去了罗茜家找她和寇迪。看到罗茜时我大吃一惊，她

---

[1]　一种测量放射性的仪器。

完全变了个模样，突然变得骨瘦如柴，整个人都成了副骨头架子，眼睛里满是惊恐，大得吓人，突兀地凸在脸上。"出什么事了？"

寇迪把我拽进另一个房间，不让我跟她说话。"就这四十八小时的事儿，她一下子就变成这样了。"他悄声说。

"怎么回事？"

"她说她把我们所有人的名字和各自的罪行都列了一张清单，又说她上班时把这些东西扔进了马桶里，打算冲掉，谁知道清单太长，把马桶给堵了，他们不得不叫清洁工来解决麻烦，她非说那人穿着制服，是个警察，还把清单带回警察局去了，所以现在我们所有人都要被逮捕。她疯了，就这么回事儿。"寇迪是我的老兄弟了，很多年前在旧金山时就让我住在他的阁楼里，是个值得信任的老朋友，"还有，你看到她胳膊上那些伤了吗？"

"看到了。"我注意到她的胳膊了，上面全是刀口。

"她拿着把钝得没法用的破刀想割腕。我很担心她。一会儿我得去上班，今晚你能在这里看着点儿她吗？"

"噢，伙计——"

"噢你，噢伙计，别这样。你知道《圣经》里是怎么说的，'你们既作在我这……'[1]"

"好吧好吧，我本来打算今晚好好乐和乐和的。"

---

1 出自《圣经·新约·马太福音》25:40，完整原文为："王要回答说，我实在告诉你们，这些事你们既作在我这弟兄中一个最小的身上，就是作在我身上了。"

"乐和不是一切。有时候你得承担些责任，你明白的。"

我没机会到"老地方"去炫耀我的新装备了。他开车带我去了凡内斯街上的一家快餐厅，掏钱让我给罗茜带些三明治，然后我就自己回去，想办法让她吃点儿东西。她坐在厨房里直愣愣地瞪着我。

"你们怎么就是不明白这意味着什么！"她不停地念叨，"现在他们对你们了如指掌了。"

"对谁？"

"你。"

"我？"

"你，还有阿尔瓦、寇迪，还有那个贾菲·赖德，你们所有人，还有我。去'老地方'的每一个人。最晚明天，我们就要被抓了。"她望着房门，眼里是全然的恐惧。

"你干吗那样割你自己的胳膊？那么对自己也太狠了吧？"

"因为我不想活了。我在跟你说，这里马上就要有一场警察大革命了。"

"不，即将到来的是背包革命。"我大笑着说，完全没意识到情况有多严重，事实上，寇迪和我都太迟钝了，看到她的胳膊我们就该知道她会做到什么程度。"听我说。"我开口道。可她不听。

"你不明白眼下是出了什么事吗？"她盯着我，声音尖厉，眼睛瞪得大大的，非常严肃，试图用疯狂的心电传感术让我相信她说的绝对绝对都是真实的。她站在那小公寓的厨房间里，苦苦解说，枯瘦的双手向前伸出，双腿绷得紧紧的，满头红发

126

都打了结，浑身瑟瑟地颤抖着，时不时揉一把自己的脸。

"全都是胡说八道！"我大叫道，一阵熟悉的感觉骤然袭来，每次向人们解说"达摩"时我总有这样的感觉，阿尔瓦、我的母亲、我的亲戚、女朋友们，每个人，他们从来不听，他们全都只想要我听他们说，他们知道，我什么都不懂，我只是个不会说话的小孩，一个不切实际的傻瓜，不明白这个如此重要、如此真实的世界的严肃意义。

"警察随时可能从天而降，把我们所有人都抓走，还不止这些，我们全都会受到审讯，一直一直审，好多好多个星期，甚至好多好多年，直到他们把所有罪行和罪恶都确认定罪，那是张大网，向着四面八方铺开去，到最后，他们会把北海滩的所有人都抓起来，甚至格林尼治村[1]的所有人，然后是巴黎的，到最后，他们会把所有人都抓进监狱里关起来，你不知道，这才只是刚刚开始。"走廊上但凡有点儿动静都能让她惊跳起来，以为是警察到了。

"你怎么就不能听我说说？"我不断要求，可每次我这么一说，她就瞪着她的眼睛催眠我，她是那么不顾一切地将全部心神都灌注在她的头脑酿造出的灾难中，从而拥有了绝对的优势，有那么一会儿，我差一点就相信她了。"可你这些愚蠢的所谓罪行和想法都完全没有来由，你不觉得这样的生活根本就只是一场梦吗？你干吗不放松下来，好好享受当个上帝的感

1　格林尼治村（Greenwich Village）位于美国纽约西区，是作家、艺术家的聚居地，20 世纪 60 年代美国反主流文化及 LGBT 运动的发源地。

觉？上帝就是你啊，你这笨蛋！"

"噢，他们会毁了你的，雷，我想也想得到，他们还会把所有狂热的宗教分子都抓起来，改造好。那只是开始。一切都跟俄国有关，虽然他们不说……我听说过一些东西，说太阳光线，还有当我们所有人都睡着时发生着什么样的事情之类的。噢，雷，世界永远不会一样！"

"什么世界？那又有什么关系？拜托，到此为止吧，你吓着我了。老天，说真的，你不是吓到我了，我再也不会听你多说一个字。"我怒气冲冲地走出门去，买了点儿酒，跑进"牛仔"酒吧，和一群音乐家混在一起，然后就带着这么一帮子人回去看她。"喝点儿酒，往你的脑袋里灌点儿智慧进去。"

"不，我戒酒了，你喝下去的所有酒都是劣质的毒水，会把你的胃烧穿，让你的脑子变钝。我敢说你已经有点儿不对劲了，你不敏锐了，你意识不到眼下正在发生着什么！"

"啊，得了吧。"

"这是我在这世上的最后一夜了。"她又补上一句。

我和那些音乐家喝光了所有的酒，谈天说地，一直聊到了午夜前后。罗茜这时候像是好多了，她躺在沙发上，会聊天，甚至会笑一笑，她吃掉了她的三明治，喝了些我为她泡的茶。音乐家们走了以后，我在厨房地板上铺开我的新睡袋，睡下。然而，就在当晚，在寇迪回来接班，我起身离开之后，她趁寇迪睡着，跑到屋顶上，打破一扇天窗，用碎玻璃片尖利的破口划开了自己的手腕，那时已经是黎明了，她就那么血淋淋地坐在屋顶上，一个邻居发现了她，打电话叫来警察，就在警察爬上屋顶想帮她时，事情发生了：在她眼里，这就是赶来抓捕我们所有人的大票警察了，于是她站起来开始沿着屋顶边缘逃跑。那年轻的爱尔兰警察一个飞扑向前，却只抓住了她的睡袍，袍子从她身上滑落，她就这么从六层楼的高处赤条条地摔到了街边的人行道上。那些音乐家就住在同一栋楼的地下室里，一整夜都在聊天，听唱片，都还没睡。他们听到"砰"的一声巨响，抬头朝地下室的窗外一看，正看到这可怕的一幕。"伙计，我们全都被吓得心神不宁的，到当天晚上都没办法去演出。"他们拉上窗帘，浑身发抖。寇迪睡着了……第二天，当我听说这个消息，当我看到报纸新闻图片里画着大叉表示她落地方位的人行道时，脑子里钻出的第一个念头是："她哪怕只要肯听一听我的话呢……我是不是真的太不会表达？我想做的那些事情，我的那些想法，是不是真的都太愚蠢、太可笑、太孩子气了？是不是现在还不到我遵从内心所知的真实开始行动的时候？"

事情已经发生了。接下来的那个星期里，我打包好行李，决定上路，离开这座愚昧的现代城市。我跟贾菲和其他人道别，跳上货运列车，沿着海岸线南下，返回洛杉矶。可怜的罗茜——她是如此坚信着世界是真实的，恐惧也是真实的，可现在，还有什么是真实的？"至少，"我想着，"她已经上了天国了，现在她应该知道了。"

第十六章

　　"至于我，正走在去往天堂的路上。"这就是我对自己说的。突然之间，我清清楚楚地意识到，在我的人生中还有许多课要上。就像前面说的，离开之前我去找过贾菲，我们悲伤地散步到唐人街公园，在"南苑"吃过早饭，出来后坐在星期天早晨的草地上，不知什么时候突然冒出来一群黑人传教士，站在草地上，向着三三两两经过的人和流浪汉布道，那些人对此毫无兴趣，只任由他们的孩子在草地上嬉笑打闹，流浪汉们的兴趣也并不更多。一个长得很像雷尼大妈[1]的大块头胖妇人站在那里，双腿叉开，吼出她长篇大论的布道词，她的声音洪亮浑厚，不断从演说跳到一段布鲁斯，再跳回演说，很漂亮的布道，这个女人是个如此了不起的布道者，要说她为什么不在教堂里做这件事，原因就只有一个，她时不时就得大声地"吭——咳"一声，清清喉咙鼻子，再冲着旁边的草里狠狠呸出一口痰，"我告诉你们，只要明白了你们身在'新的天地'，上帝就会眷顾你们……是的！"——"吭——咳"，侧过身子，

1　雷尼大妈（"Ma" Rainey, 1886—1939 年），最早的非裔美国专业蓝调歌手之一，也是第一批录制蓝调唱片的歌手，有"蓝调之母"的称号。

把一大口痰吐到十英尺外。"瞧，"我对贾菲说，"她在教堂里就不能这么干，这就是她身为布道者的大缺点，因为教会在意这个，可是伙计，你还见过比她更好的传道者吗？"

"没错。"贾菲说，"可我不喜欢她说的这些玩意儿。"

"贾菲，我本来还有些东西想要告诉罗茜的。我们现在就在天堂里，不是吗？"

"谁说的？"

"我们现在难道不就在极乐世界里吗，不是吗？"

"我们现在既身在极乐世界，又困于轮回之中。"

"言语，言语，言语之下又有什么呢？不过是极乐世界的另一种说法。再说了，你没听到吗？那个胖子老姑娘在冲着你说话，告诉你，你已经到达了一个'新的天地'，伙计。"贾菲开心极了，挤了挤眼，笑起来。

"佛国无所不在，我们全都身在其中，而罗茜是一朵花，只是我们让她凋萎了。"

"再没有比这更对的说法了，雷。"

那个胖子老姑娘朝我们走来，她也注意到了我们，特别是我。事实上，她管我叫"亲爱的"。"看你的眼睛我就可以知道，你能听懂我说的每一个字，亲爱的。我想让你知道，我希望你能上天堂，能幸福快乐。我希望你能懂得我说的每一个字眼儿。"

"我听到了，我懂。"

街对面是一座在建的新佛寺，唐人街某个年轻的中国商会修建的，他们自己动手，一天夜里我去过那儿，喝得多了点儿，跟他们一起，用独轮手推车从外面拖了一车沙子回来，他们都是年轻的辛克莱·刘易斯[1]式的孩子，理想主义，满怀期望，家境良好，却穿上牛仔工装来到这里，亲自动手建造"教堂"，在中西部小镇上你常常能见到这样的人，中西部的小子们，有着理查德·尼克松总统那样生气勃勃的开朗面容，周围是一望无际的草原。而在这里，名为"旧金山唐人街"的复杂世故小城的心脏地带里，他们做着同样的事，只是他们的"教堂"是佛教的寺庙。奇怪的是，贾菲对旧金山中国城的佛教完全没有兴趣，因为这是传统的佛教，不是他所钟爱的禅宗那样讲求悟性与艺术的佛教。可我一直努力让他明白，两者毫无差别。在餐厅里，我们用筷子吃饭，乐此不疲。现在，他在同我道别，我不知道什么时候才能再看到他。

那个黑人妇女身后站着一个男性传教者，他从头到尾闭着眼睛，摇晃着身子，嘴上说着"对，没错"。妇人对我们说："上帝保佑你们两个愿意听我说话的小子，这些话我必须要说。记住，我们都知道，万事万物永远都是互相帮忙的，它们都是爱上帝的，都能得益，都是按照'祂'的意旨被召唤的。《罗马书》八章十八节[2]，孩子们。有'新的天地'正等待着你们，一定要好好履行你们的每一项责任。听到了吗？"

"是的，夫人，回头见。"我告别了贾菲。

1　辛克莱·刘易斯（Sinclair Lewis，1885—1951年），美国小说家、剧作家，第一位获得诺贝尔文学奖（1930年）的美国人，代表作包括《大街》（*Main Street: The Story of Carol Kennicott*）、《巴比特》（*Babbitt*）等。
2　事实上出自《圣经·新约·罗马书》的第8章第28节，原文为：我们晓得万事都互相效力，叫爱神的人得益处，就是按他旨意被召的人。

我在山里陪寇迪一家住了几天。对于罗茜的自杀，他难过极了，一直说，这是非常重要的时刻，他必须日夜为她祈祷，因为她是自杀的，她的灵魂还游荡在世间，等待她的要么是炼狱，要么是地狱。"我们必须帮她进入炼狱，伙计。"于是，晚上睡觉时我帮他一起祈祷，我就睡在他的草坪上，裹着我自己的新睡袋。白天，他的孩子们念诗给我听，我把这些诗句记录在我随身携带的笔记本上，它就放在前胸口袋里。哟－嚯呼……哟－嚯呼……我想念你……布－嚯呼……布－嚯呼……我爱你……布噜－布噜……天空蔚蓝……我在你之上……布－嚯呼……布－嚯呼。那几天，寇迪一直在说："别喝那么多陈年老酒。"

星期一下午过半，我来到圣何塞的站场附近等下午四点半的那趟"大拉链"。不巧，那天是它的停运日，我只能等七点半的"半夜鬼影"了。天色很快就黑了下来，我捡来小树枝，在铁道旁浓密的杂草丛深处生起一小堆火，煮了一罐通心粉吃掉。"鬼影"来了，一个好心的扳道工告诉我，最好别试图搭那趟车，因为道口上有一个站场工作人员拿着大手电筒检查有没有人扒火车搭车，要是有，他会提前打电话到沃森维尔，让他们把人赶下来。"这会儿是冬天了，那些小子经常闯进密封的车厢里，打破窗户，扔得满地都是酒瓶子，把火车搞得乱七八糟。"

我背着沉甸甸的背包，偷偷绕过检查员所在的道口，溜到站场最东头，赶在"鬼影"开出前爬了上去，铺开睡袋，脱下我的鞋子，把它们塞在我卷起来的外套下面，钻进睡袋，愉快地睡了一路。到沃森维尔后，我跳下车，躲进草丛，直到高球信号挂起才重新跳上去，之后便是一夜安眠，火车飞驰，沿着美得叫人难以置信的海岸南下，噢，佛陀，你的月光洒在海面，噢，基督，你的椋鸟掠过海面，大海，瑟夫，檀盖尔，加维奥塔，火车以每小时八十英里的速度飞驰，我躺在睡袋里热得好像烤箱里的面包；南下，回家过圣诞。事实上，我直到早上差不多七点钟才醒过来，那时火车已经开始减速进洛杉矶车站了。我穿上鞋子，收拾好东西准备跳车，第一眼看到的是个站场工人，正冲我挥手大喊："欢迎来到洛杉矶！"

可我必须赶快离开那里。烟太大了，我被熏得眼泪汪汪的，太阳炙热，空气臭烘烘的，洛杉矶向来就是这么个地狱。而且我还感冒了，被寇迪的孩子传染的，带着老加利福尼亚的病毒，此刻我只觉得惨兮兮的。冷藏冰柜在滴水，我接了一捧，泼在脸上洗了洗，又漱一漱牙齿，梳了梳头发，迈步走进洛杉矶，等待傍晚七点半的到来。我打算搭那个时间的"大拉链"一级货车去亚利桑那州的尤马。这一天的等待很难熬，我在贫民区南主街上的咖啡馆里喝咖啡，十七美分的咖啡。

夜幕降临，我潜在车站附近等我的火车。一个流浪汉坐在门边，大感兴趣地看着我。我上前去跟他搭话，他说他以前在新泽西的帕特森当过海员。过了会儿，他又抽出一张小纸片，说他有时候会在搭火车的时候读一读。我看了看，那是《长阿含经》里一段佛说的话。我笑了，但什么也没说。他是个非常健谈的流浪汉，一个不喝酒的流浪汉，完全就是那种理想的完美流浪汉，他说："这就是一切的意义，这就是我想要的，我宁愿搭火车到处跑，燃起篝火用马口铁罐子煮东西吃，也不愿意变成有钱人，去安顿一个家或是找份工作什么的。我很满意。我以前有关节炎，要知道，为这个我在医院里耗了很多年。后来我自己想办法治好了，从那以后就上路过起了这样的生活。"

"你怎么治好关节炎的？我自己也有血栓静脉炎。"

"是吗？那应该对你也有用。只要每天倒立三分钟就行了，要不就是五分钟。不管是在河谷里还是在开着的火车上，每天早上一起床，我就在地上放一个小垫子倒立，数到五百，那差不多是三分钟吧？"他非常在意数五百个数究竟是不是三分钟。那挺奇怪。我猜他多半是念书时太在意算数成绩了。

"是的，差不多。"

"就这么，每天都做，你的静脉炎就会像我的关节炎一样消失了。你要知道，我四十岁了。还有，晚上睡觉前喝一点加蜂蜜的热牛奶，我总是随身带着一小罐子蜂蜜。"（他从背包里拎出一个罐子。）"我把牛奶倒进听子里，加点蜂蜜，放在火上热一热，然后再喝。就这么两件事。"

"好的。"我发誓要采纳他的建议，因为他就是个佛陀。结果，差不多三个月左右，我的血栓静脉炎就彻底好了，再也没有犯过，真是太神奇了。事实上，从那以后，我就总想跟医生们说说这事儿，可他们似乎都觉得我疯了。达摩流浪者，达摩流浪者。我永远都不会忘记这个智慧的来自新泽西州帕特森的犹太前海员流浪汉。无论他是谁，有他在大自然荒寂的夜晚里，在火车站台滴水的冷藏柜旁读的那张小纸片，就能证明，处处工业化的美国依然是魔幻神奇的美国。

　　七点半，我的"大拉链"来了，扳道工把它引上轨道，我躲在草丛里准备爬车，半个身子藏在一根电话杆子后面。它启动了，感觉上那速度快得离谱，我只得背着我五十磅重的沉甸甸的背包冲出去，跟着它一路小跑，直到找到一处合适的列车连接处，抓住挂钩，用力把自己往上拽，直接一口气爬到车厢顶上，这样就能好好观察一下整列火车的情况，找找看哪里有平板车厢能让我安顿下来。那些该死的神圣的烟，就算是天上的蜡烛也会因为看不见而掉下来摔个粉碎。直到这列火车开始加速，驶出车站之后，我才发现它根本就是一列他妈的见鬼的糟糕透顶的十八节闷罐车，这时候车速还差不多只是每小时二十英里，我要么现在下车，要么，就得在它跑到八十迈的时候想办法保住性命（待在闷罐车顶上那是根本不可能做到的），要么跳，要么死，所以唯一的选择就只能是再爬下去，可在那之前，我必须先把我的皮带扣从车厢爬梯上解下来，它卡住了，这么一耽搁，等到我下到最底下一级横档准备跳车时，车速已经有点儿太快了。我卸下背包，单手拎住，然后，满怀着信心，冷静而疯狂地一步蹬出，放开所有。只踉跄着冲出了几英尺，我便安全降落在了地面上。可现在已经深入洛杉矶的工业森林三英里了，四下弥漫着夜晚那呛死人的烟，而我却不得不在铁轨边的沟里靠着铁丝网睡上一夜，整个晚上不断被南太平洋和圣达菲铁路来来往往的嘻嘻隆隆声吵醒，直到半夜里，烟变成雾，淡了些，我才觉得呼吸轻松了一点儿（我一直躺在睡袋里思考、祈祷），可没过多久，更多的烟和雾再次漫起，黎明带来了湿气重得可怕的白云，睡袋里太热，外面又冷得没法待，整整一夜，除了"可怕"就再也没有别的词语可以形容，唯一的安慰是黎明时一只为我祝福的小鸟。

我要做的只有一件事，就是离开洛杉矶。按照那位朋友的指示，我倒立了会儿，正好利用铁丝网作为保护，以防自己稳不住摔下来。做完之后我感觉感冒似乎也好了些。接着，我步行到公车站（横穿过铁道和小巷），搭了一辆便宜的巴士去二十五英里外的里弗赛德。我背上的大包引得警察一直疑神疑鬼地盯着我看。一切都大不一样了。同贾菲·赖德一起在高山巨岩下露营，头顶宁静歌唱的群星，那样的轻松纯净已经远去了。

第十七章

一直到走完整整二十五英里全程，我才算摆脱了洛杉矶的雾霾，里弗赛德阳光明媚。就在进入里弗赛德之前，巴士开过了一座小桥，我看到桥下漂亮的干河床，沙砾亮白，河床中心淌过一道细细的小河，顿时欣喜若狂。我正在寻找我生平第一次露营过夜的机会，打算实践我的新想法。可在热烘烘的巴士站里时，一个黑人看到我背着背包，便走上前来，说他有一部分莫霍克族[1]的血统。当我告诉他，我打算沿着公路回头，晚上住在河床上时，"不，先生，你不能那么做。这个小镇上的警察是整个州里最严苛的。要是看到你在那下面，他们会把你丢到监狱里去。"他说，"小子，我也想今天晚上能在户外过夜，可那是犯法的。"

"这里不是印度，对吧。"我说，恼火地转身走开。无论如何，总要去试一试。这情形就跟在圣何塞车站里遇到那些警察一样，就算犯法，就算他们会想要逮捕你，你唯一应该做的，依然还是随心意去做，留神藏好就好。如果我是九世纪时中国

1　北美原住民的一支大部族。

那个不断摇晃着铃铛云游四方的圣人普化和尚[1]，会怎么样呢？一想到这里，我就大笑起来。要么露宿野外，扒火车，随心所欲地做我想做的事；要么和一百个病人一起坐在疯人院里漂亮的电视机跟前接受"督导"。二者必居其一，我看不到第三种生活。我走进超市，买了些浓缩橙汁、坚果奶油芝士和全麦面包，这些东西很丰盛了，足够吃到明天，到时候我就该穿过镇子，到另一头去搭车上路了。我看见了很多的警察巡逻车，他们全都怀疑地看着我——制服笔挺、收入丰厚的警察，坐在崭新的汽车里，车里配着昂贵的无线电通信装备，就为了确保今晚没有人能在林子里过夜。

我走到公路边的树林跟前，小心地左右打量了一圈，确认两头都没有巡逻车刚好开过来，接着便一头钻进了林子里。我不想费神去找童子军的小道，便只能从一丛丛茂密干枯的灌木丛中间硬挤过去。我瞄准河床上的金沙笔直向前走，它们就在前方，清清楚楚。公路桥从灌木林上方越过，除非有人停下车，出来站在路边朝下仔细看，否则谁也看不到我。我就像个罪犯一样，在明亮却干枯脆弱的灌木间披荆斩棘，最后满身大汗地钻出来，重重地踏入没过脚踝的河水里，很快，我找到了一块不错的空地，算是在一片竹林里面，我犹豫着要不要等到黄昏再生火，到时候就没人能看到我燃起的小小的烟，只要保证火别烧得太旺就行了。我拿出斗篷和睡袋，铺在一块干燥松

1　普化和尚其人曾出现在《临济录》里，据传其为唐宣宗年间的禅宗高僧，举止言语狂放若癫，常常摇一铜铃状乐器高唱偈语行走街市。《临济录》是临济宗创始人临济义玄的言行录。

软的地上，下面都是落叶和断掉的竹节。黄色的白杨摇曳出金色的雾，填满了午后的空气，叫我眼花。除了桥上来来往往的卡车实在太吵之外，这是个好地方。我被感冒和鼻塞折腾得很不好受，于是倒立了五分钟。我大笑起来。"要是有人看到我这个样子，会怎么想呢？"可这并不好笑，我感觉很悲伤，真正的悲伤，就像之前在工业化洛杉矶的铁丝网乡间那可怕的烟雾中的夜晚里一样，事实上，那时候我还哭了一下。毕竟，一个无家可归的人是有理由哭泣的，这世上的一切都在针对他。

天黑了，我取出锅子去打水，可路上矮树丛太多，全都叫人不得不手脚并用才能钻过去，回到营地时，水也洒得差不多了。我往我的新塑料摇壶里倒了些水，加上浓缩橙汁，摇一摇，一杯冰凉的橙汁就出炉了，然后，我把坚果奶油芝士抹在全麦面包上，满足地吃起来。"今天晚上，"我琢磨着，"我要好好睡一觉，睡饱，我在这群星之下祈祷，感谢上帝把我带往佛教的净土，愿我在修行过后能得成正果，阿门。"考虑到马上就是圣诞节了，我补了一句，"愿上帝保佑你们所有人，愿上帝的光能辉照你们所有人的屋顶，愿你们圣诞快乐，愿有天使踞守那眷顾这夜的光辉明亮的真正的星，阿门。"祈祷完毕，我靠在背包上抽着烟，心里想着："一切皆有可能。我是上帝，我是佛陀，我是不完美的雷·史密斯，我同时是这所有的角色，我是虚空，我是万事万物。我活过一世又一世，始终与这世界同在，我做想要做的，做已经做的，做永远在做的，无尽的内在的完美，何必哭泣，何必担忧，就像思想的精华般完美，就像香蕉皮的思想。"我想起了我那群旧金山的诗人禅疯子达摩流浪汉朋友们，忍不住笑起来，又为他们补了一段祈祷，我现在就已经开始想念他们了。我还为罗茜也补了一小段祈祷。

"要是她还活着，说不定可以跟我一起来到这里，也许我能告诉她一些什么，让她有些不一样的感受。也可能只跟她做爱，什么都不说。"

我盘腿坐下，花了很长时间冥想，可卡车轰隆隆的声音一直在干扰我。很快，星星出来了，我的小小营火向它们送上几缕轻烟。十一点，我钻进睡袋，这一觉睡得很好，只是落叶下的竹节硌得我整夜不停地翻身。"自由地睡在不舒适的床上，总好过不自由地睡在温床软枕上。"我不断想出诸如此类的各种名言警句。有了新的装备，我开启了全新的生活——成了一个温柔的、中规中矩的堂吉诃德。早晨醒来，我只觉得精神焕发，第一件事，就是开始冥想，顺便做了个小小的祷告："我祝福你们，芸芸众生，我在无尽的过往祝福你们，我在无尽的现在祝福你们，我在无尽的未来祝福你们，阿门。"

这段小祷告让我感觉很好，外加几分自我感觉还不错的傻气。好心情一直延续着，伴我收拾好东西，起身出发，走到公路对面，掬起一捧岩石上流下的清甜泉水，洗脸，刷牙，再喝上几口。我准备好了，踏上三千英里的搭车之旅，回到北卡罗来纳州，落基山市，在那里，有我的母亲在等我，说不定此刻她就在她心爱的可怜的厨房里洗着盘子。

第十八章

那阵子最当红的歌是罗伊·汉密尔顿的那首《除了我，人人都有家》[1]。我哼着它慢悠悠地晃着，横穿过里弗赛德，来到小镇另一面的公路边，立刻就搭上一对年轻夫妇的车到了城外五英里处的飞机场，在那里，一个沉默寡言的男人把我捎到加利福尼亚博蒙特镇附近，在离城还有五英里的双车道高速公路边放下我。车辆来来往往，看来似乎没有人愿意停下来载我一程，于是我在明媚的天空下沿着公路徒步向小镇走去。走进博蒙特，我挤在一群嘻嘻哈哈的中学小孩儿中间吃了热狗、汉堡包和一包薯条，外加一大杯草莓奶昔。之后，我继续穿过小镇，拦下了一个墨西哥人的车，他叫杰米，声称自己是墨西哥下加利福尼亚州州长的儿子，我才不信。那是个酒鬼，让我给他买了些葡萄酒，他一边开着车，一边就把酒喝了个底朝天，把瓶子扔出窗外——这样一个无精打采的、悲伤的、无望的年轻人，双眼非常悲伤，人非常好，略有一点疯疯癫癫。他直奔墨西卡利而去，稍稍偏离了我的路线，但对我来说已经很不错

1　罗伊·汉密尔顿（Roy Hamilton，1929—1969 年），美国歌手，20 世纪 50 年代中后期至 60 年代初正是其事业巅峰期，文中提到的歌曲原名 *Everybody's Got a Home but Me*，发行于 1955 年。

了，总体还是朝着亚利桑那方向前进，开得也够远。

我们到加利西哥时正赶上圣诞大促销，主街上满是令人难以置信的、无可挑剔的、漂亮得惊人的墨西哥美人儿，一个比一个美，我刚觉得前一个走过的已是举世无双，后一个出现的就越发出色，我站在那里，啃着蛋筒冰激凌，目不暇接。我在等杰米，他说有点儿事情要办，很快就回来接我，带我到墨西哥的墨西卡利城去认识认识他的朋友。我打算到墨西哥去吃顿便宜又美味的大餐，然后当天夜里继续走。情理之中的，杰米再也没有出现。我自己穿过边境，过了关口就直接右转，避开挤满小商小贩的街道，看到一片建筑垃圾，赶紧过去解决了一下小便问题，不料一个穿制服的墨西哥保安气急败坏地过来说了些什么，似乎觉得这是天大的罪过，我说我不知道（No se），他说，"你不知道警察？"——那架势像是就因为我在他脏兮兮的地面上撒了泡尿，他就准备叫警察了似的，简直莫名其妙。到后来我才发现，我尿到的地方应该就是他平常生火守夜时坐的位置，因为旁边还堆着木炭，这让我很过意不去。只能赶紧乖乖转回泥泞的街道，背着我的大背包，顶着他一直紧盯着我的阴郁目光，心虚气短，真心觉得抱歉极了。

我登上一座小山丘，看到散发着恶臭的宽阔的烂泥河滩和湖塘，还有糟糕的小路。黄昏下，女人和驴子一同在那些路上漫步，一个墨西哥老乞丐吸引了我的目光，我们停下来聊了会儿，当我告诉他我可能打算在那些河滩上过夜（我想的其实是河滩再往上去一点，在山脚下）时，他那模样像是吓坏了，因为他又聋又哑，只能连比带画地告诉我，要是那样的话，会有

143

人来抢走我的背包而且把我杀掉的，在那一刹那，我意识到这是真的。我不是在美国了。无论在边境线的哪一边，无论怎样花言巧语胡说八道，无家可归的人都生活在水深火热中。我要到哪里才能找到一片宁静的树林来打坐冥想，来走进永恒的生命呢？等到那老人比画着跟我说完他的人生故事，我挥手走开，微笑着，穿过平坦的河滩和黄色河流上窄窄的界桥，越过一片墨西卡利穷人的泥坯房子，可哪怕是在那里，墨西哥式的快乐狂欢依然叫我着迷，我吃了一份装在锡罐子里的美味鹰嘴豆汤，配大块的畜头肉和生洋葱，在边境处用二十五美分换了三比索的纸币和一大堆硬币。坐在满是泥灰尘土的街角吃饭时，我仔细观察了一番街道、街上的人、可怜的母狗、小酒吧、妓女、音乐、在狭窄的路上打打闹闹着晃过的人，还有街对面一家叫人一见难忘的美容院，它光秃秃的墙上装着一面光秃秃的镜子，屋里放着光秃秃的椅子，一个十七岁模样的小美人儿正对着镜子发呆，别着满头发夹，旁边是一尊顶着假发的旧石膏像，一个留胡子的大块头男人正在后面剔牙，身上穿一件斯堪的纳威亚式的滑雪衫，旁边那块镜子跟前的椅子上坐着个小男孩，正在吃香蕉，人行道上，一群小孩子挤在门外，就像挤在电影放映厅外一样。我心想："噢，这就是星期六下午的墨西卡利！感谢你，哦，我的主，感谢你将对生活的热情重新还给了我，感谢你繁盛肥沃的子宫中生生不息的生命轮回。"我的眼泪一点儿也没有白流。一切终究会有结果。

我一路闲逛，买了一根多拿滋棍，又从一个女孩手里买了两个橙子，在尘土飞扬的傍晚时分回到桥这边，愉快地朝着边境口走去。可在边境口上，三个讨厌的美国海关人员把我拦住了，背包也被他们翻了个底朝天。

"你在墨西哥买了什么？"

"什么都没买。"

他们不信，到处搜搜捡捡。直到连我在博蒙特吃剩下的薯条，随身带的葡萄干、花生、胡萝卜都被他们隔着袋子捏了个遍，我准备在路上吃的猪肉豆子罐头也查过了，半包全麦面包也被揉捏得叫人恶心了，他们才放我离开。说真的，这实在可笑，毫无疑问，他们指望着能找到满满一背包从锡那罗亚买来的鸦片，或者从马萨特兰买的大麻，或是从巴拿马弄来的海洛因。说不定他们觉得我是一路从巴拿马走过来的。他们没法理解我。

我走到灰狗巴士站买了一张到埃尔森特罗的短程车票，走主干道。我琢磨着能搭上亚利桑那州的"半夜鬼影"，当晚就能到尤马，在科罗拉多的河岸边过一夜，我留意那个地方很久了。可打算落空了，到了埃尔森特罗之后，我去了火车站，绕来绕去地转了半天，最后问一个从调车机车信号牌边经过的工人："'大拉链'在哪儿？"

"它不走埃尔森特罗。"

我真没想到自己竟这么蠢。

"你能搭得上的货车都是要先绕到墨西哥再去尤马的，不过他们会发现你，把你踢下车，你会被逮进墨西哥的看守所的，小子。"

"我受够墨西哥了，多谢。"我只能去城里最大的十字路口，竖起大拇指，等往东去尤马的车。一个小时了，运气一直没来眷顾我。突然，一辆大卡车停在了路边，司机跳下来，摆弄着他的手提箱。"你是往东去吗？"我问。

"是倒是，不过我要先到墨西卡利转一小圈，很快。你对墨西哥有了解吗？"

"住了好些年呢。"他上下打量着我。他是个不错的老小子，一个快活的胖子，典型的中西部人。他喜欢我。

"今晚带我逛逛墨西卡利怎么样？然后我开车把你捎到图森。"

"好极了！"我们爬上卡车，沿着我坐巴士的来路掉头朝着墨西卡利开去。只要能直接到图森就值得。我们把车停在加利西哥，那时已经是十一点了，到处都静悄悄的。我们俩走路过境到墨西卡利，我带他避开那些专坑游客的小酒馆，去了几家很不错的老牌沙龙，那才是真正的墨西哥，只要一个比索就能和姑娘们跳上一支舞，喝上新鲜的龙舌兰，找到许多乐子。那一晚过得棒极了，他尽情跳舞，尽情享受，和一位女士合影，喝了差不多二十杯龙舌兰。那天夜里，我们不知在什么地方搭上了一个黑小子，他有点儿娘娘腔，但非常有趣，带我们去了一家妓院，快到时遇到一个墨西哥警察，收走了他的折叠刀。

"这是这个月里那些混蛋从我这抢走的第三把刀了。"他说。

第二天上午，博得里（那个卡车司机）和我回到卡车上，虽都迷瞪着两眼，还带着宿醉的恶心，可他一分钟也没耽搁，立刻发动汽车直奔尤马，没再返回埃尔森特罗，而是直接上了畅通无阻的 98 号公路，才到格雷威尔斯就已经跑到了八十迈，之后更是直飙一百。没过多久，图森就真真切切地出现在了我们眼前。之前我们在尤马城外吃了顿简单的午餐，这会儿，他说他饿了，想吃顿好牛排。"唯一的问题是，这些卡车休息点的牛排都太小了，不够我吃的。"

"那这样，到图森以后你随便找个路边超市停一下，我去买块两英寸厚的T骨牛排，我们到沙漠里去生个火，我帮你煎一块保证你这辈子都没吃过的好牛排。"他不大信，但我做到了。离开图森的灯火，驶入沙漠上空火烧云般的晚霞之下，他停下车，我开始生火，先用牧豆的细枝引火，再加粗一点的树枝，最后放大块的木头，天色黑下来时，炭火也旺了，我本来想用树枝当烤钎叉着牛排烤，可钎子烧起来了，于是我把那些巨大的牛排放在我可爱的新锅盖子上，就着它们自己的油脂烤好，再拿出我的大折叠刀递给他，他切下一块，直说："唔，嗯，哇噢，这是我吃过的最棒的牛排。"

我还买了牛奶，我们蹲在沙地上，就着牛奶吃牛排，一顿蛋白质大餐。公路上车来车往，旁边是我们小小的红色火堆。"你从哪儿学来的这么多有意思的东西？"他笑着说，"你知道，我说是有意思，可其中难免很有些嫉妒愤恨的味道。我自己整天开着这个大家伙在俄亥俄和洛杉矶之间来来回回，简直就是在慢性自杀，我赚的钱大概比你当流浪汉这一辈子能赚到的都多，可你才是享受生活的那一个，还不止这样，你不用工作，甚至一分钱都不用花就做到了这样。这么说来，到底谁更聪明，是你还是我？"他在俄亥俄有个美满的家，有妻子，有女儿，有圣诞树、两辆车、车库、草坪、剪草机，可他却没办法从中获得任何享受，因为他其实没有自由。很可悲，却是事实。那并不是说我就是个比他更出色的人，相反，他是个很棒的家伙，我喜欢他，他也喜欢我，他还说："好了，我就跟你说了吧，你猜怎么着，我要把你直接送到俄亥俄。"

"噢，太棒了！那简直就是把我送到家门口了！我只要再往南一点到北卡罗来纳就行了。"

"一开始我是有点犹豫，因为他们，那些马克尔保险公司的人，你知道，要是被他们逮到你搭我的车，我的饭碗就砸了。"

"哦见鬼……这种事情可不就是这样。"

"没错，就是这样，可我跟你说，吃了你为我做的这顿牛排，哪怕是我掏的钱，可那是你做的，你现在还在用沙子洗你的盘子……我会跟他们说，留着你们的工作岗位吧，滚你们的蛋，因为现在你是我的朋友了，我有权让我的朋友搭个顺风车。"

"不错。"我说，"我会祈祷我们不要遇上马克尔保险公司的人。"

"这是很有可能的，因为今天是礼拜六，我赶一赶，到俄亥俄的斯普林菲尔德时就是礼拜二凌晨，对他们来说，那就差不多算是他们的周末了。"

好像他之前都还不算在赶路似的！他发动引擎，卡车轰鸣着离开亚利桑那的沙漠，直奔新墨西哥州，中途从拉斯克鲁塞斯斜插到阿拉莫戈多，第一枚原子弹爆炸的地方，在那里，我看到了一幕奇怪的景象，卡车在前行，我看到阿拉莫戈多群山上空的云朵组成了一行字，就像印在天空中一样，说的是："这便是万物之存在的不可能性。"（这是个奇怪的地方，才有这样真切而古怪的景象。）接下来，他猛踩油门，穿越美丽的阿塔斯卡德罗印第安居留地，那是在新墨西哥州的半山上，有着美丽的绿色山谷、青松和宛如新英格兰地区那样连绵起伏的草地；之后我们便开始下山，朝俄克拉荷马州开去（我们在黎明时分到达亚利桑那的博伊城外，不得不停下来打了个盹儿，他睡车里，我睡我的睡袋，身下是冰冷的红土地，头上是静静闪耀的繁星，还有远处的一头郊狼），像是根本没花什么时间，阿肯色州就被我们抛在了身后，只用了一个下午，他就穿越了它，之后是密苏里和圣路易斯，最后，星期一到了，我们夜里穿越伊利诺伊、印第安纳，进入了白雪皑皑的老俄亥俄，老农舍的窗户里透出可爱的圣诞灯火，叫我的心也欢腾起来。"喔哦，"我想着，"就这么从墨西卡利姑娘们温热的胳膊到了俄亥俄的圣诞白雪，一趟车搭到底，跑得飞快。"他有一台收音机，就装在仪表板上，一路开得山响。我们聊得不多，他只是偶尔想起来才扯着嗓门说个传闻趣事之类的，他的声音实在是大，简直要刺穿我的耳鼓（左边那只），刺得耳朵都疼，能叫我一下子从座位上跳起足足两英尺高。他真是棒极了。一路上，我们还一起在各式各样他喜欢的卡车休息点里吃了不少美味的饭菜，其中一个是在俄克拉荷马，我们吃的烤猪排和甘薯，水准简直比得上我妈妈的厨房，我们吃啊，吃啊，他很容易饿，事实上，我也一样，这是大冬天，很冷，圣诞在即，食物很好。

我们唯一一次停下来住店睡觉是在密苏里州的独立城，那家旅馆，只开一间房也花掉了我们每人将近五美元，简直是抢劫，可他需要睡眠，我又不能待在温度零摄氏度下的卡车里干等着。礼拜一早晨，我醒过来，朝窗外望去，看到的都是身穿

149

西装的年轻人，一个个急急忙忙地赶去保险公司上班，期望自己有朝一日能成为下一个了不起的哈里·杜鲁门。礼拜二黎明时分，他在俄亥俄州斯普林菲尔德的市中心放下我，外面寒流正猛，我们挥手道别，并没有太多感伤。

我找到一辆流动餐车，喝了杯茶，盘点了一下我的预算后，找了家旅馆倒头美美地睡了一觉。睡醒后，我买了一张去落基山市的巴士票，毕竟，要想在这种冬日的山区里从俄亥俄搭车到北卡罗来纳，根本就是不可能的，更别说中间还得翻越蓝岭和一大堆的山岭了。可刚出城我就不耐烦了，决定不管怎样都要去搭车，于是叫司机停车，走回巴士站去想要退票。他们不肯退钱给我。我这愚蠢的不耐烦的结果，就是我不得不再等上八个小时，搭下一班开往西弗吉尼亚州查尔斯顿的慢车。我掉头走出斯普林菲尔德，开始拦车，盘算着可以在下一个小镇赶上我之前那班巴士，就当是找点乐子打发时间也好。我站在冰冷的黄昏里，在阴沉沉的乡村公路边等车，手脚都冻僵了。运气不错，我搭到车赶到一个小镇，在那里，我守在小邮局旁边等着，那也是汽车站，就这么一直等到我的巴士出现。接下来的路程不外乎一辆塞满了人的巴士如何慢慢吞吞地花了一整夜时间翻山越岭，清晨时，在冰雪覆盖的美丽山林原野的陪伴下，它吭哧吭哧地翻过了蓝岭。之后，又是一整天的走走停停，停停走走，一路下山，进入芒特埃里。最后，在古老的罗利城，我下了车，跳上一辆本地巴士，告诉司机我要在乡村公路边下车，从那里沿着公路再走三英里，穿过一片有很多松树的树林，就是我妈妈那位于大伊森伯格森林路边的家了，那是落基山市城郊的一条乡村小路。

大约晚上八点的样子，司机放下我，我沿着月光下冰冷寂静的卡罗来纳公路走了三英里，看到前方头顶上有一架喷气直升机，它的气流从月亮面前拉过，将那雪白的圆一分为二。在圣诞下雪的时候回到东部是很美好的，零星的农舍窗户里透出如豆的灯光，树林静谧，松林间的空地如此光秃阴郁，铁道蜿蜒消失在那通往我的梦想的灰蓝色森林里。

　　晚上九点，我全副武装，踏着重重的脚步走进母亲的小院，她正在厨房那个贴着白色瓷砖的水槽前洗她的碗盘，满脸哀伤地等待着我（我到得晚了），担心我回不来，说不定还在想："可怜的雷蒙德，他为什么老是要搭车叫我担心得要死呢，他为什么就不能像其他人那样呢？"我站在寒冷的院子里看着她，心里却想起了贾菲："他为什么那么讨厌白色瓷砖水槽和他所谓的'厨房机器'？无论生活得是不是像个达摩流浪者，人总还是有善心的。怜悯就是佛心啊。"这屋后是一片广阔的松林，整个冬天和春天，我都会去那里，坐在树下冥想，找出关于万事万物的独属于我自己的真相。我快乐极了。我绕着房子走了一圈，透过窗户看圣诞树。一百码外的路边就有两家乡间小店，在林木森森、荒冷单调的空虚之间营造出一幅光明温暖的图景。我来到狗屋跟前，发现老鲍勃在这寒夜里被冻得瑟瑟发抖，鼻子里"呼噜呼噜"直响。看到我，它高兴地"呜呜"低吠起来。我解开它，它尖叫着，绕着我又跑又跳，跟着我跑进屋子，我在温暖的厨房里拥抱我的母亲，我姐姐和姐夫也从客厅里出来迎接我，还有小侄子拉奥。我回家了。

第十九章

　　他们都想让我睡在客厅沙发上，可以靠着舒服的燃油暖炉，可我坚持（像从前一样）把我的"房间"安在后门廊厅上，那里有六扇窗户，对着冬天里光秃秃的棉花地和棉花地那头的松树林。我打开了所有窗户，把我心爱的老睡袋抖开，铺在沙发上，到时候只要把脑袋埋进温暖柔滑的尼龙羽绒睡袋里就能舒舒服服地睡，这才应该是冬天睡觉的样子。等他们都上床以后，我套上外套，扣上我那顶带护耳的帽子，戴上铁道劳工手套，再在外面套上我的尼龙斗篷，大步迈出门去，走进月下的棉花地，就像个披着袍子的僧人。地面凝着一层银亮的白霜，公路那头的老公墓披着寒霜，影影绰绰地闪着微光。附近农家的屋顶就像一块块洁白的雪板。我穿行在棉花地的行垄间，身后跟着老鲍勃——它是只大狗，捕鸟猎犬——还有乔伊勒尔家的小珊迪和另外几只流浪狗（所有狗都爱我）。我们来到森林边缘，前一个春天的时候，我在那里踏出了一条小路，通往我最爱的小松树，我就在那树下冥想。小路还在，我当初进森林的入口也还在，那是个很正式的入口，两边各立着一棵半大的松树，几乎完全对称，就像两根门柱。我总在这里双手合十，躬身礼拜，感谢观世音菩

152

萨赐予我进入这树林的优待。此刻，我走进去，领着身披白亮月光的鲍勃直奔我的松树，我的老草垫也还在树下。我理了理斗篷，盘起双腿，开始端坐冥想。

狗儿们也趴在它们的爪子上冥想，我们全都保持着绝对的安静。整个月光笼罩下的乡村都沉浸在寒冷的寂静中，四下里，就连兔子或浣熊的小动静都没有。彻底的寒冷造就了这美好的寂静。五英里外大概是有只狗儿在冲着珊迪路口吠叫。301公路上赶夜路的大卡车开过，只传来最最轻微、最最轻微的声响，那得在十二英里开外了，当然，偶尔还有大西洋海岸线上南来北往奔走于纽约和佛罗里达之间的客运或者货运列车开过时远远飘来的内燃机的隆隆声。天赐的夜晚。只一瞬间，我便进入了无思无识的恍惚中，它再一次提醒我，"思考停止了"，我吐出一口长气，因为我不必再思考，便感觉自己整副身躯都沉入了纯然的幸福，绝对的可信，彻底的放松，面对这所有的梦与造梦人与造梦本身所组成的一个个朝生暮死的世界，心平气和，泰然处之。万千思绪同时涌起，就像"一个在荒野中实践仁善的人抵得上这世界所有的庙宇殿堂"。我伸手抚摸老鲍勃，它心满意足地看着我。"如同这些狗与我，所有在生的与将死的，来去之间并无存在的期限，亦无自我的实质，噢上帝啊，既然如此，我们便不可能存在。于我们而言这是多么奇怪，多么相称，多么好啊！如果这世界是真实的，那该有多可怕，因为如果世界是真实的，它自然就是永恒的。"我的尼龙斗篷就像一顶贴身的帐篷，为我阻隔了寒冷。我盘着腿，在冬季午夜的树林里坐了很久，大概一个小时。然后，我回到家里，在起居室的炉火边取暖，其他人都睡了，我钻进铺在廊厅里的睡袋，睡着了。

下一晚就是平安夜了，我坐在电视机前喝掉了一瓶葡萄酒，欣赏各种演出和纽约圣帕特里克大教堂主教主持的午夜弥撒，教义辉煌，教众云集，教士们穿着他们雪白的蕾丝法衣站在高大堂皇的圣坛前，但在我眼里，它们还抵不上我那小松树下的草垫一半好。等到午夜来临，我姐姐和姐夫这一对小父母屏息静气，开始悄悄地往圣诞树下放礼物，似乎比罗马教会里主教们的《荣耀归于主颂》还要荣耀。"毕竟，说到底，"我想着，"奥古斯丁是个黑鬼，而方济各是我的笨蛋兄弟。"我的猫咪戴薇突然出现，爬上我的膝盖为我祝福。甜美的猫。我拿出《圣经》，靠着温暖的壁炉，就着树上的彩灯，读了一小段圣保罗，"倒不如变作愚拙，好成为有智慧的"[1]，我想起了亲爱的老贾菲，真希望他在这里和我一起过这个平安夜。"你们已经饱足了，"圣保罗说，"已经丰富了。圣徒必要审判世界。"诗意突然自其中涌起，比所有旧金山文艺复兴时期的诗加起来都更加美："食物是为肚腹，肚腹是为食物。但神要叫这两样都废坏。"

"是啊，"我想，"你被这些看过就忘的节目勒索了。"

那一整个礼拜我都是一个人待在家里，妈妈得去纽约参加一场葬礼，其他人都要上班。每天下午，我都和我的狗儿们一

---

[1] 出自《圣经·新约·哥林多前书》3:18。后两段引文同样出自《哥林多前书》，但与原文略有出入。

起进到松树林里去，在南部温暖的冬日阳光下，看书，学习，冥想，等到黄昏再回去为大家做晚餐。我还装了个篮筐，每天日落时都去投投篮。到了晚上，等他们全都上床睡觉以后，我就披上斗篷回到星光下的树林里，有时候下雨也去。树林对我敞开怀抱。我写了些艾米莉·狄金森[1]式的小诗自娱自乐，像是"片纸点火，火点骗子，说真的，又有什么不同？"或"西瓜种子，祈望福祉，个儿大又多汁，独断还专制"。

"愿安宁平和，天福永久。"夜里，我在树林里这样祈祷。我不断创造出更新更好的祈祷词。还有更多的诗句，比如下雪时的，"轻易不见，圣洁的白雪，轻柔如许，神圣的花结"。还有一次，我写道："四大必然：1.发霉的书。2.乏味的自然。3.无趣的存在。4.空白的涅槃，信夫男孩。"又或者，在阴沉的午后，当佛教、诗歌、美酒、独处与篮球都无法激励我懒惰却热诚的身体时，我会写："百无聊赖，噢不！真实的忧郁。"一天下午，我望着马路对面猪圈里的鸭子，那是个礼拜日，牧师正在卡罗来纳电台里扯着嗓门高叫，我写道："想象一下吧，上帝赐福无尽时空里一切生的与将死的蛆虫，鸭子再把它们吃掉……这就是你主日学校的布道。"在一次梦境中，我听到了下面的话语："痛苦，不错，却是情人的喘息。"要是在莎士比亚的剧本里，它就会变成："啊，我敢担保，其中有霜冻的味道。"还有一天晚上，吃过晚饭，我正在冷风呼呼的漆黑院子

1　艾米莉·狄金森（Emily Dickinson，1830—1886年），美国女诗人，作品数量很多，但几乎都为身后发表，后世对其生平所知甚少，由间接资料大致可推知她喜好园艺、自然，诗作大多篇幅短小，遣词造句新巧活泼。

里散步，突然，一阵巨大的沮丧袭来，我扑倒在地上，大喊："我要死了！"因为在这严酷恶劣的地球的寒冷孤独中，没有任何事情可以做。可下一秒，领悟的狂喜温柔地抚过，就像我眼睑下的液汁，我暖过来了。我意识到，这就是罗茜在此时此刻已经了解的真谛，也是每一个逝去者所了解的，我死去的父亲，死去的兄弟，死去的叔伯姑嫂和我的堂表兄弟姊妹们，这样的真谛写在死去者的骨头里，甚至超越了菩提树和耶稣的十字架。只要相信世界是一朵优雅缥缈的花，你便得活了。我明白这一点！我还知道，我是这世上最糟糕的流浪汉。我的眼睛里闪出了钻石的光。

我的猫冲着冰箱喵喵叫，着急想看一看高贵美好的喜悦究竟都是什么。我给它添了食。

第二十章

　　不久，我的冥想和钻研开始有了结果。事实上，它的出现是在一月末一个寒冷的深夜里，我坐在死寂的森林里，几乎是听到了那些字眼开口说话："一切都好，永远，永远，永远都好。"我发出一声大大的"呼——"，那是凌晨一点，狗儿全都跳了起来，欢欣鼓舞。我想冲着星星大声叫出这句话。我双手用力合十，祈祷道："哦，智慧安宁的觉醒之精神，一切都好，永远永远永远都好，谢谢你谢谢你谢谢你，阿门。"又何须在意食尸鬼之塔，何须在意精子、骨头与尘埃，我感觉到了自由，因此，我便自由了。

　　我突然很想给沃伦·考夫林写信，此刻，想起我与阿尔瓦、贾菲徒劳地吵嚷叫闹时他的稳重与一贯以来的沉默，我才意识到，他是强大的。"是的，考夫林，这是闪耀的现在，我们做到了，已然将美国带进了更加光明的乌有之地，就像带上了一条闪亮的毯子。"

　　二月里，天气暖和起来，大地开始解冻，林子里的夜晚温和些了，我在后廊上睡得也更舒服。星星挂在空中，像是也湿润了，变得更大了。群星之下，我盘腿坐在我的树下打盹儿，半梦半醒间，我会念叨"摩押？谁是摩押？[1]"手上的刺痛叫我醒了过来，那是一只狗儿带来的棉花刺儿球。就这么，我醒了，脑子里钻出许多念头，像是"同一样东西能有全然不同的面貌，我的困倦，棉花刺儿球，摩押，所有东西都在一个短暂的梦里，都属于同一个虚空，光彩若此！"我听凭下面这些字眼划过我的脑海，完成自我修习："我就是空，我不异于空，空也不异于我。事实上，空就是我。"地上的小水坑里映着一颗星星，我朝里面吐上一口吐沫，星星就会被抹去，我想说："那星星是真实的吗？"

我并不是真的完全意识不到，等完成这些午夜的冥想之后，家里还有温暖美好的炉火在等待着我，这是事实。火是我好心的姐夫为我燃起的，他已经开始腻味我成天无所事事、东游西荡的样子，有点儿烦了。有一次，我跟他说起不知从哪里看来的一句话，大概意思就是人如何自痛苦中得到成长。他说："如果你这也叫从痛苦中得到成长，那我早就该长得像这房子的墙一样大了。"

我去乡村小店买牛奶和面包时，那些坐在竹竿和糖浆桶中间的老小子们说："你在那个林子里做什么？"

"啊，我只是进去研究学习。"

"你是大学生？是不是老了点儿啊？"

"好吧，我只是经常跑进去睡睡觉什么的。"

---

1 摩押（Moab）为《圣经·创世记》中的人物，最初出现在第 19 章，是索多玛城逃生出来的罗得与大女儿所生的儿子，摩押人的始祖。

可我看到他们整日整日地在田野里游荡，想找些事情做一做，这样他们的妻子就会觉得他们真的是辛勤工作的繁忙的人。但他们骗不了我。我知道他们打从心底里想去树林子里睡觉，或者只是在里面坐一坐，什么也不干，就像我那样，没有因为觉得羞耻而不敢去做。他们从来不打扰我。我又怎么能跟他们说，我所懂得的，就是懂得我的骨头和他们的骨头和下雨的夜里地底下死人的骨头从根本上来说都是各自独立的永远宁静而充满喜悦的存在？况且他们信与不信其实都没有差别。一天夜里，我披着我的防雨斗篷坐在一场普通的倾盆大雨里，雨滴"噼噼啪啪"地敲打着我的橡胶兜帽，我合着它唱起一首小歌："雨滴是狂喜，雨滴与狂喜无异，狂喜亦与雨滴无异，耶，狂喜是雨滴，雨在下，哦，还有云朵！"既然如此，那些坐在路口小店里嚼着烟草的老削木工会对我这一介凡夫的小小癖好说些什么，又有什么好在意的呢，反正，我们终究都会被送进坟墓。我甚至和其中一个老家伙喝过一次酒，我们开着车在乡间小路上乱转，我还真的跟他说了我坐在那些林子里冥想的事，他竟也真的能多少明白一些，他说要是有时间，或是能够鼓起足够的勇气的话，他也想试试，他的声音里透着一丝丝可怜的妒忌。人们什么都懂，每个人都懂。

第二十一章

当大雨开始洗刷万物时，春天来了，潮湿或干涸的土地上到处都是水坑。强劲的暖风搅动着雪白的云团掠过太阳，扫过干冷的空气。白日如金，夜月美妙，空气温暖，一只勇敢的青蛙在深夜十一点的"佛陀小溪"边唱响了它的"呱呱之歌"。那是我新找到的打坐地点，在一对弯曲纠结的双子树下，挨着松林间一片小小的空地，有干燥的草地和一道非常小的溪流。有一天，我的侄子小拉奥跟着我一起去了那里，我坐在树下，从地上捡起一样东西，举起来，一言不发，小拉奥抬起头望着我，问："它是什么？"我说，"它，"手上做了个平移的动作，一边接着说，"是'它的它'，是真如[1]，"重复一遍，"'它'……就是'它'。"可直到我告诉他那是一枚松果之后，他才能借助"松果"这个词发挥出充满想象力的判断，事实上，就像佛经里说的"空即是色"，他说，"我的脑袋跳起来，我的脑子转过来，我的眼睛开始像黄瓜，上面盖着我的头发，头发像牛伸舌

---

1 佛教术语，拼作"Tathata"，也称"如如""本无"等，多有异名。简单理解为一切事物最真实、最根本的性质，是不变的本体或"永恒真理"，往往不可描述。各经书典籍和不同宗派对其均多有解说，但有一定差异。原文以"that"（"它"）与"Tathata"（"它的它"）对应，译文中后者取音译，以尽力保持语音上的对应。

头翘起来，牛伸舌头舔我的下巴颏儿"。然后，他说："我干吗不写首诗呢？"他想要为这一刻留个纪念。

"不错啊，不过别多琢磨，让它自己出来。"

"好……'松树在摇摆，风想讲些悄悄话，鸟儿说，啾啾啾，老鹰叫着泱泱泱——'喔嚯，我们有危险了。"

"为什么？"

"鹰——泱泱泱！"

"那又怎么了？"

"泱！泱！——没什么。"

我吸着我沉默的烟斗，内心一派安宁平和。

我管我的新树林叫"双子树之林"，因为我背靠着两棵树，它们相互缠绕。白云杉在夜里发出白光，隔着上百英尺远就开始为我指路，告诉我该往哪里走——虽说那条黑黢黢的小道上有老鲍勃为我带路，方向清清楚楚。一天晚上，我半路上弄丢了贾菲给我的念珠，可第二天就在小道上找回来了，于是得出结论："在踏破了的老路上，达摩不会丢失，什么都不会丢失。"

如今，有了春日的清晨，有了快乐的狗儿，我便常常把佛法之道忘掉了，只顾着欢喜——四下里看一看吧，初生的雏鸟还不像夏天那么肥壮；狗儿张大了嘴打哈欠，几乎把我的达摩生吞下去；草叶轻摇，母鸡"咕咕"地叫。春夜里，在云彩遮掩的月亮下修习禅定。我明白了一个真相："这里，这个，就是'它'。世界如'它'，就是'天堂'，我向天堂之外寻找'天堂'，可这贫瘠的可怜的世界，它就是天堂。啊，如果我能了解，如果我能忘却自己，将冥想专注于这个世界，我刚刚弄明白它是什么的这个世界，专注于其中无所不在的一切有生之灵的解脱、觉醒与幸福，那便是入定了。"

漫长的午后，我只是坐在稻草间，一直坐到厌倦了"什么也不想"，然后便睡上一觉，做些零零碎碎的片段式的梦，其中有一个很奇怪：我在一个灰蒙蒙的像是会闹鬼的阁楼一样的地方，拖着几皮箱妈妈递上来的灰色的肉，嘴里不耐烦地抱怨着："我再也不下来了！"（不做这种世俗的工作了）。我觉得自己是一个"空"的存在，受召而来，为的就是享受着无尽的真实躯体的入定之喜。

日复一日，我穿工装，不梳头，不怎么刮胡子，只同狗儿猫儿厮混，我重新回到快乐的童年时光了。这段时间里，我写信给美国林务局，申请到了在华盛顿州境内北喀斯喀特山脉的荒凉峰当火警瞭望员的机会。我盘算着，差不多三月份就可以动身去贾菲的小屋了，那里离华盛顿州更近，等到夏天去上工时更方便一些。

每到礼拜天下午，家里人就想要我跟他们一起开车出去，可我更愿意一个人待在家里，他们恼火极了，说："他这到底是有什么毛病？"我听到过他们在厨房里议论，说我的"佛教"多么徒劳无益，等到他们全都挤上同一辆车，开车离开，我就走进厨房，学着弗兰克·辛纳屈《你在学唱布鲁斯》里的腔调哼着"桌子都空了，人们都走了"[1]。我像个笨蛋一样古怪，

1　弗兰克·辛纳屈（Frank Sinatra，1915—1998 年），20 世纪美国最具影响力的歌手之一。文中提到的歌曲原名《学唱布鲁斯》（*Learning the Blues*），原词大意为"桌子都空了，舞池也荒了"。

却比笨蛋更快乐。礼拜天的下午，我带着狗儿们去我的树林，坐下，伸出双手，掌心朝天，接下满捧的阳光，看它们漫溢、流淌。"涅槃就是移动的爪。"我从冥想中醒来，睁开双眼，第一眼看见的就是鲍勃的爪子在草地上蹭来蹭去，它在做梦，于是有了这句话。然后，我回家去，踏着清晰、纯净、繁忙的小径，等待夜晚降临，到那时，我就能再次看到月光中藏着的无数佛陀。

可我的宁静终究还是被打破了，缘由是一场和我姐夫的莫名其妙的争执——我老是解开狗链，带着鲍勃一起往林子里跑，这叫他受不了了。"我在那只狗身上花了那么多钱，不是为了把它放出去乱跑的。"

我说："你会愿意像狗一样被拴在链子上整天叫唤吗？"

他回答"我不在乎"，我姐姐跟着说"我也不在乎"。

我气疯了，大踏步出门去了林子里，那是一个礼拜天的下午，我决定就坐在那里，不吃东西，等到半夜就回去收拾我的行李，直接离开。几个小时过后，妈妈在后廊上叫我吃晚饭，我没回去，到最后，小拉奥跑到我的树下来找到我，央求我回去。

我的小溪里有青蛙，总在最古怪的时间里叫个不停，像是故意的一样，为的就是要打扰我的冥想，一次是在正中午，一只青蛙叫了三次，然后一整天里都默不作声，仿佛是在向我解说"三乘"[1]。现在，我的青蛙叫了一次。我觉得那是关于"慈悲之乘"的提醒，于是改变心意，决定不再计较这件事，甚至

---

1 佛教名词，取"乘"的交通工具之意，代表三种超脱众生以渡彼岸的法门。

忽略我对狗儿的怜悯。多么悲哀又无用的梦。当天夜里，我再次回到林子里，手指拨动念珠，做出了下面这番古怪的祈祷："我的骄傲被刺伤，那是空；我的事业是与达摩同行，那是空；我以我对动物的友好为傲，那是空；我对链条的概念，那是空；阿难陀的怜悯，就连那也是空。"也许，如果先前吵架时有位老禅师在场，他会走出去，踢一脚拴着狗的链子，给每个人都来个当头棒喝。总而言之，我的痛苦在于想要抹杀人与狗，还有我自己在概念上的不同。我的内心大受伤害，因为我要做的是一项悲哀的事业，是要否定现实的存在。说来说去，事情不过是一出发生在礼拜天的乡间温情小剧："雷蒙德不想把狗拴起来。"可那天晚上，在树下时，我突然有了一个惊人的想法："一切都是空，却也是觉！无论在时间、空间还是意识中，万物都是空。"我完全想明白了，直到第二天都兴奋极了，觉得终于是时候可以向我的家人解释这一切了。他们笑得比以往任何时候都更厉害。"听好了！不！瞧着！这很简单，我会尽可能说得又简单又明白。所有东西都是空的，不是吗？"

"你到底在说什么，空的，我现在手里就抓着这个橙子，是不是？"

"那是空的，一切都是空的，万物来来去去，必须先有消亡才有万物的诞生，万物之所以消亡，就是因为它们诞生了！"

可就连这个都没人买账。

"佛，佛，佛，成天都是你的佛，你为什么就不能坚持你与生俱来的信仰呢?"我妈妈和姐姐说。

"万物都终将消失,或是已经消失,来了又去。"我高声说,"啊,"我踏着重重的脚步转了个圈,绕回来,"万物都是空,因为它们之所以出现,并不是因为它们在,是因为你看到了它们,可它们是由原子组成的,原子看不见,摸不着,不能测量大小,不能称重量,也不能握在手里,如今哪怕是最愚钝的科学家也明白这一点,人们没有找到任何所谓最根本的原子,一切都是空,只是看起来像是由某种物质组成的实体,可以凭空现形,它们无所谓大或者小,远或者近,真或者假,它们十足的就是幽灵。"

"幽灵!"小拉奥惊讶地大叫起来。他很相信我的话,只是害怕我一直会说到"幽灵"。

"看这里,"我姐夫说,"如果一切都是空的,那我怎么能摸到这个橙子呢,事实上,我还能品尝它,吃掉它,回答我这个问题。"

"是你的意识造出了这个橙子,让你看到它,听到它,触碰到它,闻到它,品尝到它,让你想到它,可要是没有这种意识,你所说的这个橙子,它就不能被看到、听到、闻到、尝到,甚至根本不会出现在你的头脑里,它,这个橙子,事实上是依赖于你的意识而存在的!你看不出这一点吗?只有它自己的话,它什么也不是,它是纯精神的,只有借助你的意识,它才能被看到。换句话说,它是空,是觉。"

"噢,就算是这样好了,又关我什么事呢。"那天夜里,我带着满腔热情回到树林里,开始思考:"我身在无尽的宇宙中，思考这样的问题：我生而为人，坐在大地之上，繁星之下，但事实上，万事万物由始至终都是存在于'空'与'觉'之中的空无的与觉察的，其中意义究竟何在？那岂不是就意味着我是空无的、觉察的，我知道我是空的，是觉察的，我与万事万物没有任何区别。换言之，那就是说，我同万事万物是一样的。也就是说，我就是佛陀。"我是真正体悟到这一点了，我相信它，狂喜不已，想着等回到加州时有些什么东西是一定要告诉贾菲的。"至少，他会听我说。"我有点儿赌气。我对树木生出巨大的同情，因为我们是同一样东西；我怜爱地轻抚狗儿，它们从来不跟我争吵。它们比它们的主人更有智慧。我也把那领悟讲给了狗儿听，它们竖起耳朵听我说，舔我的脸。只要我在，它们根本就不在乎究竟是这样还是那样。这一年，我就是"众犬之圣雷蒙德"——如果没有别的什么人或东西来竞争的话。

有时候，我只是坐在树林里，凝望着眼前的一切，试图挖掘"存在"本身的奥秘。我凝望着纤长神圣的黄色野草，它们弓着身子，面对我的如来净座草甸，当有风吹过，便倒向四面八方，绒绒地交谈，说着"沙，沙，沙"的语言；也有野草不屑理会飞短流长的八卦帮，独自站在一旁，骄傲地炫示自己；还有生病的，与倒伏垂死的。整个风中的野草世界突然如铃铛一般齐齐摇响，雀跃着兴奋起来，一切都是黄色的，牢牢扎根在地面上，我想，那就是真谛了。"唷，唷，唷！"我冲着野草呼喊，它们随着风的方向聪明地伸长了手臂，指引示意，摇曳摆荡，叫人眼花缭乱。也有的沉迷于花开的想象，相信土地里湿气的变化将成全它们根与茎的因果……真是怪异。我睡着了，梦中出现一句话，"以此为训，大地便到了尽头"。我还梦到妈妈肃穆地点着头，用力地点，闭着眼睛。对这世上一切恼人的伤痛和乏味的罪恶，我又有什么好在意的呢，人类的骨骼不过是懒洋洋拖过的虚无线条，整个宇宙就是星星们的空白模具。"我是空白鼠！"我梦到。

对于无处不在的游荡的小小自我所发出的哭号抗议，我又有什么好在意的呢？我面对的课题，是一鼓作气的、截止的、被剪断的、一败涂地的、熄灭的、关掉的、无事发生的、消失的、消逝的、断掉的线、近红外的光、连接的线、音频电路的电、"啪"地断掉！"在这永恒的孤寂中，"我想着，"我思想的尘埃聚成了地球。"我想着，发自内心地微笑着，因为我终于看到充盈天地的万事万物的白的光了。

一天夜晚，暖风吹得松树们都痛快地聊起天来，我开始体验到所谓"定"的境界，梵文叫"Samapatti"，意思是"超验的观照"。我的脑子有些昏昏欲睡，可不知怎么的，身体却十分警醒，我在树下坐得笔直，就在这时，突然间，我看到了鲜花，看到花墙的粉红世界，三文鱼肉一般的橙粉色，在寂静森林的"嘘"的提醒中（寻找涅槃就如同定位寂静），我看到很久以前的燃灯佛的模样，他是永不开口的佛，燃灯佛就像一尊巨大而雪白的金字塔般的佛像，有着约翰·L. 路易斯[1]一样浓

1　约翰·L. 路易斯（John L. Lewis，1880—1969 年），美国劳工领袖，曾出任美国矿工联合会主席（United Mine Workers of America，1920—1960 年）达 40 年之久。

密张扬的浓黑眉毛和摄人的目光，全都在一个古老的地点，一个如同阿尔班一样洁白无瑕的天地（"一片新的天地！"黑人女传道士已经大声宣称过了），这整个景象令我汗毛倒立。我始终记得最终唤醒我的那声陌生而神奇的呼喊，且不论它究竟是什么意思：考约尔卡勒。它（那幅景象）之中完全没有任何"我之为我"的感知存在，它是真正的"无我"，只是简单、狂野、缥缈的意识活动，没有受到任何的误导……没有用力，没有犯错。"一切都很好。"我想着，"形态是空，空是形态，我们永远存在，只是以这样或那样的形态出现，而形态是空。亡者所完成的，是这片清净福地里充盈的寂静安宁。"

我想对树林和北卡罗来纳州的所有屋顶大喊，宣告这辉煌又简单的真理。我告诉自己："背包已经装满了，春天到了，我要往西南走，去干旱的地方，去得克萨斯和奇瓦瓦绵延的寂寞旷野，去墨西哥夜晚狂欢的街道，音乐从门里飘出来，女孩，美酒，大麻，狂野的帽子，万岁！有什么关系？就像蚂蚁，就算无事可做也依然要成天东翻西找，我无所事事，只做自己想做的，努力保持宽和善良，却又要保持不受臆断影响，还要祈祷光明。"所以，我坐在我的菩提树下，在橙粉、艳红、象牙白的"考约尔卡勒"的花墙间，在生活着能用甜美奇异的叫声认同我的心灵之觉悟的鸟儿（来去无踪的云雀）的笼舍之间，在优雅的香氛、神秘的老人和佛国的极乐之间，我看到了，我的人生是一张巨大的白纸，发着光，我可以随心所欲，做我想做的一切。

第二天发生了一件怪事，证明我的确由这些神奇的景象中得到了真正的力量。我妈妈已经咳嗽五天了，流鼻涕，喉咙也开始疼得越来越厉害，以至于她一咳嗽就非常痛苦，在我听来很是危险。我决定来一次深度入定，催眠自己，让自己保持在"一切皆空，同时觉察清醒"的状态里，去探查妈妈生病的原因和治疗方法。我闭上眼睛，下一秒便看到了一个白兰地酒瓶，接下来，我看到它变成了"希特"牌外涂药水，而就在这幅画面之上，仿佛叠加了电影的淡入效果一样，我清清楚楚地看到了一丛小白花，圆圆的花朵，小小的花瓣。我立刻跳了起来——那时是午夜，妈妈正躺在床上咳嗽——动手把屋里的矢车菊全都搬了出去，那是我姐姐上个星期布置在屋里的，有好几盆。然后，我从药柜里翻出"希特"药水，让妈妈在脖子上搽一些。第二天，她的咳嗽彻底好了。后来，在我离家搭车去西部之后，我们家一个当护士的朋友听说了这个故事，说"是的，听上去像是某种花粉过敏"。

家里人全都听说了我的幻觉和我做的事，可似乎没有人会多想一想——事实上，我也没多想。我只管动身上路，去见贾菲。"别让布鲁斯引你悲伤。"弗兰克·辛纳屈这么唱。最后一晚坐在树林里时，那是我出发上路，开始竖起大拇指拦车的前夜，我听到了一个词，"星身"，意思是说，万事万物的出现并不一定指向消失，还可能指向觉醒，指向它们崇高而纯粹的"法身"与"星身"。我明白了，世间无事可做，因为本就无事发生，什么都不会发生，一切都是"空"的光。就这样，我全副武装地出发了，背着我的背包，亲吻妈妈，与她告别。她用五美金给我的旧靴子换上了崭新的橡胶鞋底，现在，我已经为夏天的山间工作做好了万全的准备。我们那个乡间小店里的老朋友，巴迪·汤姆，一个相当有个性的角色，开着他的车把我送到了 64 号公路边，我们在那里挥手道别。我踏上了返回加利福尼亚的三千英里搭车之旅。等到下一个圣诞节，再回家。

第二十二章

　　此时，贾菲正在他加利福尼亚州科提马德拉的漂亮的小木屋里等着我。他住的是肖恩·莫纳汉的隐居之所，那是建在一排柏树背后的木头小屋，脚下是一座绿草茵茵的小山，山坡很陡，坡上还长着桉树和松树，就藏在肖恩的主屋后面。小屋当初是一个老人造的，他在里面一直住到去世，那是许多年前的事情了。屋子造得很好。他们邀请我去那里住，想住多久住多久，免费。肖恩·莫纳汉的小舅子怀提·琼斯是个很棒的年轻木匠，他把这年久失修的屋子修葺一新，在木墙上蒙了一层粗麻布，又加了一个很棒的壁炉和一盏煤油灯，可修好后自己却从来没住进去过，因为他在城外工作。就这样，贾菲搬了进去，完成他的研究，享受相当不错的独居生活。如果有任何人想找他，首先得爬一程陡坡才行。贾菲写信说，他在地板上铺了编织草席，"我坐在上面，吸着烟斗，喝着茶，听着风卷起桉树的细枝，就像挥舞鞭子一样，柏树'呼呼'地叫。"他要在那里一直待到五月十五号，那是他登船启程去日本的日子，一个美国基金会向他发出了邀请，等到了那里，他会住进一家寺院，跟随一位大师学习。"在此之前，"贾菲写道，"快来跟我这个野人分享幽暗的小屋、美酒、周末的姑娘、美味的食物和木柴送出的温暖吧。莫纳汉会提供我们买食品杂货的钱，只要去他的大院子里帮他砍几棵树，劈成柴火就行，我会把伐木的窍门全部教给你。"

冬天时，贾菲已经搭车回了一趟他西北部的家乡，一路北上，穿过白雪覆盖的波特兰，继续北上到蓝色冰川之地，最后到达华盛顿州北部努克萨克山谷里一个朋友的农场上，在采浆果人摇摇晃晃的小木屋里住了一个星期，到周围爬了两三次山。类似"努克萨克"和"贝克山国家森林"这类名字总能叫我兴奋，唤起我童年梦想中那极北之地的冰雪与松林的美丽晶莹景象……然而，此刻我还站在四月燠热的北卡罗来纳的公路边，等待我的第一程顺风车。车来得很快，开车的是个年轻高中生，他把我带到了一个名叫纳什维尔的乡下小镇，我在那里顶着炙热的太阳足足等了半个钟头才搭上一个海军军官的车，他没什么话，但人很好，把我一直带到了南卡罗来纳的格林维尔。

经过了一整个冬天和一个初春里后廊上无比平静的安稳睡眠和林间的休息，搭车的局促显得比以往更艰难，更宛如地狱般难熬。事实上，我在格林维尔火辣辣的大太阳下走了三英里，想找到那条必然——应当存在的公路，不料却彻底迷失在了城区那迷宫一样的小巷弄中。半路上经过一个铁匠铺子，里面都是黑人，个个皮肤黝黑，汗流浃背，满身都是煤灰。热浪滚滚扑来，我禁不住大叫："我又掉回地狱啦！"

可路上下起了雨，不多的几程顺风车把我带进了雨夜的佐治亚，到了那里，我躲进人行道旁老五金店的屋檐下，一边坐在我的背包上休息，一边喝着半品脱[1]葡萄酒。雨夜，没车可搭。看到灰狗巴士经过，我招手拦下，直接坐到了盖恩斯维尔。到了盖恩斯维尔之后，我想着可以到铁路边睡一会儿，可那还得再走上一英里，于是我又打算就在站场里睡觉，然而一组出来换班的本地工人看到了我，我退到铁轨旁的一个空停车场里，谁知警车又打着车头灯转来转去绕个没完（也许是听那帮铁路工人说起了我，也许不是），我只好放弃，再说了，那里蚊子也多。我回到城里，站在城中心餐馆区路边明亮的灯光下等车，警察一眼就能清清楚楚地看到我，反倒不再到处搜寻或者担心我有什么问题了。

但是，没有车。天快亮了，我花了四块钱在一家旅馆要了个房间，洗了个澡，好好睡了一觉。可就像圣诞节之前往东面回家时一样，无家可归的黯淡荒寂感又一次向我袭来。我唯一真正能引以为傲的，就是我上好的新厚底靴子和鼓鼓的背包。上午，我在一家暗沉沉的佐治亚餐馆里吃早餐，那里的天花板上转动着吊扇，无数苍蝇乱飞。然后，我出门踏上酷热的公路，搭上一位到佐治亚州弗劳尔里布里奇的卡车司机的车，之后又停停走走地搭了几程车，横穿亚特兰大，来到城市另一头的又一个小镇，那地方名叫石墙镇，一个又肥又壮的南方人让我上了车，他戴着宽边帽，一身威士忌的酒臭，不停地讲笑话，还要转过头来看看我究竟有没有笑。他把车开得飞快，动

1　美制有湿量品脱和干量品脱，1湿量品脱约为473.18毫升，1干量品脱约为550.61毫升。

不动就一头扎到松软的路肩上去，在我们背后扬起大片的灰土，就因为这样，虽然离他的目的地还很远，我还是要求下车，借口说我想去吃点儿东西。

"哈，见鬼，小子，我跟你一起去吃，然后带你一起走。"他喝醉了，车开得快极了。

"呃，我得去上个厕所。"我越说声音越小。这段经历叫我大为恼火，我决定了，"去他妈的搭车。我有钱，完全可以坐巴士到埃尔帕索，等到了那里，我就跳上一列南太平洋铁路的货运火车，那要比这安全十倍"。况且，除了能一口气直达得克萨斯这一个好处之外，埃尔帕索还有着西南部干燥的空气、晴朗的蓝天和无边无际的沙漠可以睡觉，没有警察，我下定了决心。我只想快些离开南部，离开到处都是困在锁链下的苦役劳工的佐治亚。

巴士四点到站，我们半夜就到了亚拉巴马州的伯明翰，我在那里换车，坐在一条长椅上等下一趟巴士，双手抱着背包，想趴在上面睡一会儿，却不断被惊醒，抬头便能看到美国巴士站的苍白幽魂在四处游荡——事实上，有个女人就像一束烟一样飘了过去，我敢肯定她绝对不是真人，她的脸上一片空茫，像是不能相信自己在做什么……看到她，我的脸上也是一样。伯明翰过后很快就是路易斯安那了，然后向东进入得克萨斯的油田，再到达拉斯，再然后是漫长的一整个白天，坐在挤满技工的巴士里横穿漫长广袤的得克萨斯荒野，直到最后的终点，埃尔帕索。抵达时已是午夜，我精疲力竭，只想睡觉。可我没去旅馆，从现在开始得精打细算了，所以我只是背上背包，直接走到火车站场，想找个铁轨后面的地方，掏出睡袋摊开来。就在那时，那一晚，我懂得了那个让我想要买下背包的梦。

那是个美丽的夜晚，我睡了平生最美的一觉。一开始我去的是火车站场，我小心翼翼地穿过去，在一排排货柜箱之间躲着人走，一直走到了站场的西头，却没有停下，依然继续走，因为就在那一片黑暗中，我突然看到前面有大片的沙漠，我能看到星光下影影绰绰的岩石、干灌木和逼人的高山。"既然如此，我又何必非得泡在高架桥和铁路边上呢？"我说服自己，"明明只要再稍微走上一小段路，就能安安稳稳地避开火车站场里的那些警察和流浪汉了。"我沿着铁道干线继续走了不过几英里，很快，就来到了一片开阔的沙漠丘陵。我的厚底靴子无论是走在铁轨上还是石头地上都很舒服。那时已经差不多一点了，从卡罗来纳一路长途跋涉到了这个地方，我只盼着能好好睡一觉，恢复元气。最后，在穿过一条亮着许多灯（很显然，那要不是教养院就是监狱）的长长山谷之后，我相中了右边的一个山头。"远离那什么火车站场，小子。"我心里想着，沿着一条干涸的溪沟往上爬。星光下，沙子和石头都是白色的。我一直往上爬，一直爬。

突然间，我精神一振，意识到自己与世隔绝了，彻底安全了，这一整个晚上都不会有人来吵醒我。多么美妙的启示！我需要的所有东西都在我自己的背上——连喝的水，我都在离开巴士站之前装了满满一瓶，就用我的钼钢水瓶。我爬到了那条溪沟顶上，当终于站定，回身望去，我看到的是整个墨西哥，整个奇瓦瓦州，还有它那整片星星点点闪着光的沙漠，一弯巨大而明亮的月亮正渐渐西沉，此刻堪堪悬在奇瓦瓦群山之上，俯瞰着这一切。南太平洋的铁道线离开埃尔帕索，与格兰德河并肩而行，从我站的地方，从美国这一侧的边境线上望去，我能看到河流就在下方流淌，将两个国家分隔开来。干溪沟里的沙子柔软得简直像绸缎一样。我在上面铺开我的睡袋，脱掉鞋子，喝了一大口水，点燃我的烟斗，盘起双腿，感觉很快乐。四下寂静无声——沙漠里依然是冬季。只有远远传来的火车站场里他们在装车卸货的声响，那动静大到简直要把整个埃尔帕索都吵醒了，但吵不醒我。陪伴我的只有奇瓦瓦的月亮，我看着它一点点下沉，越来越低，越来越低，亮白的光芒渐渐淡去，渐渐变成了越来越浓的黄油色，尽管如此，到我躺下睡觉时还是觉得太亮了，像是有一盏灯照在脸上，我只能翻身转过头再睡。我总会为一些小地方取个独属于我自己的私人名字，这个地方，我叫它"阿帕切干溪沟"[1]。果然，我睡得好极了。

早上醒来，我发现沙地上有一道蛇行的痕迹，不过可能是去年夏天留下的。还有很少的几个靴子印，都是猎人的靴子。早晨的天空湛蓝如洗，太阳火辣辣的，地上有足够的干树枝可以点火做早饭。我容量充足的大背包里有猪肉豆子罐头。那是一顿帝王般的早餐。不过，现在的问题是水，水都被我喝光了，太阳很烈，我渴了。我沿着溪沟继续往上爬了一段，一直到尽头，那里矗立着一面硬实的大石壁，石壁脚下的沙竟比我夜里睡觉那个地方的更厚、更软。我决定晚上挪到这里来扎营，至于白天，我要先到老华雷斯去快快活活地逛一天，享受墨西哥的教堂、街道和

1　阿帕切（Apache）为北美原住民的一个部族。

美食。我想过了，背包倒是可以就留在这里，藏在岩石缝里，只是虽然概率很低，也难保不会被某个刚巧跑过来的老流浪汉或猎手发现，所以我还是背上它，沿着干溪沟下山，走了三英里路回到铁道边，再掏出二十五美分把背包存在了火车站。然后，我穿过这座城市，迈出边境大门，花了两分钱，越过了边境线。

到头来，我度过了疯狂的一天。刚开始一切都很正常，看看瓜达卢佩圣母教堂，逛逛印第安人的集市，坐在公园长椅上休息，身边是一群快乐得像孩子一样的墨西哥人。可后来的场景就变成了酒吧，我还稍微喝得太多了一点，冲着满脸大胡子的墨西哥老工人大叫："奇瓦瓦沙漠里的每一颗沙砾都是空！"到最后，我跟一帮像是墨西哥的阿帕切人的邪恶家伙混在了一起，他们带我去他们滴水的石头小巢，点起蜡烛刺激我兴奋起来，又请来他们的朋友，烛光与烟雾中人头攒动。可说真的，我有点厌恶这个，再回头想一想我那绝妙的铺满白沙的干溪沟和今晚打算宿营的地方，我起身告辞。可他们不想让我走。其中有个家伙从我的购物袋子里偷走了几样东西，不过我并不在意。还有一个墨西哥男孩是个娘娘腔同性恋，他爱上了我，想跟着我一起到加利福尼亚去。此时的华雷斯已经入夜，所有夜总会都咿呀着吵嚷起来。我们跑进一家夜总会去喝啤酒，里面全是黑人士兵，一个个四仰八叉的，腿上都坐着年轻的姑娘，那是个疯狂的酒吧，自动点唱机里放的是摇滚，一个人间的"天堂"。那个墨西哥男孩想带我到小巷子里去"嘿嘿"，还跟那些美国小子说我知道哪里有姑娘。"到时候我就把他们带到我的房间里，嘿嘿，没姑娘！"墨西哥男孩说。唯一可能让我摆脱他的地方就是边境出入口了。我们终于挥手告别。这是个罪恶之城,可我还有我那圣洁美好的沙漠在等着我。

我匆匆过境,穿过埃尔帕索,走进火车站取出我的背包,长长地舒了一口气,径直踏上那三英里的道路,去干溪沟,有月光照亮,很容易就能重新找到它。我开始往上爬,脚下踏出贾菲的靴子那样孤独的"刷刷"节拍,我意识到,我真的从贾菲那里学到了该如何丢弃这世间与城市的罪恶,找到自己真实而纯洁的灵魂——只要背上有背包就行。我回到我的扎营地,铺开睡袋,感谢主赐予我一切。此刻回想起这一整个漫长而罪恶的下午,回想起在那散发着霉味的屋子里就着昏暗的烛光跟歪戴帽子的墨西哥人一起吸大麻,就像梦一样,一场糟糕的梦,就像我坐在北卡罗来纳那条佛陀小溪边的草甸上曾经做过的某一个梦。我冥想,祈祷。这世上没有任何一种夜晚的沉眠能比得上在沙漠冬夜里的安眠,只要你有一条鸭绒睡袋,确保自己舒舒服服、暖暖和和。寂静如此强烈,你甚至能听到自己的血在耳朵里奔腾呼号,可到目前为止,还是另一种神秘的咆哮来得更响亮,我总认为那是智慧的金刚钻结晶的咆哮,是沉默本身的神秘呼号,那是一声伟大的"嘘",提醒你某些东西,某些你似乎自有生以来便已在日常生活的重压下忘却的东西。我希望能向所有我爱的人解说它,向我的妈妈,向贾菲,可像它这样的虚无与纯粹,并没有语言能够描绘。"是否存在一种确定不移的教义,能够教导一切有生之灵?"这或许是个可以向浓眉如雪的燃灯古佛提出的问题,而他的回答必定是智慧之钻那咆哮的沉默。

第二十三章

早上，我必须整装上路了，不然就永远也到不了我的加利福尼亚小庇护所。我身上还有八美金。下山来到公路边开始搭车，我只希望很快能有好运气。一个推销员捎了我一程，他唠叨着"我们埃尔帕索一年三百六十天都是大太阳，可我老婆还跑去买了一台干衣机！"把我带到了新墨西哥州的拉斯克鲁塞斯。在那里，我沿着公路一直走，穿过小镇，出城到另一头，看到一棵高大、漂亮的老树，决定无论如何也要卸下背包歇一歇。"既然那个梦已经结束，也就是说，我已经在加利福尼亚了，在那一刻，我就已经决定了这个中午要在这棵大树下休息。"我这么做了，仰面躺下，甚至睡了一小会儿，很愉快。

睡醒后，我起身走过铁路桥，就在这时，一个男人看到了我，说："你愿不愿意赚点儿钱，一小时两美金，帮我搬搬钢琴什么的？"我需要钱，于是答应了。我把背包放在他的流动仓库里，坐上他的小卡车出发，去到拉斯克鲁塞斯郊外的一户人家，许多看上去挺不错的中产人士聚在那家的门廊上聊着天，那男人和我下车，带上手推车和垫子去把钢琴搬出来，还搬了很多其他的家具，运到他们的新家，然后搬进去，就这么回事。两个小时后，他给了我四美金，我走进一家卡车休息站的小餐厅，吃了顿皇家级别的大餐，一切就绪，只等下午和晚上了。这时，一辆车停下来，开车的是个戴墨西哥宽檐帽的得克萨斯大块头，后座上坐着一对可怜兮兮的墨西哥小夫妇，女孩手里抱着个小婴儿，司机说可以把我直接带到洛杉矶，开价十美金。我说："我把身上的钱都给你，不过只有四美金。""好吧好吧，见鬼，上来吧。"他一直说啊说啊，整晚没有停车，笔直穿过了亚利桑那州和加利福尼亚的沙漠，开进洛杉矶，在上午九点时把我放下，那里离我要去的铁路站场不过一箭之遥。唯一的灾难是，那个墨西哥小妻子把宝宝的食物撒在了我放在车里的背包上，我恼火地擦干净了。不过他们都是好人，事实上，汽车经过亚利桑那时，我还跟他们说了说佛教，特别是关于因果报应、轮回转世的部分，他们看起来都很乐意听到这样新鲜的东西。

"你是说我们还有机会再回来从头开始？"那个可怜的墨西哥小伙问。他头一晚在华雷斯打了一架，这会儿浑身都缠着绷带。

"他们就是这么说的。"

"哦，要是我他妈的还能再投胎一次，真希望不是现在这个样子。"

至于那个得克萨斯大块头，要说有谁最该重新投胎的话，绝对非他莫属了：他整个晚上都在讲他的故事，如何因为这个这个狠狠地揍了那个那个，全是这一类的东西，要真像他说的那样，被他揍扁的人都够组成一支复仇幽灵版的科克西请愿军[1]，铺满得克萨斯的土地了。不过我发现了，他就是那种信口胡说八道的人，因此对他说的故事连一半都不信，到半夜时干脆就不听了。此刻，早上九点的洛杉矶，我准备去铁道站场，中途在一家酒吧里停下来吃了顿甜甜圈加咖啡的便宜早餐，还坐在吧台边上跟意大利酒保聊了会儿天，他很好奇我背着大背包是要做什么。吃完饭，我走进站场，坐在草地上看他们检修火车。

仗着自己也当过司闸员，我有点儿忘形了，犯了个错误：我背着背包在站场里到处乱逛，跟扳道工们聊天，打听下一班慢车的情况，可一个人高马大的年轻警察突然冒了出来，他佩着枪，枪套挂在屁股后面晃晃荡荡，浑身做派活像电视上的"科奇斯县警长"和怀亚特·厄普[2]。透过黑色墨镜，他严厉地盯着我，命令我离开站场。他就那么双手叉着腰站在那里，一直看我穿过天桥走到公路边。我气疯了，过了桥就跳下公路摸回来，翻过铁路边的围栏，在草里躺了会儿，又坐起来，嘴里嚼着草，不过还是压低了身子，等待着。很快，我听到了高球信号拉响的声音。我知道那是哪一趟车，于是立刻翻过车厢朝火车爬去，赶在它启动的一瞬间跳上去，车开出洛杉矶站时，

1　科克西请愿军（Coxey's Army）是 1894 年美国失业工人组成的抗议游行队伍，因领导人雅各布·科克西（Jacob Coxey，1854—1951 年）而得名，游行于当年 3 月 25 日自俄亥俄州出发，历经月余抵达华盛顿特区，沿途参与人数从最初的百余人增加到最终的五百余人。

2　《科奇斯警长》（*The Sheriff of Cochise*）是 1956—1959 年间播放的一部美国电视剧，以亚利桑那州科奇斯县为背景讲述西部警匪的故事。

怀亚特·厄普（Wyatt Earp，1848—1929 年），美国西部故事中的传奇人物，同样活动于当时亚利桑那地区的科奇斯县，既是警官，也是赌徒，最出名的事件是曾参与 1881 年墓碑镇"O. K. 畜栏枪战"，这一事件至今仍颇有争议。

我已经大摇大摆地仰面躺下，嘴里还叼着一根草茎——就在那警察的眼皮子底下，他恶狠狠地盯着我，又叉起了腰，不过这一次的理由完全不同了。事实上，他还挠了挠头。

这趟慢车是开往圣芭芭拉的。到那儿以后，我回到上一次的海滩，游了个泳，在沙滩上点起篝火煮吃的，然后回到铁路站场里等待"半夜鬼影"，时间还很宽裕。"半夜鬼影"多半都是平板车厢，上面用铁索绑着卡车拖车。巨大的卡车车轮下都楔着木块。我通常就躺在车下，脑袋靠着这些木头楔子，要是遇上车祸，雷这个人就彻底拜拜了。我琢磨着，不知死在"半夜鬼影"上会不会就是我注定的命运。不过我想上帝对我还有别的安排。"鬼影"准时到来，我爬上一节平板车厢，钻到一辆卡车下面，铺开我的睡袋，脱下鞋子裹进外套里做成枕头，整个人放松下来，长长地舒了一口气。嗖，我们出发了。现在我明白那些流浪汉为什么管它叫"半夜鬼影"了。那一晚我太累了，丧失了良好的判断力，很快就睡着了，再醒来时已经到了圣路易斯奥比斯波，站场办公室的灯光不偏不倚地照在我的身上，这情形实在是危险，火车停得太不巧了。可办公室周遭看不到一个活物，那正是大半夜的时候，况且真正把我从连梦也没有一个的酣眠中吵醒的，是前方高球信号连续不断的"梆——梆——梆——"的声响，我们已经开始启动了，真真正正的，就像鬼影一样。之后我再没醒来，一路睡到了早上快到旧金山的时候。我身上还有一美金，贾菲正在小屋里等着我。整个旅途像梦一样，又快，又充满启迪。我回来了。

第二十四章

　　如果达摩流浪者们在美洲还有俗家的同道中人，过着凡俗的生活，有妻子，有孩子，有家庭，那他们必定就是像肖恩·莫纳汉这样的。

　　肖恩是个年轻木匠，住在乡村公路一端的一幢木头老房子里，远离科提马德拉那挤挤挨挨的村舍，开一辆破老爷车，自己动手在屋子后面又加了一个廊厅，备着以后当婴儿房用，还挑了个对如何跟着他在美国过这样一种没什么钱却充满欢乐的生活没有丝毫异议的妻子。肖恩喜欢时不时地给自己放个假，跑到山坡上的小屋里（那也是他租下的产业之一），一待就是一整天，就只是做做冥想，研究研究佛经，给自己煮几壶茶或是打打盹儿。他妻子名叫克里斯汀，是个年轻漂亮的姑娘，一头蜂蜜色头发垂过肩膀，整天赤着脚在屋子和院子里转来转去，洗洗涮涮，亲自动手烤她的黑面包和小饼干。她是做饭的一把好手，能凭空变出吃的来。头一年，贾菲送了一大袋面粉给他们做周年礼物，足有十磅，他们欢天喜地地收下了。肖恩其实是那种老派的大家长，虽说他也不过二十二岁，却留了一把圣约瑟那样的大胡子，你能透过那把胡子看到他珍珠般亮白的牙齿送出微笑，他年轻的蓝眼睛闪闪发亮。他们已经有了两个女儿，也都整天赤着脚在屋子和院子里跑进跑出，自己玩耍，自生自长，自己照顾自己。肖恩房子里的地板上全都铺着编织草席，只要进屋，你就会被要求脱掉鞋子。他有许多书，唯一的奢侈品是一部高保真音响，用来放他那一大堆精挑细选的唱片收藏，印度唱片、弗拉明戈唱片和爵士唱片，他甚至还有中国和日本的唱片。餐桌是一张矮矮的日式桌案，刷了黑漆，在肖恩家吃饭，你不但只能穿着袜子，还得坐在这张桌子跟前的草席上——不管你是怎么个坐法。克里斯汀是烹制美味汤羹和新鲜小甜饼的大师。

我在中午到达，从灰狗巴士上跳下来之后，又沿着柏油马路向上走了差不多一英里，刚进门，克里斯汀就立刻招呼我坐下，端上了热腾腾的汤和热腾腾的面包黄油，她是个温柔的小东西。"贾菲和肖恩一起去工作了，在索萨里托。大概五点左右到家。"

"那我上木屋去看一看，今天下午在那里等他们就好了。"

"噢，你可以待在这里听听唱片什么的。"

"不了，我还是别在这里碍你的事了。"

"你不会妨碍我的，再说我也没什么要做的，就是晾晾衣服，烤点儿晚上吃的面包，做点儿缝缝补补的事情。"有了妻子，就连肖恩这样只是在木工厂里三天打鱼两天晒网的人都已经在银行里存下了几千美金了。而且大家长做派的老肖恩还是个慷慨的家伙，他总是坚持要喂饱你，如果凑齐了十二个人，他就会在院子里排出一顿大餐（简单却相当美味的正餐），而且永远少不了一大樽红酒。不过，这是一项"共襄盛举"的安排，对此他很坚持，也就是说，我们凑钱买酒，如果人们要来（人人都想来）过个长周末，那就应该要么带上食物，要么带上买食物的钱。等到了夜里，大家待在他的院子里，头顶繁星与大树，人人都吃饱了，喝着红葡萄酒，他就拿出吉他，唱起民间小调来。要是倦了烦了，我随时都可以爬上我的小山坡去睡觉。

吃过午饭，我又和克里斯汀聊了会儿，然后起身上山。从后门直接出去就是，山坡挺陡。紧挨着肖恩房子的梦幻马场上野花盛开，两个漂亮的海湾都有着修长的峡口，草场上巨大的美国黄松和其他品种的松树躬身探看着炽热阳光下肥美的牧草。"伙计，这里比北卡罗来纳的树林还要好！"我一边想，一边开始往上爬。草坡上躺着肖恩和贾菲砍下的三棵巨大的桉树，已经被链锯锯成了段（整根原木都锯开了）。现在，木块已经码好，我能看得出他们是从哪里嵌入楔子，然后再动用锤子和双刃斧子劈开树干的。上山的小路实在是陡，你简直是被逼得必须弓起身子像猴子一样往上爬。小路尽头是长长的一排柏树，都是若干年前死在这座小山头上的老人种下的。柏树挡住了海上吹来的雾气与寒风，免得它们肆无忌惮地穿堂而过。这一路可以分成三段：首先是肖恩的后院；然后是一排围栏，它们围出了一个小小的鹿之乐园，事实上，有一天夜里，我真的看到鹿了，一共五只，就在里面休息（这整个地区都是禁猎区）；再然后便是最后一道围栏，绿草茵茵的山顶突然朝右边凹陷下去，小木屋就在那里，树木掩映，开花的灌木环绕四周，你几乎看不到它。小屋修得很漂亮，事实上，它一共有三个大房间，不过贾菲只收拾出了一间来用，屋子背后堆着足够烧的上好木柴，外加一架锯木架、几把斧子和一个露天厕所，没有屋顶，只是在地面上挖了个坑，架了块板子。降临在这美好的山野小院里的，俨然是这世界混沌初开的第一个清晨，阳光透过浓密的树叶流淌而下，鸟儿和蝴蝶四处飞舞，石南和花朵的香气从山坡的更高处飘下来，温暖，甜蜜，越过了铁丝网的围栏，围栏外便是最高的山头，它会为你展开马林县这一整个地区的全景画卷。我走进木屋。

门上挂着一块牌子，上面写的是中文，我一直没弄明白那究竟是什么意思。走进屋里，入眼是漂亮的贾菲式的朴素生活模式，整洁，合理，没有一分钱花在装修上，却莫名地显得很富有。旧陶罐上盛放着一束束院子里采来的鲜花，他的书整整齐齐地码在橘色的板条箱上，地板上铺着便宜的草席，墙上就像我之前说过的那样，蒙着粗麻布，那是你能找到的最好的墙纸，非常引人注目，味道也好闻。贾菲的席子上铺着一床薄薄的褥子，外加一条佩斯利细毛披巾，因为是白天，睡袋在床头一侧卷得整整齐齐。麻布帘子后面的壁橱里放着他的背包和杂物，这样就不会让人一眼看见。麻布墙上挂着漂亮的中国古代绢画、马林县和华盛顿西北部的地图，还有他自己写的各种各样的诗，都用一根钉子钉在墙上，谁都可以读。最新的一首叠在了另一首上面，写的是："事情的开始，是蜂鸟飞上门廊，隔着敞开的门，停在两码之外，它飞走了，却打断了我的学习，我看见，老红杉斜过光秃的土地，黄色花儿开了满枝，高过了我的头，若要推门进屋，我就要将它们轻轻拨开。阳光透

186

过它的藤蔓，织成了网。白顶雀在林间唱起美妙的歌谣，公鸡在山谷里喔喔，喔喔。肖恩·莫纳汉在外头，在我的身后，读《金刚经》，沐浴阳光。昨天我读了《鸟类的迁徙》。今天，金斑鸻同着北极燕鸥，就从我的门前飞过，让这一切不再抽象。至于灯芯草雀和知更鸟，很快就要离开，巢中雏鸟也将飞上云霄，当雾蒙蒙的四月来临，夏日酷暑就要翻越山岗，无须书本我也知道，海鸟将追逐春天的脚步，沿着海岸飞向北方——六周以后，便在阿拉斯加筑巢。"下面还有落款，"贾弗斯·M.赖德，柏树小屋，一九五六年三月十八日"。

在他下班回来之前，我不想弄乱任何东西，于是走出门去，躺在长草繁茂的绿茵地上，晒着太阳，浮想联翩，准备就这么待上一个下午。可后来我想到，"为什么不为贾菲做顿好吃的晚餐呢"，于是我下山去，沿着公路往下走到商店，买了些豆子、咸猪肉和其他各种食品杂货，回到小屋，在柴炉里生起火，煮了一大锅新英格兰式豆子羹，还加了糖浆和洋葱。贾菲收纳食物的方式让我很惊讶：他只用一块搁板，就架在炉子旁边，上面放着两个洋葱、一个橙子、一袋麦芽粉、几罐咖喱酱、大米、神秘的中国干海带、一瓶酱油（用来做他神秘的中国菜）。他的盐和胡椒都整整齐齐地装在小塑料袋里，用橡皮筋扎紧。贾菲永远不会浪费这世上的任何一样东西，也不会滥用。现在，我为他的厨房引进了这世上最奢侈的猪肉炖豆子，他倒并不见得会喜欢。他还有一大块克里斯汀烤的黑面包，看起来很不错，他的面包刀是一把匕首，就插在砧板上。

天开始黑了，我在院子里等着，把豆子羹留在火上温着。

我劈了点儿柴，撂到炉子后面的柴堆上。雾开始从太平洋上慢慢飘过来，树木深深地弯下了腰，发出呼号。站在山顶，你能看到的只有树，树，树，一片咆哮的树的海洋，别无其他。那是天堂。天冷起来了，我回到屋里，拨旺炉火，哼着歌儿关上窗户。窗户是简单的移窗，用半透明的塑料片做的，经克里斯汀的弟弟怀提·琼斯的巧手组装而成，它们能透光，却叫你一点儿也看不见外面，还能把寒风阻隔在外。很快，这舒服的小木屋里就温暖起来。又过了不久，在迷雾森林海浪般的咆哮声之间，我听到一声"嚯呼"远远传来，这是贾菲回来了。

我出门去迎接他。他正爬上最后一段长草地，带着一天工作的疲惫，脚上的靴子踏出重重的脚步，外套搭在肩上。"嘿，史密斯，你来啦。"

"我煮了一锅好豆子等你。"

"是吗？"他高兴极了，"伙计，忙了一天之后回来不用自己做饭是多么大的安慰啊。我饿了。"他直接把面包插进豆子里舀起来吃，就着热咖啡，咖啡是我用浅口锅在炉子上煮的，简单的法式咖啡，煮的时候要拿着把勺子一直搅。我们吃了顿很棒的晚餐，然后点燃烟斗，伴着腾腾的炉火开始聊天。"雷，你在荒凉峰上会度过一个非常棒的夏天的。我会把有关的事情都告诉你。"

"我在这个小屋里也会有一个非常棒的春天的。"

"一点儿不错。这个周末，我们首先要做的就是请几个我新认识的好姑娘过来，赛琪和珀莉·惠特莫尔，不，等一下，唔。我不能把她们两个一起邀请过来，她们都爱我，会嫉炉的。顺便说一句，我们每个周末都会开大派对，一开始在下面，肖恩家里，最后上来这里。我明天不用出去工作，所以我们可以去帮肖恩劈点儿柴。他要你做的也就是这个。不过，要是下个星期你愿意跟我们一起去索萨里托干活儿的话，每天可以赚到十块钱。"

"好啊……那够买很多猪肉、豆子和酒了。"

贾菲抽出一幅毛笔画，画上是一座山。"这就是到时候会出现在你面前的高山，霍佐米恩，两年前的夏天我在火山口峰上自己画的。一九五二年我第一次到斯卡吉特县，那是在从旧金山搭车去西雅图的半路上，我顶着刚刚开始留的胡子和一个光头，进了城——"

"光头！为什么？"

"为了更像个比丘，你知道佛经里是怎么说的。"

"可你要顶着个光头在路上拦车，人家会怎么看？"

"他们觉得我疯了，不过人们都还是愿意捎我一段，我跟他们说佛，小子，让他们自己去领悟。"

"回头从这里出发的时候我也该试试这个……我要跟你说说我在沙漠荒山上的那条干溪沟。"

"先等一下。就那样，他们把我派到火山口峰的瞭望站，可那地方海拔太高了，那年雪积得很深，我先花了一个月时间在花岗岩溪峡谷里开了一条小路——这些地方回头你都会看到的——在那之后，我们才跟着一队骡子，越过林线，穿过雪原，走完最后七英里曲曲折折的岩石小路，来到最后一片参差错落的山峰之间，然后再冒着暴风雪爬上悬崖峭壁，最后，我打开我的木屋房门，为自己做了在那里的第一顿晚餐，门外狂风呼啸，卷着冰雪往两面墙上堆，越堆越高。小伙子，回头你要去的就是那里。那一年，在荒凉峰上的是我的朋友杰克·约瑟夫，那就是你要去的地方。"

"这名字，荒凉，唔，哇噢，呃，我说……"

"他是第一个上去的瞭望员，我一开始是通过无线电联系到他的，他很欢迎我加入瞭望员的群体。后来我又联系到了其他山头，你知道，他们会给你一套双向的无线电通信器，所有瞭望员都会在里面聊天，说他们看到的熊如何如何，有时候也会问一问怎么用柴火炉子烤玛芬蛋糕之类的，这差不多是一种惯例了，在那里，我们都在一个高空中的世界里，隔着成百上千英里，通过无线电对话。那是个原始的领域，就是你要去的那个地方，小子。天黑以后，从我的小屋能看到荒凉峰的灯光，那是杰克·约瑟夫在读他的地理书；白天我们用镜子反光来确定我们的火灾巡视器的扫描方向，跟指南针一样准确。"

"嘶，我要怎么才能把这些东西全都学会啊，我只是个什么都不懂的流浪诗人。"

"噢，你能学会的，地球磁极、北极星、北极光。每天夜里杰克·约瑟夫和我都要聊会儿天，有一天，他在瞭望站的屋顶上发现了一大堆瓢虫，满屋顶都是，挤满了他的水箱，又有一天，他出去沿着山脊散步，一脚踩到了一头正在睡觉的熊。"

"哇噢，这么听来那地方还真是荒野啊。"

"这不算什么……还有一次下雷雨，眼看着闪电打雷越来越近，越来越近，到最后，他说他必须关机了，因为雷暴太近了，不能再开无线电，刚说完这句话，他的声音就消失了，紧接着你就看见黑云横扫，闪电就在他的山头上跳舞。不过，等到夏天过去，荒凉峰就没什么雨水了，到处是花和布莱基小羊，他在悬崖上乱逛，我则待在火山口峰上，只穿着我的兜裆布和靴子，到处去找雷鸟的巢，纯粹是出于好奇，爬上爬下，东看西看，还被蜜蜂蜇……那就是荒凉峰，雷，六千英尺，说不定更高，可以直接看到加拿大和奇兰高地，看到皮克特山脉的荒野和像是挑战者山、恐怖山、暴怒山、绝望山之类的山，你自己那道山岭的名字就叫饥饿岭，还有波士顿峰和巴克纳峰的山脉深处，一直向南绵延上千英里的群山，鹿、熊、兔子、鹰、鳟鱼、花栗鼠。你会爱死那里的，雷。"

"太期待了。我打赌没有蜜蜂会来叮我。"

他拿出书读了会儿，我也读了会儿，我们俩各有一盏油灯，焰芯压得低低的，屋里是个平静的夜晚，屋外，卷着雾气的风在林间呼啸，山谷那头传来一头骡子"咴咴"的叫声，那是我听过的最令人心碎的声音之一。"每次有骡子像那样叫，"贾菲说，"我就会想为有情众生祈祷。"等到在草席上结好全跏趺坐冥想了一会儿之后，他说："好了，该睡觉了。"可这会儿我很想把这一个冬天以来我在林子里冥想领悟到的一切都说给他听。"啊，那不过是一大堆的言语而已。"他说，语调悲伤，叫我很是吃惊。"我不想听你的任何言语描述，言语言语言语，你花了一整个冬天堆出来的言语，伙计，我希望得到行动带来的觉悟。"贾菲跟去年不一样了。他不再留他的山羊胡子，结果他那种逗趣、愉快的小表情也跟着不见了，只留下一

191

张憔悴的、骨架嶙峋的脸。他还把他的头发剪成了寸头，有点儿像德国人，面容严峻，尤其显得悲伤。现在，他的脸上透出某种失望的意味，显然来自他的灵魂深处，他不愿听我热切的表述，不愿听我说所有一切永远永远永远都是对的。突然，他说："我要结婚，很快，我想是的，我厌倦了一直这样东游西荡。"

"可我以为你已经找到贫穷而自由的要义了。"

"啊，也许我已经厌倦了这一切。说不定，等我从日本的寺庙回来之后就会不管三七二十一地去满足自己。也许我会变成富人，去上班，赚很多钱，住在大房子里。"可话音落地才不过一分钟——"可谁会愿意为了这些玩意儿把自己变成奴隶啊？我不知道，史密斯，我只是有点低落，你说的话只会让我更低落。我妹妹回镇上了，你知道吧。"

"那是谁？"

"罗达，我妹妹，我跟她一起在俄勒冈的森林里长大的。她要嫁给芝加哥来的一个愚蠢的有钱人了，那家伙绝对是个白痴。我爸爸跟他妹妹的关系也不好，我姑姑，诺丝。"

"你不该把山羊胡子剪掉的，过去你看上去就是个快乐的小圣贤。"

"得了，我再也不是什么快乐的小圣贤了，我累了。"一整天漫长的辛苦工作把他给掏空了。我们决定睡觉，不再提这些。事实上，我们对彼此都有一点伤心恼火。白天时我找到了一个安置睡袋睡觉的地方，就在院子里的一丛野蔷薇旁边。我在那地方铺上了一层足够没过脚面的草，都是新拔下来的。现在，我带上手电筒和一瓶厨房水龙头里接的凉水，出门走进漂亮的夜色中，在叹息的树下休息。我首先做了会儿冥想。如今我再也没办法像贾菲那样待在屋子里冥想了，整整一个冬天，每天晚上都待在林子里，我已经习惯了要听到些动物啊鸟儿之类的窸窸窣窣的声响，要感觉得到身下大地冷冷的吐息，只有这样，我才能感受到与众生的联系，继而放空，觉察，得到救赎。我为贾菲祈祷：看上去，他的状况似乎在变糟。黎明时，一阵小雨淅淅沥沥地落在我的睡袋上，我抽出身下的防雨斗篷盖在身上，嘟哝着抱怨了几句，继续睡。早上七点，太阳出来了，蝴蝶从蔷薇花丛间飞出来，绕着我的脑袋打转，一只蜂鸟正对我俯冲下来，"嗡嗡"地叫着，兴高采烈地一个刹车急转，飞开了。可我误会了贾菲的转变。那是我们生命中最了不起的清晨之一。他站在小屋门口，手里拿着个大平底煎锅，"梆梆梆"地敲着，一边高声吟唱着"布达－撒拉喃－格恰米……达摩－撒拉喃－格恰米……僧伽－撒拉喃－格恰米"，一边大声招呼我，"快来，小伙子，你的煎饼出锅啦！快来吃！梆梆梆！"橘色的阳光泼洒在松林间，一切又都好了。事实是，贾菲想了一晚上，最后认定，像我那样坚持遵循古老的达摩才是正确之道。

第二十五章

　　贾菲已经做好了荞麦饼，我们有屋仔糖浆配饼吃，还有一点黄油。我问他唱的"格恰米"是什么意思。"那是日本佛教寺院里他们一日三餐时念的经。意思是这样的，'布达－撒拉喃－格恰米'，就是'我皈依佛陀'，'僧伽'那句就是'我皈依僧寺'，'达摩'，'我皈依佛法'，'达摩'就是真理、奥义[1]。明天我再给你做另外一种早餐，也很好吃，很简单的炖菜，你吃过那种老式的炖菜吗，小伙子，别的都不放，就是炒鸡蛋加上土豆炖在一起。"

　　"那是木材采运工的吃法吗？"

　　"没有什么'木材采运工'这种东西，那肯定是你们东部内陆的说法。在北方，我们只叫'伐木工'。来，吃掉你的煎饼，我们一会儿下去劈木头，我教你怎么用双刃斧。"他拿出斧头，一边磨一边告诉我该怎么去磨。"永远不要把木头直接放在地上劈，你会砍到石头，刃口就会变钝，总之要垫块圆木或者别的什么在下面当桩子。"

1　即佛教的《三皈依颂》，中文通常作"一皈依佛，二皈依法，三皈依僧伽"，佛、法、僧伽三者即为佛教"三宝"。

我出去上了个厕所，回来时想开个玩笑吓一吓贾菲，于是把一卷卫生纸从敞开的窗户扔进去，他立刻发出一声咆哮，跳上窗台，身上只穿着靴子和短裤，手里攥着一把匕首，一跃而下，跳到了堆着柴火的院子里。那足有十五英尺高，太疯狂了。我们兴奋地朝山坡下走去。所有锯开的木头都已经或多或少裂了些缝，你也就或多或少可以找到地方把沉重的铁楔子嵌进去，然后，拎起五磅重的大锤子抡过你的脑袋，退后一点免得砸到自己的脚踝，让锤子落下，"哐，哐"地砸在铁楔子上，把圆木段干净利索地一分为二。接着，你捡起半边圆木段，稳稳地立在桩子上，挥舞一把双刃斧头，就是那种漂亮的长柄斧，刃口锋利得像剃刀一样，你让它顺势落下，"唰"的一声，你便有了四分之一的圆木段。下一步，你将四分之一的圆木段放好，劈作八分之一大小。他为我演示如何抡锤子和斧头，不需要太用力，不过，等到他彻底狂热起来时，我发现他还是会用尽全身力气去挥斧子，吼出他著名的叫喊声，或者说是咒骂。很快我就找到了窍门，熟练得像是这辈子都在干这桩活儿一样。

　　克里斯汀跑到院子里来看了看我们，扔下一句，"我一会儿给你们做顿好吃的午饭"。

　　"好。"贾菲和克里斯汀就像兄妹一样。

　　我们劈了很多木头。抡起锤子，让它的全部重量"当啷、当啷"地砸在楔子上，感受着木头的韧劲儿，要么第一下就有，要么第二下才来。这感觉棒极了。空气中飘散着锯木屑与松树的味道，和风越过静默的山岗带来海洋的气息，草地鹦在歌唱，蝴蝶在草间飞舞，一切都那么完美。过了一阵，我们走进屋里，赤脚盘腿坐下，吃了顿美味的午餐，有热狗、米饭、汤、红酒和克里斯汀刚烤好的小甜饼，还翻了翻肖恩庞大的收藏。

"你听过那个弟子问禅宗大师'什么是佛'的故事吗？"

"没有，是怎样的？"

"大师的回答是，'佛就是一坨干大便'。那个弟子就顿悟了。"

"纯属胡扯八道。"我说。

"你知道什么是顿悟吗？一个弟子去见师父，回答他的公案问题，师傅抄起一根棍子就揍他，把他从走廊上打得摔出去十英尺远，摔进了一个烂泥坑里。那名弟子爬起来，哈哈大笑。后来他自己也成了一名禅宗大师。让他悟的不是言语，而是被打出门时那大有裨益的一摔。"

"滚一身烂泥，来证明纯粹透彻的慈悲的真谛。"想到这里，我不打算再尝试向贾菲宣扬我的"言语"，大声说出它们了。

"喂！"他把一朵花扔到我头上，"你知道摩诃迦叶是怎么成为阿阇梨第一人的吗？有一次，佛陀准备宣讲佛经，二百五十名比丘都穿着袈裟，盘腿端坐着等待听讲。可佛陀却只是拈起了一朵花，所有人都糊涂了。佛陀一言不发，只有迦叶露出了微笑。佛陀就这么选中了迦叶。这就是著名的'拈花微笑'之道，孩子。"

我走进厨房，拿了一根香蕉出来，说："喏，我来告诉你涅槃是什么。"

"是什么？"

我吃掉香蕉，扔掉香蕉皮，什么也没说。"这就是香蕉之道。"

"嚯呼！"贾菲叫道，"我有没有跟你说过郊狼老人是怎么和银狐一起在虚空中跺脚直到脚下出现一小块土地，就此开创了这个世界的故事？正好，来看看这幅画。这就是那头著名的公牛。"那是一套古老的中国漫画，画的最开始，是一个年轻人手持一根棍子，背着一个包袱，走进荒野，就像一九零五年的美国流浪汉纳特·威尔斯[1]，接下来的几个画面里，这个年轻人发现了一头公牛，试图驯服它，尝试着要骑上去，后来他真的驯服了公牛，骑了上去，紧接着却又扔下了它，独自在月下打坐冥想，到最后，你看到的就是他从修行的山上下来，下一个画面突然变成一片空白，什么也没有，紧接着，再下一幅便是满树繁花，然后，在最后一幅画面里，你能看到年轻人变成了个又高又胖的乐呵呵的老人，就像个男巫那样，背上背着一个巨大的包袱，正在走进城里去，要找些屠夫走卒一起喝个酩酊大醉，他已经悟了，而与此同时，另一个年轻男孩背着小包袱，手里拿着棍子，正朝着山上走去。

"事情就是这样周而复始，弟子和师傅都要经历同样的事情，一开始，他们必须找到并且驯服他们心灵深处的'公

---

1 纳特·威尔斯（Nat Wills，1873—1917 年），事实上是美国著名舞台和歌舞杂耍演员，只是以邋遢滑稽的"快乐流浪汉"形象而深入人心。

牛'，然后丢弃它，最后，他们得到了'无'，就像那幅空白画面里表现的那样，再后来，他们通过得到'无'而得到了万物，那就是春季的满树繁花，就这样，他们最终下山进入城市，跟贩夫走卒们喝个大醉，就像李白一样。"那是一套非常有智慧的漫画，让我想起了我自己的经历，我在森林里，试图驯服自己的心灵，然后认识到它是全然的"空"，继而觉悟，了解到自己什么也不需要做，而现在，我在这里和屠夫贾菲一起喝酒。我们放起唱片，懒洋洋地闲晃、抽烟，然后出去，再劈些木头。

下午过半之后，天气开始转凉，我们上山回到小屋，洗澡，换衣服，为周六晚上的大派对做准备。天还没黑，贾菲就上坡下坡地跑了至少十趟，打电话，看一看克里斯汀，拿面包上来，为晚上要来的他的姑娘准备床单（要是有姑娘要来，他就会在那床搁在草席上的薄床垫上铺一张干净床单，算是一种礼仪吧）。至于我，从头到尾只是坐在屋子旁的草地上，什么也不做，最多就是写写俳句，看着老秃鹰在山头上空盘绕。"那边一定有什么东西死了。"我推测。

贾菲说："你为什么一整天都不挪一下屁股？"

"我在实践'无为'。"

"有什么区别吗？动起来，我的佛教理念是行动。"贾菲一边说，一边又一次冲下山坡去。很快，我就听到了他在远处吹着口哨锯木头的声音。他一分钟也停不下来。他的冥想都是例行事务，卡着点儿来的，早上醒过来，他的第一件事就是冥想，然后是正下午的冥想，每次都只有差不多三分钟，然后是上床睡觉之前的冥想。差不多就是这样。而我却只是随意漫步，任由思绪飞扬。我们是两个走在同一条道路上的截然不同的怪和尚。不过，我还是掂起一把铲子，开始平整我晚上睡觉的那丛蔷薇旁边的草地，那里的地面有点儿太斜了，不大舒服。我把它整平了，当天夜里的大派对过后就睡得很安稳。

那是一场盛大又狂野的派对。贾菲请了一位名叫珀莉·惠特莫尔的姑娘过来，那是个浅黑色皮肤的漂亮姑娘，留西班牙卷发，黑眼睛，是个真正迷人的美人儿，也是个登山爱好者。她刚离婚，一个人住在密尔布瑞。克里斯汀的弟弟怀提·琼斯带来了他的未婚妻帕琦。当然还有肖恩，他也在下班以后收拾妥当来参加派对了。还有一个来过周末的家伙，金发大个子巴德·迪芬多夫，他在一家佛学会当门卫换取住宿，还能免费上课，是个抽烟斗的好脾气人，有无数稀奇古怪的念头。我喜欢巴德，他很有头脑，一开始是芝加哥大学的物理学者，然后转向哲学，到如今，却终于成了哲学的致命杀手，我喜欢他这样的经历。他说，"有一次我做了个梦，梦里我坐在一棵树下，抱着一把鲁特琴在弹，唱着'我没有名字'。我是个没有名字的比丘"。在那样艰苦的公路搭车之旅后能遇到这么多佛教徒，实在是一大乐事。

肖恩是个奇怪的神秘主义佛教徒，满脑子迷信和各种预感。"我相信有魔鬼。"他说。

"嗯，"我说，用手指梳他小女儿的头发，"每个小孩子都知道，人人都能上天堂。"对此，他悲哀地点了点他那满脸胡子的脑袋，温柔地表达了认同。他是个非常和气的人，总是不停地说"啊呀",就像他那条拴在海湾里的老船总在"吱吱呀呀"一样——暴风雨一来,那船就会进水,我们就不得不冒着灰蒙蒙的冰冷大雾,一个跟着一个地跑出去,把船里的水舀出来。那是一艘破旧的小船,只有大概十二英尺长,谈不上有船舱,什么都谈不上,差不多只能算个拴在生锈的铁锚上的空船壳,漂在水中间。怀提·琼斯是个招人喜欢的小伙子,他是克里斯汀的兄弟,二十来岁,不怎么说话,从头到尾都只是笑,被人拿来开玩笑也从不抱怨。比方说吧,到最后,派对的气氛变得非常疯狂,那三对爱人手拉着手在客厅里跳起一种天真无邪的古怪的波尔卡舞——这时孩子们已经在他们的小床上睡着了。这完全没有影响到巴德和我,我们只管自己窝在角落里抽我们的烟斗,讨论佛教,说真的,这是最好的办法了,因为我们俩都没有姑娘。而那边却有三个身材曼妙的宁芙仙子[1]在跳舞。屋子里到处都是纠缠的人影和笑声。巴德和我盘腿坐着,面前是几个翩翩起舞的姑娘,我们大笑起来,觉得这实在是个相当熟悉的场面。

"像是前世什么时候也有过一样,雷。"巴德说,"你和我在一家寺庙里,姑娘们在我们面前跳舞,准备要开始修雅雍。"

面对眼前这赤裸的狂欢,大多数时候我都是闭起眼睛只听音乐的——我真是非常虔诚地想要把性欲赶出我的脑海,用尽了全力,咬紧了牙关。而最好的办法,就是闭上眼睛。整场派

---

1 古希腊神话中的女性仙子或精灵,是次级神灵,通常出没于森林、水边等自然世界中,是自然的化身。

对基本就是一个斯文的小型家庭聚会，等到了睡觉时间，人人都打起哈欠来。怀提和帕琦一起离开，贾菲带着珀莉爬上山坡去享受他的干净床单，我在蔷薇花丛边摊开睡袋睡下。巴德也带了他自己的睡袋，睡在肖恩铺着草席的地板上。

早晨，巴德爬上山坡来，点起他的烟斗，坐在草地上跟揉着眼睛还没清醒的我聊天。星期天白天，一大堆人都跑到莫纳汉家来了，各式各样的都有，其中一半是爬上山来参观这漂亮的小木屋和两个大名鼎鼎的疯狂比丘——贾菲和雷的。其中有普林塞思、阿尔瓦，还有沃伦·考夫林。肖恩拿出一块大木板，在院子里排出了一桌皇家大餐，葡萄酒、汉堡包、各式腌菜，又燃起一堆熊熊的篝火，拿出他的两把吉他。我意识到，这才是在阳光明媚的加利福尼亚该过的日子，真正美妙的生活，有所有这些美好的达摩渗透其中，还可以去爬山，他们每个人都有背包和睡袋，有的第二天就要去马林县的山径小道徒步，那里景色很美。因此，整场派对由始至终都自动分成了三拨儿：一群人在起居室里听高保真音响，翻翻书；一群人在院子里吃吃喝喝，听吉他；还有一群在山顶小屋里，一壶接着一壶地煮茶，盘腿坐着，探讨诗歌万物和达摩，要不就爬到山上的草甸去看小孩子放风筝或老妇人骑马——每个周末都有这样温馨的野餐会，那是一种常规的古典景象，天使与洋娃娃在虚空中度过如花儿般美丽的时光，那是公牛漫画中那种"无"的虚空，那种开满繁花的树。

巴德和我坐在山坡上看风筝。"那个风筝飞不高了，线不够长。"我说。

巴德说："嘿，这太棒了！我明白我冥想时最大的问题在哪儿了。我之所以始终没办法真正投入地进入极乐境地，原因就在于我的'线'，它不够长。"他吐出一口烟，认真地思索这个问题。他是这世上最认真的人。他想了一整天，第二天一早就跑来跟我说："昨天夜里我看到自己是一条鱼，在虚空之海里游来游去，在水中一会儿往左游，一会儿往右游，却根本不知道'左'和'右'意味着什么，只是因为我有鳍，所以我就这么做了，那个就是我的风筝线，所以我是一条佛陀鱼，我的鳍就是我的智慧。"

"真是无尽的启迪啊，那个风筝。"我说。

我经常从这些派对中溜开，到桉树下去打个盹儿，而不是去我的蔷薇花丛边，白天那地方太晒了，树底下更舒服。一天下午，我望着那些高大树木最顶端的枝条发呆，突然觉得，最高处的枝条和树叶都是情感丰沛的快乐舞者，它们因为分配到了最高的位置而高兴，整棵树都在它们身下摇摆，说着喃喃的絮语，带动它们跳起舞来。它们的每一下轻轻的摇摆，都是一段不可或缺的舞蹈，盛大、公开而又神秘，就那样在高高的虚空中飘荡，舞出树的意义。我发现树叶和人简直没什么区别，它们鞠躬，跳起，然后摆动身体，充满了感情，从一边倒向另一边。这是我脑海中的疯狂景象，但很美。还有一次，也是在这些树下，我梦到自己看见一个紫色的王座，上面覆盖着黄金，黄金上面坐着一位永生的教皇或元老，罗茜似乎也在其中的某个地方，与此同时，寇迪正在他的小屋里对着几个人不停地说着什么，从画面上看，他是在那幅场景的左边，似乎是某个大天使。直到我睁开眼睛，才发现那不过是太阳照在了我的眼皮上。就像前面提到过的，那只蜂鸟——蓝色的漂亮的小蜂鸟，不比一只蜻蜓更大——总喜欢"嗡嗡"叫着对准我做俯冲，很显然，它是想要跟我说"哈罗"，每天如此，通常都是在早上，而我总是高声回应它的问候。到最后，它开始在小木屋敞开的窗口盘旋，翅膀疯狂扑扇着发出嘤嘤嗡嗡的声响，圆眼睛亮亮地看着我，然后，一闪，便飞走了。这个加利福尼亚的"嗡嗡"小东西……

尽管如此，有时候我也会担心它那活像帽针一样的长喙会直接扎进我的脑袋里。除此之外，还有一只老耗子总在小屋的地板下面跑来跑去，所以说，夜里紧闭门户是好习惯。我的另一群好朋友是蚂蚁，那是一支蚂蚁殖民军团，总谋划着进屋去找蜂蜜（"召集所有蚂蚁，召集所有蚂蚁，来拿你的蜂蜜！"有一天，一个小男孩在屋子里这么唱），于是我去找出了它们的蚁丘，做了条细细的蜂蜜小径，把它们引到后花园，它们在那条欢乐的新路线上盘桓了一个礼拜。我甚至还跪下去跟蚂蚁说话。小屋周围到处都是漂亮的花儿，红的、紫的、粉的、白的，我们经常采回来做花束，但最最漂亮的还是贾菲做的一束，就只用了松果和一小枝松针。它简单的模样正是贾菲整个生活方式的体现。他会抓着锯子冲进小屋，只要看见我坐在那里就说："你为什么成天都这么闲坐着不动弹？"

"我是懒人佛。"

到这个时候，贾菲就会皱起他的脸，发出他那小男孩般逗趣的大笑，他的两边眼角都会出现皱纹，他的大嘴会一下子大大咧开。有时候，他对我实在是相当满意。

人人都爱贾菲，那些姑娘们，珀莉、普林塞思，甚至已经结婚的克里斯汀，全都疯狂地爱着他，而且，她们全都暗暗嫉妒贾菲最心爱的洋娃娃赛琪，她第二个周末就来了，是个真正的可人儿，穿着牛仔裤，小小的白色领子从黑色高领毛衣里翻出来，有着温软娇小的身体和面孔。贾菲跟我说过，他自己也有点爱上她了。可想要带她上床却不容易，贾菲只能先灌醉她，只要开始喝酒，她就停不下来。她来的那个周末，贾菲在小屋里为我们三个做了顿农家炖菜，吃完之后，我们借了肖恩那辆老爷车，沿着海岸线往北面开出差不多一百英里，到了一处僻静的海滩。在那里，我们直接从海水冲刷着的岩石上捡来贻贝，点起一大团篝火，在上面盖上海草，把贝壳放在上面烟熏。我们带了酒、面包和奶酪，赛琪穿着她的牛仔裤和毛衣，一整天都肚皮朝下趴在沙滩上，什么话也没说。只有一次，她抬起她蓝色的小眼睛往上看，说："你真是太有口欲了，史密斯，不是在吃就是在喝。"

"我是无底洞胃袋佛。"我说。

"她很可爱，不是吗？"贾菲说。

"赛琪，"我说，"这个世界是部电影，讲的是万事万物都是什么，它是一部电影，从头到尾贯穿着同样的东西，那些东西不属于任何人，那就是万事万物的本质。"

"啊，胡说八道。"

我们在沙滩周围乱跑。有一阵子，贾菲和赛琪在前面走出很远，我一个人吹着口哨闲逛，吹的是斯坦·盖茨的"史黛拉"[1]，两个漂亮姑娘跟她们的男朋友一起走在前面，听到我的口哨，其中一个姑娘回过头来说，"摇摆乐"。沙滩上有些天然石洞，贾菲有一次把整个大派对的人都带进去，开了一场天体篝火舞会。

之后又是工作日，凌晨时分，派对结束，贾菲和我的小屋里空空荡荡，我们就是两个流浪汉，住在等待打扫的小庙里，弹尽粮绝，精疲力竭。我还有去年秋天留下来的一点钱，是旅行支票，我取出一张，下到公路边的超市里，买了些面粉、燕麦片、白糖、糖浆、蜂蜜、盐、胡椒、洋葱、大米、奶粉、面包、豆子、眉豆、土豆、胡萝卜、卷心菜、生菜、咖啡，还有我们的柴火炉要用到的大号木头火柴。拎着这一大堆东西，外加半加仑波特红酒，我艰难地蹒跚着爬回山上。贾菲空荡整齐的食品架一下子就超载了，食物太多了。"我们要拿这么多东西怎么办？我们不得不去喂饱所有人了。"结果，来的人超出了我们的接待能力：可怜的醉醺醺的乔·马奥尼，我去年认识的朋友，要来住上三天，重温"北海滩"和"老地方"。我把早餐送到他的床头。等到了周末，这小屋里有时能挤上十二个人，所有人都在争论，喋喋不休，我则拿出黄色的玉米面，加上切碎的洋葱、盐和水，拌匀了，用大汤勺舀出这做玉米烤饼的面糊，倒进烧烫的煎锅里（加了油），为所有人送上热腾腾的美味点心，配他们的茶。一年前，我照着《易经》里写的，

1　斯坦·盖茨（Stan Getz，1927—1991年），美国后波普和酷爵士音乐家，次中音萨克斯演奏家，其演奏以旋律优美著称。这里提到的歌曲应是《星光下的史黛拉》（*Stella by Starlight*）。

扔了两个硬币来查看有关我未来命运的预言,那预言说:"你将供养他人。"事实如此,我总是站在热烘烘的炉子边,就没有离开过。

"外面那些树和山不是魔法,而是真实的,这意味着什么?"我指着门外,高声提问。

"什么?"他们说。

"就是说,外面那些树和山都不是魔法,是真实存在的。"

"然后呢?"

然后,我就会说:"那这又意味着什么?那些树和山根本就不是真的,只是魔法。"

"噢,得了吧。"

"那就是说,那些树和山根本不是真实的,只是魔法。"

"嘿,那到底是怎么样,见鬼!"

"你问'嘿到底是怎么样见鬼'是什么意思?"我大喊。

"嘿什么?"

"就是说,你问的是'嘿到底是怎么样见鬼'。"

"噢,睡你的觉去吧,把你的脑袋埋进你的睡袋里。给我来杯热咖啡。"我永远在炉子上煮着一大壶滚烫的咖啡。

"噢,省省吧。"沃伦·考夫林高喊,"日耳曼战车都要散架了!"

一天下午,我坐在草地上,旁边还有几个孩子,他们问我:"天为什么是蓝的?"

"因为天是蓝的。"

"我是想知道,为什么天是蓝的。"

"天之所以是蓝的，就因为你想知道天为什么是蓝的。"

"蓝蓝蓝，蓝你个鬼啊。"他们说。

总有些小孩会跑来玩，朝我们的小屋房顶上扔石头，以为那是栋废屋。一天下午，贾菲和我刚刚抱回一只皮光水滑的小黑猫来养，正碰上那帮小孩跑来探头探脑地透过门缝往里看。赶在他们动手推门之前，我先把房门拉开了，手里还抱着那只小黑猫，我把声音压得低低的，说："我是鬼魂。"

他们倒抽一口冷气，看一看我，相信了，全都大嚷着"啊——"，一个眨眼间就跑到了小山的另一边。他们再也没来扔过石头。他们一定以为我是个巫师。

第二十六章

他们计划在贾菲的船起航去日本之前几天为他办一场告别大派对。他定好了要搭一艘日本货轮出发。这场派对会是有史以来最盛大的一场，从肖恩的高保真音响起居室开始，流动到燃着篝火的院子里，上山，甚至翻过山头去。贾菲和我都已经腻味这些派对了，并没有多少太兴奋的期待。不过，到时候所有人都会来：他的所有姑娘们，包括赛琪，诗人凯寇伊瑟斯，考夫林，阿尔瓦，普林塞思和她的新男朋友，甚至佛学会的头儿亚瑟·韦恩和他的老婆儿子，甚至贾菲的父亲，当然还有巴德，外加从四面八方带着酒和食物和吉他来的都不知道谁是谁的夫妻情侣们。贾菲说："我受够了，我开始厌烦这些派对了。等这一场过后，你和我两个人去马林县徒个步怎么样，大概要几天时间，我们就带上自己的背包，直接去波特雷罗草地露营区或者劳瑞尔溪谷。"

"好哇。"

就在派对之前，一天下午，贾菲的妹妹罗达突然带着她的未婚夫来到了小屋。她会在米尔山谷贾菲父亲的房子里举行婚礼，有盛大的婚宴，什么都有。那是个叫人昏昏欲睡的下午，贾菲和我在小屋里闲坐着，她就那么突然地出现在门口，身材苗条，金发碧眼，相当漂亮，带着她衣冠楚楚的芝加哥未婚夫，一个非常英俊的男人。"嚯呼！"贾菲大叫着跳起来，给了她一个热情的大大拥抱，亲吻她，她也全心全意地回抱他。瞧瞧啊，他们都是在怎么说话啊！

"哈，你丈夫一定是个猛男吧？"

"相当猛，他可是我千挑万选出来的，你这臭跳蚤！"

"他最好是，不然你就得来找我了！"

紧接着，很明显就是为了显摆，贾菲生了堆火，嘴里一边说着"我们在北部那种真正的乡下就是这么干的"，一边往火里倒了太多的火油，倒完就立刻跑开，像个等着看好戏的淘气小男孩一样，接着，"嘭"！炉子深处炸出一声隆隆的闷响，我在屋子另一头都能感觉到摇晃。他只差一点儿就把屋子给掀飞了。这时候，他转向他妹妹可怜的未婚夫，"嘿，你想好蜜月的晚上要用些什么样的好体位了吗？"那可怜的小子刚从缅甸退役回来，一直想聊点儿关于缅甸的话题，可压根儿没法把话题引过去。贾菲彻底疯了，嫉妒得厉害。他们来邀请他参加那场梦幻婚宴，他却说："我能光着出席吗？"

"你想怎么样都行，但一定要来。"

"我现在就能想到那个场面，潘趣大酒钵，所有女人都戴着宽边遮阳帽，大音响放着鲜花爱情的风琴曲，人人都在揉眼睛，因为新娘实在太漂亮了。罗达，你混进那种中产阶级里去是图什么啊？"

她说："哈，我才不在乎，我只想好好开始过日子。"她的未婚夫很有钱。事实上，他是个不错的小子，我很同情他面对这一切还不得不从头到尾都挂着笑。

他们离开后，贾菲说："她跟他在一起待不到六个月。罗达是个真正的野丫头，比起坐在芝加哥的公寓里无所事事，她更愿意穿上牛仔裤去爬山。"

"你爱她，不是吗？"

"你他妈说得一点儿不错，我真该自己娶了她。"

"可她是你妹妹。"

"去他的吧，我才不在乎。她需要一个像我这样的真男人。你不知道她有多野，你没从小跟她一起在林子里长大。"罗达人很好，我真希望她不是带着未婚夫来的。女人们来来去去，可没有一个是我的，不是说我多期望这个，只是有时候，看着人人都成双成对、快快活活，我却只能自己一个人裹着睡袋蜷在蔷薇花丛边悄悄唉声叹气，难免会觉得有些孤单。至于这事情本身，对我来说也不过就是嘴里的红酒、码堆的柴火罢了。

后来，我在"鹿苑"里发现了一个像是死乌鸦的东西，心想："在多愁善感的人眼里，这是凄美的景象，可这一切都只是因为性罢了。"于是，我再一次将"性"赶出脑海。只要太阳依旧升起落下，依旧照耀大地，我就心满意足了。我会和善宽容，始终孑然一身，我不会放纵寻觅，我会安静地待着，宽容和善。"慈悲为怀。"佛陀说，"不要同当权者争执，也不要同女人争执。去求施舍。要谦卑。"我写了一首漂亮的小诗，向所有来参加派对的人致意："你眼中的是战争，抑或锦缎……可圣人已经走了，全都走了，安然抵达了彼岸。"我真心觉得自己是个疯狂的圣徒。因为我会告诫自己："雷，不要

210

追逐酒精，不要追逐女人或言谈的刺激，待在你的小屋里，享受万事万物本来的自然关系。"可要做到这一点很难，每个周末都要面对那么多跑上山来的各式各样的女人，甚至在工作日的晚上也有。一次，一个棕色皮肤的漂亮姑娘终于肯跟我上山，我们摸黑倒在我白天坐的垫子上，就在这时，门突然被撞开，肖恩和乔·马奥尼手舞足蹈地跑进来，哈哈大笑，他们就是故意来逗我生气的……要么是这样，要么就是他们真的相信我在努力坚持禁欲，所以特意扮演天使跑进来赶跑邪恶的女人。不管是哪一个，好吧，好吧。有时候，当我真的醉了，兴奋了，盘腿坐在那些疯狂的派对中间，我能透过合上的眼睑真真切切地看到神圣的"空"之雪，再睁开双眼时，我会看到这些好朋友全都围坐在一旁等着听我解释，没有一个人会觉得我行为古怪，而且，不管我睁开双眼后是不是会解说些什么，他们都心满意足。事实上，那段时间里，我常常会突然涌起一阵无法抗拒的冲动，想要在人群中闭上眼睛。我猜那些女孩很害怕这个。"他为什么老是坐在那里闭着眼睛？"

小般若（肖恩两岁的小女儿）会走上前来，伸出手指戳我的眼皮，说："布—巴。哈！"有时候比起坐在起居室里喋喋不休，我更喜欢牵着她的手，带她到院子里进行一段小小的魔法漫步。

至于贾菲，我做什么他都喜欢，只要我不犯下类似把煤油灯芯拨得太高以至于油烟直冒，或者没有正确地磨斧头之类愚蠢的错误。他在这些事情上非常执着。"你得好好学！"他会说，"见鬼，要说这世上有什么是我不能容忍的，那就是事情没按照对的方式去做。"他用食品架上他那些东西做出来的晚餐简直惊人，食材都是唐人街买来的各种谷物和干货，他会把一堆东西煮在一起，每样一点点，加一点酱油，浇在新鲜出锅的米饭上，真的好吃极了，我们用筷子吃。黄昏时，我们坐在低吼的树林间，大敞着窗户，风很冷，我们大口大口地吃着美味的自制中国家常晚餐。贾菲是真的很懂得该怎么驾驭筷子，用起来得心应手。有时候我会洗碗，洗好以后就出去到桉树下，坐在我的垫子上冥想一会儿。透过小屋的窗户，我能看到贾菲的煤油灯昏黄的灯光，他多半是坐在里面一边看书一边剔牙。有时他也会出现在小屋门口，高喊一声"曜呼！"要是我不回答，就能听到他嘟哝着"他到底跑哪儿去了"，看到他伸头朝着夜色里张望，寻找他想找的人。一天夜里，我正在打坐冥想，突然听到右边传来一阵响亮的动静，我转头望去，那是一头鹿，来重访它们古老的"鹿苑"，跑进干草丛里大嚼了好一阵子。傍晚的山谷那头，一头老骡子令人心碎的"嘿——呹——"叫声绵绵不断地随风飘来，像是在唱着一曲哀伤的约德尔，像是某个悲伤至极的天使吹响的号角，像是提醒坐在家中享受晚餐的人们，一切并不像他们想的那样美好。虽说那其实只是在向另一头骡子发出的爱的召唤。但事情往往就是这样……

　　一天夜里，我正沉浸在几近完美的宁静中冥想，两只蚊子飞了过来，停在我的脸颊上，一边一只，它们停了很长时间，没有叮我，直到飞走也没有叮我。

第二十七章

就在距离贾菲的告别大派对还有几天时，他和我起了一次争执。我们到旧金山去把他的自行车送上已经停靠在码头的货轮，然后顶着毛毛细雨去贫民区的理发师培训学校理发，很便宜，再到救世军和慈善商店去淘棉毛衫裤之类的东西。正当我们走在细雨绵绵的热闹街道上时（他大喊着："这叫我想起西雅图了！"），我突然涌起一股抑制不住的冲动，想要喝个一醉方休，痛快一下。我买了一大瓶穷小子版的宝石红波特酒，起开瓶塞，拉着贾菲转进一条小巷子里喝了起来。"你最好还是别喝太多。"他说，"你知道的，我们逛完这里之后还要去伯克利参加佛教中心的研讨会。"

"啊，我不想去参加这种会议，我只想在巷子里喝酒。"

"可他们都盼着你去呢，去年我把你的诗全都读给他们听过了。"

"我不在乎。看看那巷子上空飘来飘去的雾，看看这瓶温暖的宝石红波特酒，你不觉得这就像在风中唱歌一样吗？"

"不，不觉得。要知道，雷，凯寇伊瑟斯都说你喝得太多了。"

"哈，他！还有他的溃疡！你觉得他为什么会有溃疡？因为他自己喝得太多了。我有溃疡吗？没有。你这辈子都不会看到我生溃疡！我是高兴才喝！要是不喜欢我喝酒，你可以自己去那个讲座。我在考夫林的小屋里等着。"

"可那样你就会错过那些东西。就只为了一点老酒吗！"

"酒里有智慧，去他的！"我高喊，"来一口！"

"不，我不喝！"

"噢，好吧，那我喝！"我把整瓶酒都喝光了，回到第六大街时，我立刻跳回刚才那家店，又买了一大瓶。我感觉好极了。

贾菲又是难过又是失望。"你怎么能期望一个常常醉成这样的人能成为好的比丘，甚至成为菩提萨埵，成为摩诃萨埵？"

"你忘了公牛漫画的结尾了吗，他跑去跟贩夫走卒喝酒喝得酩酊大醉那里？"

"啊，那又怎样，要是脑子里全是糨糊，牙齿上都染着酒渍，肚子里还恶心难受，你又怎么能明白自己心灵的本质呢？"

"我没有恶心，我很好。我能跳到那些灰蒙蒙的雾上面去飘着，像只海鸥一样在旧金山上空飞来飞去。我有没有跟你说过这里的贫民区，我以前在这里住过——"

"我自己也在西雅图的贫民区住过，这些东西我全都一清二楚。"

雨中的午后阴沉沉的，商店和酒吧的霓虹灯在其中闪烁，我感觉好极了。理好头发，我们走进一家慈善商店，在衣箱里翻翻找找，抽出袜子、内衣和各种各样的皮带之类乱七八糟的东西，统统买下来也没花几个硬币。酒瓶就插在我的皮带里，我时不时地偷空喝上一口。

贾菲对此深恶痛绝。买好东西以后，我们跳上那辆老爷车，开车去伯克利，穿过雨中的桥，开到奥克兰遍布农舍的郊区，开进奥克兰市中心，贾菲想在那里帮我找两条合身的牛仔裤。我们已经找了一整天的二手牛仔裤了，都没有合适我的。我不停地递酒给他，最后，他心软了，喝了一点，还给我看他在贫民区里趁我理发时刚刚写下的一首诗："摩登理发师学校，史密斯闭上眼忍受理发煎熬，担心五十美分换来一头烂草，一个学徒皮肤棕黑好似橄榄，'加西亚'写在他的外衫，两个金发小男孩啊，坐在椅子上看，一个满脸害怕耳朵大，要是对他说，'你真是个丑小孩，你的耳朵真是大'，他一定流泪难堪，但这不是真的，另一个脸庞窄窄心专注，穿着旧鞋子和蓝色牛仔裤，怯怯望着我，可怜的孩子，承受着少年的渴望和成长的苦，雷和我带着宝石红波特，五月的雨天，这城里没有李维斯的二手牛仔裤，我们的尺码，理发师老学校，最配贫民窟大厕所，中世纪的剃头匠，到今天终于异彩大放。"

"看吧，"我说，"要不是那两口酒让你有了感觉，你根本就不会写出这首诗来。"

"哈，我一样会写。你老是喝得这么多，我不知道你要怎么才能开悟，怎么才能在山里待得住，你会一直往山下跑，把你买豆子的钱全都扔到酒里面去，到头来，你会躺在大街上，淋着雨，醉成一条死鱼，到那时候，他们就会把你扔出去，你下辈子不得不重新投生成一个滴酒不沾的酒保来抵偿你造下的业。"他是真的为此感到很难过，为我担心，可我只管一直喝，一直喝。

到达阿尔瓦的小屋时，也就到了出发去佛教中心参加讲座的时间了。我说："我就坐在这里喝个大醉，等你回来。"

"好吧。"贾菲阴沉沉地看看我，说，"这是你的生活。"他去了两个钟头。我很难过，我喝了太多，有些晕。可我打定了主意不能醉倒，要坚持住，以此向贾菲证明什么。突然，到了黄昏时，他冲进屋子，醉醺醺的，像只吵吵闹闹的猫头鹰一样高声叫嚷着："你知道发生了什么吗，史密斯？我去参加佛学讲座，他们全都端着茶杯在喝粗酿的清酒，人人都喝醉了。这些疯狂的日本人！你是对的！根本没有关系！我们全都喝醉了，我们讨论般若！真是太棒了！"从那以后，贾菲和我再也没有过争执。

第二十八章

大派对之夜到了。我听到山下闹哄哄做准备的声音断断续续飘上来，感觉很沮丧。"噢，我的天，社交不过就是一个大大的笑脸，大大的笑脸不过就是一口牙齿，除此以外什么都不是，真希望我能待在这里休息，保持宽容和善。"可有人拿了些酒上来，激起了我的兴致。

那天晚上，葡萄酒流下山坡，流成了河。肖恩搬了很多大树干到院子里，准备燃起最大最旺的篝火。那是五月里一个繁星满天的晴朗夜晚，温暖，舒适。所有人都来了。很快，派对就再次分成了三拨人马。我绝大多数时间都待在起居室里，我们在那里用高保真音响放卡尔·雅德[1]的唱片，巴德、我和肖恩，有时候还加上阿尔瓦和他新结交的好兄弟乔治，我们把铁罐子倒扣过来敲打出邦加鼓的节拍，姑娘很多，都在跳舞。

屋外院子里的景象更安静一些，火光映照下，许多人坐在肖恩提前围着火堆放好的长树干上，桌上满满的大餐简直可以用来招待国王和他饥饿的扈从。这篝火远离邦加鼓点"嘭

---

1 卡尔·雅德（Cal Tjader，1925—1982 年），美国拉丁爵士音乐家，是这一领域中最成功的非拉丁裔音乐手之一。

嘭"作响的起居室里的狂热，在这里，凯寇伊瑟斯正同本地的聪明人们滔滔不绝地探讨诗歌，大概是这么个腔调："马歇尔·达谢尔太忙着养他的胡子了，再就是成天开着他的梅赛德斯·奔驰在切维切斯和克里奥佩特拉方尖碑之间跑来跑去地赶鸡尾酒会场子；O. O. 道勒总是坐着他的豪华轿车在长岛转悠，把一整个的夏天都花在圣马可街上扯着嗓子嚷嚷；塔夫·谢特·肖特，唉，成功地变成了萨维尔街的花花公子，戴圆顶礼帽，穿西装马甲；至于曼纽尔·杜拉宾，只会抛硬币看谁会在短评中倒下；还有奥马尔·托特，对他我无话可说。阿尔伯特·罗·利文斯顿忙着在他的小说上签名，给萨拉·沃恩寄圣诞贺卡；阿里阿德涅·琼斯被福特公司缠得脱不开身；莱昂廷·麦吉说她老了……还有谁吗？"[1]

"罗纳德·菲尔班克。"考夫林说。

"我觉得，除了现在聚在这个小院子里的人之外，这个国家还称得上是真正的诗人的，就只剩下穆夏尔博士了，说不定这会儿他就在他的起居室窗帘背后嘟嘟嚷嚷呢；还有迪·桑普森，不过他也太有钱了些。再来就是现在这里的了，我们亲爱的马上要去日本的老贾菲，还有我们号叫的朋友哥德布克，我

1　华盛顿特区与马里兰州交界周边诸多乡镇地区均以"切维切斯"（Chevy Chase）为名。

克里奥佩特拉方尖碑（Cleopatra's needle）现存三座，其中一座位于纽约中央公园内。

圣马可街（St. Mark's Place）是纽约市内最短的街道之一，历史可追溯到殖民时期以前，后发展成为反主流文化的大本营之一。

萨维尔街（Savile Row）是全球知名的顶级手工西装圣地。

萨拉·沃恩（Sarah Vaughan, 1924—1990年），美国爵士女歌手，曾四次获得格莱美奖，并获终身成就奖，被誉为"20世纪最美妙的声音之一"。

们的考夫林先生，这一位生了条毒舌头。老天，我是这里唯一的好人。至少，我有个诚实的无政府主义背景。至少我鼻子上有霜，脚上有靴子，嘴里还能发出抗议。"他摸了摸胡子。

"史密斯呢？"

"哦，要我说，他就是菩提萨埵的某个惊人面目的化身，要我说的话，就是这样。"（撇过头，嗤笑一声："他一天到晚都醉得不像样。"）

亨利·莫尔利那晚也来了，只待了一小会儿，做的事情也非常古怪，只是坐在一边读《疯狂》连环漫画和一本新的杂志，叫《希普》，然后早早就离开了，临走前丢下一句评论："热狗太瘦了，你觉得那会不会刚好代表了这个时代，又或者是阿穆尔和斯威夫特的肉类加工厂用了那些梦游一样的墨西哥人，你觉得呢？"除了我和贾菲就再没人跟他说话。看到他这么快就走了，我觉得很遗憾，他就像个幽灵一样难以捉摸，向来如此。他特意为这个场合穿上了一身崭新的棕色西装，可才眨个眼的工夫，他就走了。

与此同时，在小山头上，繁星低垂树梢，双双对对的情侣们或者找个暗处交颈相拥，或者拎着葡萄酒和吉他自娱自乐，我们的小屋里也滚动着一场接一场的小型派对。那是个盛大的夜晚。贾菲的父亲最后才到，是刚下了工赶过来的，他是个结实的小个子硬汉，跟贾菲一样，有一点开始秃头了，可也跟他的儿子一样绝对精力充沛，而且疯狂。他一来就立刻和姑娘们跳起了狂野的曼波，我疯狂地在一旁用力敲打罐子。"跳啊，伙计！"你绝对找不出比他更狂放的舞者了——他站在那里，往后仰到几乎跌倒，朝姑娘们顶出他的胯，汗津津的，热烈，急切，咧嘴大笑，兴高采烈，是我见过的最疯狂的父亲。后来在他女儿的婚礼上，他还披着一张老虎皮，四肢着地，嗷嗷大叫着冲出去，张嘴去咬女士们的脚踝，把草坪宴会搅得一团糟。此刻他逮着了一个名叫简的高个儿姑娘，那姑娘足有将近六英尺高，被他拽得满场飞转，两个人差一点把书架都给撞翻了。贾菲不停地周旋在整个派对中，手里拎着一大瓶酒，脸上焕发出快乐的光芒。有一阵子，起居室派对的人都跑出来加入了篝火圈子，很快，赛琪和贾菲就疯狂地跳起舞来，紧接着，肖恩一跃而起，拉着赛琪旋转，她做出眩晕的样子，一下子倒在巴德和我中间，我俩正坐在地上打鼓（巴德和我都是从来没有过姑娘的人，我们对一切视而不见），她躺在我们的大腿上睡了一秒钟。我们抽着烟斗，继续打鼓。珀莉·惠特莫尔一直在厨房转来转去，帮克里斯汀一起做吃的，甚至自己做了一大堆美味的小饼干。我看她孤零零的——有赛琪在，贾菲就不是她的——于是上前去一把搂住她的腰，可她看着我的模样实在是太害怕了，虽说我什么也没做。她好像很怕我。普林塞思也在，带着她的新男朋友，却也在角落里噘着嘴。

我对贾菲说："你到底对这些女人搞了什么名堂？就不能分一个给我吗？"

"想要哪个你只管上。今晚我是中立国。"

我出门走到篝火边，刚好听到凯寇伊瑟斯最后几句警言妙语。亚瑟·韦恩坐在一根树干上，一身西装，打着领结，衣冠楚楚。我走过去，问他："喏，佛教是什么？闪电是异想天开

220

的魔法吗，是戏吗，是梦吗，甚至连戏、连梦都不是？"

"不，对我来说，佛教就是尽可能多地去认识人。"果然，他一直在满场转着跟每一个人握手、聊天，十足的和蔼可亲，就像是在普通的鸡尾酒会上一样。屋里的派对越来越疯狂。我自己也开始跟那个高个子姑娘跳舞。她很狂野。我想带她偷偷溜上山去，再带上一瓶酒，可她丈夫也在。深夜时来了一个疯狂的黑人小子，在他自己的脑袋、脸颊、嘴和胸膛上打起邦加鼓来，拍出巨大的声响，节奏棒极了，无与伦比的节奏。人人都兴奋起来，宣布他必定是个菩提萨埵。

各种各样的人都从城里涌来，这一场大派对的消息在城里我们那些酒吧之间流传开了。突然，我无意间抬起头，看见阿尔瓦和乔治赤裸着身子走来走去。

"你们在干吗？"

"哦，我们只是决定脱掉衣服。"

看起来并没有人在乎这个。事实上，我看到凯寇伊瑟斯和亚瑟·韦恩还衣冠楚楚、彬彬有礼地站在火光下和那两个赤身裸体的疯子交谈了一阵子，讨论的似乎还是一本正经的世界大事。到最后，贾菲也脱了个精光，拎着他的酒瓶子到处走来走去。每当有他的姑娘望一望他，他就大吼一声，一步跳到她们面前，她们便尖叫着四散跑开。癫狂了。我很好奇，要是科提马德拉的警察闻风而来，开着他们的巡逻车，拉着警笛上山来，会怎么样。篝火很亮，任何从路上经过的人都能清清楚楚地看到院子里的一切。可奇怪的是，此情此景下，有篝火和桌子上的食物，有吉他声，有茂密的树林在微风中摇晃，还有那

221

么几个赤身裸体的男人出现在派对上，这一切似乎并没有哪里不对劲。

我跟贾菲的父亲聊了起来，说："贾菲这么光着，你怎么看？"

"噢，我没什么看法，要我说，贾夫想做什么就可以做什么。我说，那个跟我们跳舞的大高个儿姑娘哪儿去了？"他是个地地道道的达摩流浪者的父亲。他也熬过苦日子，早年在俄勒冈森林里的时候，一大家子人住在他自己造的木头房子里，他要养活一家人，要想方设法应付各种艰难的困境，努力在严酷的土地上种出粮食，熬过寒冬。如今，他是个殷实的油漆经销商，在米尔山谷里为自己建了一座当地最漂亮的房子，还好好地照顾着他的妹妹。贾菲的母亲一个人住在北部的出租公寓里。等从日本回来以后，贾菲会负责照顾她。我看到过一封她写来的信，很孤单的样子。贾菲说他父母的分开是注定了的，不过，等他从日本的庙里回来，他会设法看看能怎么照顾母亲。贾菲不喜欢谈到他母亲，他的父亲对她自然更是绝口不提。不过我喜欢贾菲的父亲，喜欢他那么汗流浃背疯狂跳舞的样子，喜欢他不在乎眼前出现任何古怪景象的样子，喜欢他容许每个人做任何他们想做的事情的样子，还喜欢他半夜回家时边撒着花雨边跳着舞走向他停在路边的汽车的样子。

阿尔·拉克是当天的另一个好小子，一直半躺在一边，眼睛望着不知哪里的虚空，抱着他的吉他，随意地拨弄出低回的布鲁斯和弦，有一搭没一搭的，也有时候是弗拉明戈，当派对在凌晨三点结束后，他和他的妻子在院子里就地铺开睡袋睡觉，我能听到他们在草地上的动静。"我们跳舞吧。"她说。"啊，睡觉！"他说。

赛琪和贾菲那天晚上闹了别扭，两个人都很恼火，她不愿意上山去光顾他的白色新床单，踏着重重的步子打算离开。我看着贾菲摇摇晃晃地上山去，他喝醉了，派对结束了。

我陪赛琪去她的车边，说："好了，你干吗要在贾菲的告别派对上让他不高兴呢？"

"呵，他对我那么凶，去他的吧。"

"噢，好了，山上没人会吃了你。"

"我不管，我要开车回城里去。"

"唉，那可不好，贾菲跟我说过他爱你。"

"我才不信。"

"生活就是这样。"我说着，转身走开，食指上钩着一大罐葡萄酒，开始朝山上爬去。我听到赛琪在倒车，大概是想在那条窄路上来个 U 字掉头，不料却把车屁股送进了沟里，她没法子把车弄出来，无可奈何之下，只能在克里斯汀的地板上睡了一晚。而此时，巴德、考夫林、阿尔瓦和乔治全都上了山，在小屋里裹着各种毯子和睡袋横七竖八地睡了一地。我把睡袋抱出来，铺在散发着清香的草地上，感觉自己是所有人里面最幸运的一个。就这样，派对结束了，所有的尖叫都止歇了。有结果吗？我开始在夜空下唱歌，喝酒，自娱自乐。星星亮得叫人眼盲。

"须弥山一样大的蚊子比你想象的还要大得多得多！"考夫林在屋子里听到我唱歌，大声叫道。

223

我嚷回去："马蹄比看上去的还要脆弱得多！"

阿尔瓦穿着他的棉毛衫裤冲出来，大张旗鼓地跳起舞来，在草地上嚎叫出长长的诗。最后，我们把巴德也闹了起来，认真地讨论起他最新的想法来。我们在山上开启了一场新的派对。"我们下去看看还有多少姑娘在吧！"我连滚带爬地冲下山去，想把赛琪重新拖起来，可她已经躺在地板上睡死了过去，就像断了电的灯一样。大篝火的余烬依然红亮，向外送出充足的热量。肖恩在他妻子的卧室里打起了呼。我从桌上拿了些面包，抹上农家干酪，一边吃，一边喝酒。火边就我一个人，东方现出了黎明的灰白。"伙计们，我醉了！"我说。"起床啦！起床啦！"我大喊。"白天的山羊已经露头了，黎明破晓了！没什么但是如果！梆！快，你们这些姑娘！瘾子！无赖！小偷！男妓！刽子手！跑起来！"突然间，我生出一股极其强烈的感觉：人类是多么值得同情啊，无论他们是什么，他们的面孔，他们痛苦的嘴，个性，放浪形骸的倾向，小小的任性，失落感，他们那些空洞无味的俏皮话，总是那么快就会被忘掉——啊，这是为什么？我知道寂静的声音无所不在，所以无论何时何地，万物总是寂静的。想想看吧，如果我们突然醒来，看见我们所想的变成了这个那个，难道不就彻底不再是这个和那个了？我跌跌撞撞地爬上山，迎着鸟儿的问候，看着满地胡乱睡着的人。这些同我一起死守着这地球上傻乎乎的小小冒险的幽灵们都是谁？我又是谁？可怜的贾菲，八点钟就爬了起来，"梆梆梆"地敲着他的煎锅，唱着"格恰米"颂，把所有人都叫起来吃煎饼。

第二十九章

派对持续了好几天。第三天早上，当贾菲和我背起背包悄悄溜出去时，其他人还横七竖八地躺在地上呼呼大睡。我们只带了些简单的装备，迎着开启加州金色白日的橘红色朝阳，沿着公路开始走。这会是非常棒的一天，我们要回到我们的地方，回到山间小径上去。

贾菲兴致高昂。"见鬼，离开放荡的生活走进树林里去，这感觉真好。等我从日本回来，雷，那时候天气就很冷了，我们要穿上我们的棉毛衫裤，搭车走遍这片大陆。想想看吧，要是你能从大洋到大山，从阿拉斯加到克拉马斯茂密的冷杉林里去当个比丘，去到有一百万只大雁的湖边。Woo！你知道中文里'Woo'是什么意思吗？"

"什么意思？"

"雾。马林县这些森林棒极了，我今天带你去看看缪尔森林，不过要再往北才是真正古老的太平洋海岸山脉和海岸区域，未来的法身的家。知道我要做什么吗？我要写一首新的长诗，题目就叫《无尽的河川与远山》，我就这么一直写，一直写，写在成卷的纸上，一点点、一点点地展开，随时记录新的惊喜，趁着事情还没被忘掉就记下来，你瞧，就像一条河一样，或者说，像那种真正的画在丝绸上的中国画长卷，它们画两个小人，在没有尽头的山水间徒步，那山水里有虬结盘曲的老树和高耸入云的山峰，画面上方是大片的空白，只有淡淡的云雾。我要花上三千年的时间来写它，里面塞满了田纳西流域管理局的土地保护信息，天文，地理，寒山的旅行，中国画的理论，森林再造，海洋生态，还有食物链。"

"写起来吧，小伙子。"和往常一样，从开始爬山，我便大步跟在他身后，背上压着背包的感觉很好，就好像我们都是驮畜，不负重就感觉不太对劲一样，那是同样古老的寂寞古老的美好古老的吭哧吭哧地走在山径上，慢慢地，一小时走一英里。公路很陡，路上经过几栋贴着悬崖边缘造的房子，崖边草木茂盛，小瀑布泠泠地流淌，我们走到公路尽头，爬上一片又高又陡的草坡，草地上满是蝴蝶、干草和清晨七点的露珠，然后，我们下到一条土路上，一直走向它的尽头，这条路越升越高，越升越高，直到整个科提马德拉和远处的米尔山谷，甚至金门大桥的红色桥顶尽收眼底。

"明天下午我们去斯廷森海滩。"贾菲说，"你会看到整座白色的旧金山城被环抱在蓝色的海湾中，距离海岸就几英里远。雷. 老天，等以后，再晚一点的时候，我们可以生活在加利福尼亚的这些山里，建立一个很好的部落，没有车来车往，找些姑娘，生几十个聪明活泼的小孩子，像印第安人一样住在糊泥巴的木头房子里，吃浆果和嫩芽。"

"不吃豆子吗？"

"我们可以写诗，还可以弄一台印刷机来印我们自己的诗，达摩印刷社，我们为愚蠢的人们写一本厚厚的书，一本冰雪的炮弹，把一切都写成诗。"

"嗨，人们也没那么糟糕，他们也痛苦。你总能看到那种消息，中西部某个地方的某个油毛毡棚子失火了，烧死了三个小孩子，你能看到照片上父母在哭。就连小猫也被烧死。贾菲，你觉得神创造这个世界会不会只是因为太无聊了要找点儿乐子？要是这样，他也未免太刻薄了。"

"嚯，你说的神究竟是谁呢？"

"要这么说的话，就是如来佛。"

"好吧，佛经上说，神，或者说如来佛，并不是有心造世界的，之所以呈现出这个世界，只是因为有情众生的愚昧虚妄。"

"可众生是他造出来的，他们的愚昧虚妄也是。这一切真是太可怜了。不找出为什么我决不罢休，贾菲，为什么。"

"啊，别扰乱你的本心真如。记住，真正纯粹的如来真如是不问为什么的，甚至认为这样的问题是没有任何意义的。"

"嗯，那就是说，并没有什么是真正发生了的。"

他朝我扔过来一根小棍儿，打在我的脚上。

"嗯，这没有发生。"我说。

"我真的不知道，雷，可我欣赏你对这世界的悲悯。这是真的。想一想那天夜里的那场派对吧。人人都想玩个痛快，都那么竭尽全力，可第二天醒过来，我们却全都多多少少觉得有些悲伤孤独。雷，对于死亡，你怎么看？"

"我觉得死亡是对我们的奖赏。当我们死去，就能直接进入极乐天堂，就是这样。"

"可想一想，要是你醒过来，发现自己身在底层地狱，恶魔正往你的喉咙里灌滚烫发红的铁球呢。"

"生活已经在往我的嘴里灌铁球了。不过我觉得那不是真正的存在，只是一些歇斯底里的人精心编造的梦，他们并不真正懂得菩提树下佛陀的平和宁静，也不懂得像是基督平静的目光落在折磨他的人身上并且宽恕了他们这样的事情。"

"你是真的喜欢基督，不是吗？"

"当然是了。归根结底，很多人都说他是弥勒佛，佛教中的未来佛，出现在释迦牟尼之后，知道吗，在梵文里，'弥勒'的意思就是'爱'，基督所说的一切正是'爱'。"

"噢，别跟我传道说什么基督，我差不多已经能看到你临终前躺在床上亲吻十字架的画面了，就像个老卡拉马佐夫，要不就像我们的老朋友德怀特·哥达德[1]一样，一辈子都是个佛教徒，却在临死前最后几天突然回归了基督教。呵，这不适合我，我只想待在僻静的寺庙里，每天花上好几个小时，坐在一个封装在佛龛里的观音像前冥想，那尊像绝对不可以被任何人看到，因为它蕴含的力量太强大了。棒喝当头，金刚弥久！"

"一切终究都将得到圆满。"

"你记得罗尔·斯德拉森吧？我的老朋友，去日本研究龙安寺那些石头的那个。他搭的也是一艘货轮，叫'海蛇号'，

1　德怀特·哥达德（Dwight Goddard，1861—1939 年），美国作家、学者，著有多部介绍佛、道文化的著作，包括《佛教圣经》（*A Buddhist Bible*，1932）、《老子的道与无为》（*Laotzu's Tao and Wu Wei*，1919，与 Henri Borel 合著）等，前者对凯鲁亚克及本书的写作影响巨大。

所以他就在食堂的舱板上画了一幅海蛇和美人鱼的大壁画，来启迪那些觉得他是疯子的船员，结果那些人全都想当达摩流浪者了。现在他正在京都爬圣山，比睿山，山脚下说不定还有积雪，他一直上到没有路的地方，悬崖峭壁，穿过茂密的林子，有竹子和弯折虬曲的松树，就像毛笔画里画的那样。湿了鞋袜，忘了吃饭，就那样往上爬。"

"话说回来，你到时候在寺庙里要穿什么？"

"噢，伙计，穿那些衣服，唐朝式样的那种古代袍子，长长的黑色袍子，软趴趴地披在身上，有大大的垂下来的袖子和古怪的褶子，那会让你觉得自己像个真正的东方人。"

"阿尔瓦说，就在我们这些家伙全都兴奋地想要穿上袍子好像个真正的东方人时，那里那些真正的东方人却正在读超现实主义和达尔文，痴迷于西方的西装革履。"

"东方与西方早晚要相会。想想看吧，等到东方与西方终于相会时，将掀起一场多么巨大的世界性的革命啊，而这场革命的领路人，就是像我们这样的家伙。想想那景象吧，全世界成百上千万的人都背上背包，在偏僻遥远的山野里跋涉，搭车行路，将佛法传达给每一个人。"

"那就很像最早的十字军东征了，'赤贫者'华尔特和'隐修士'彼得率领着衣衫褴褛的信徒向'圣地'进发。"[1]

1　即第一次十字军东征（1095—1099 年）前期的所谓"平民十字军"，主要由法国北部、中部及德国的农民组成，分两路由"赤贫者"华尔特（Walter the Penniless）和"隐修士"彼得（Peter the Hermit）分别率领，大约是在 1096 年 4 月出发，目的地为"圣地"耶路撒冷，当年 10 月抵达君士坦丁堡（今土耳其伊斯坦布尔）后便几近全军覆灭，是所谓教会骑士十字军东征的前奏。

"是啊。不过那完全是欧洲人的黑暗历史，我希望我的达摩流浪者们心中有春意盎然，到那时，花朵像姑娘一样盛放，鸟儿向猫儿投下新鲜的鸟粪，让这些前一秒还琢磨着要吃掉它们的家伙大吃一惊。"

"你在想什么？"

"只是趁着向塔马尔派斯山进发的这段时间，在脑子里构思诗歌。看到前面半空中那座高山了吧，就算走遍全世界，你能看到的最美的山也不过如此了，那样漂亮的山形，我真是太爱塔马尔派斯了。我们今晚就睡在它的背面。差不多到傍晚我们就能走到那里了。"

马林县比我们去年秋天爬过的内华达山脉更淳朴，也更温和，遍地都是花儿，花儿，树，灌木，不过山道边也有许多毒栎。沿着那条高山土路一直爬到尽头，突然间，我们掉进了密密匝匝的红杉林，那串联起一块块林间空地的小道延伸得如此之深，以至于清晨清新的阳光也几乎没办法钻进来，林间一片阴冷潮湿。可萦绕在我们鼻端的，是浓浓的松柏和湿润木头的味道。贾菲一早上都在说话。离开城市回到山道上，他就又变回了小男孩。"对我来说，这趟日本的寺庙之行只有一个地方不对劲，我是说，那边那些美国人，虽然他们是一片好心，也很有智慧，可对于美国和这里这些真心钻研佛教的人却几乎完全谈不上有什么真正的领悟，他们对诗歌没有任何帮助。"

"谁？"

"嗨，就那些出钱送我过去的人。他们拿出大把的钱，花在高雅考究的庭院、书、日本建筑和所有这类除了日本邮轮上离了婚的美国有钱人之外压根儿没人会喜欢、会用得上的破烂上，他们真正应该做的其实就只是修缮或者买一套日本老房子，带菜园子的那种，有地方能让猫跑一跑，能让他们变成佛教徒，我说的是真正的鲜花，随便什么花，不是美国中产经常放在屋子里闷着只有表面光鲜的那种。总之，我很期待这个，哦，小子，我都能看到自己大清早坐在草席上的样子，身旁放着一张矮桌，我在我的便携式打字机上敲打，旁边的炭火盆上温着一壶热水，我的稿纸、地图、烟斗、手电筒全都整整齐齐地收在一边，门外，李子树和松树的树枝上还积着雪，比睿山上的积雪更厚，满山都是日本柳杉和日本扁柏，它们都算红木，小子，还有雪松。石径旁有几座隐蔽的小寺庙，是那种遍地青苔的古老地方，很阴凉，青蛙'呱呱'地叫着，寺里有小小的佛像、挂着的油灯、金色的莲花，有画，有经年累月香火熏染的味道和安放佛像的髹漆的神龛。"他的船两天后就要起航了，"可一想到要离开加利福尼亚我就难过……雷，所以我才想今天跟你一起出来好好看看它。"

我们走出这片颇有几块林间空地的红木林，来到一条公路上，路边有一家高山客栈，穿过公路，我们又一头扎进了灌木丛，来到一条或许除了少数几个登山者就再也没有人知道的小道上。现在，我们身在缪尔森林里了。这是一个巨大的山谷，自我们眼前绵延开去好几英里。一条古老的伐木工小道引着我们走了两英里，然后，贾菲离开小道，手脚并用地爬上一面山坡，接上了另一条人们做梦也想不到会出现在那里的小路。我们沿着这条小路一直走，随着一条翻滚流淌的小溪上上下下，遇到有落木架在水上的地方就可以横穿过去，有时候也有桥，就是那种把树干一剖两半的，平的一面朝上方便行走，贾菲说是童子军搭的。接着，我们爬上一片长满松树的陡坡，出来便是公路，然后继续顺着一座小山的草坡往上爬，半路上遇见一座露天剧场，希腊式样的，石头座位环绕着一个光秃秃的四面石台，留待上演埃斯库罗斯和索福克勒斯[1]的故事。我们喝了点儿水，在上层的石头座位上坐下来，脱掉鞋子，观赏下面那沉默的演出。远远的，你能看到金门大桥，还有旧金山白色的影子。

贾菲开始尖叫、大喊、吹口哨、唱歌，整个人都洋溢着纯粹的快乐。这里没人能听到他的声音。"你在荒凉峰上时就会是这样，雷，等到今年夏天的时候。"

"我会拿出我这辈子都没有过的最大声音来放声歌唱。"

"如果说还有谁能听到你，那就只有兔子了，也可能是一头吹毛求疵的熊。雷，你要去的那个斯卡吉特县是全美国最棒的地方，河流曲曲弯弯，百转千回地穿行在峡谷中，注入属于它们自己的不见人迹的分水岭，潮湿多水的山脉覆盖着白雪，慢慢消失，变成了长满松树的干燥山脉和好像大比弗、小比弗那样的深谷，那里还生长着一些全世界为数不多的最棒的原生北美红杉林。我一直记挂着我那个已经废弃了的火山口峰

---

1 "古希腊三大悲剧作家"之二，另一位是欧里庇得斯（Euripides，公元前480—前406年）。其中，埃斯库罗斯（Aeschylus，公元前525—前456年）被誉为"古希腊悲剧之父"，代表作为《被缚的普罗米修斯》等。索福克勒斯（Sophocles，约公元前496—前406年）代表作为《俄狄浦斯王》等。

瞭望站，它如今还立在那里，没有人，呼啸的山风中只有兔子出没，房子一点点朽败，兔子躲在岩石下方深处它们毛茸茸的窝里，很暖和，吃着它们的草籽或者其他任何它们愿意吃的东西。越接近真实的物质，岩石空气火焰木头，伙计，这个世界就越是精神的。所有那些觉得他们自己是脚踏实地的现实的唯物主义者的家伙，对于物质却狗屁不通，他们满脑子里塞的都是梦幻的想法和观念。"他抬起手，"听，齿鹑在叫。"

"不知道这会儿肖恩家里怎么样了，大伙儿都在做什么。"

"噢，他们应该都起来了，接着喝那些酸溜溜的陈年红酒，坐在一起，什么都不说，他们全都该跟我们出来走走，学点儿东西。"他拎起背包，迈开步子接着走。半个小时后，我们走进了一片漂亮的草地，跟着又踏上一条尘土飞扬的小路，越过好几条浅浅的山溪，终于，我们抵达波特雷罗草地露营区了。这里是一处国家森林露营地，有石头砌的火塘和野餐桌，什么都有，只是除了周末，平时根本就没有人来。短短几英里开外就是塔马尔派斯山巅那正低头俯视我们的瞭望小屋了。我们放下背包，在这半下午的安宁与阳光里打盹儿，贾菲跑来跑去地看蝴蝶和鸟儿，在他的笔记本上记笔记，我一个人下到另一边的山坡下，那是北面，在那里，一片更像是内华达山脉的石头荒野一直向着大海延伸开去。

黄昏来临，贾菲生起一堆火，烧得旺旺的，开始做晚餐。我们都很累，也很快活。那晚他做的是汤，我永远不会忘记那个味道，那绝对是我喝过最好的汤，哪怕我早已在纽约成了所谓"青年作家"，吃过香波堡的午餐，进过亨利·克鲁的厨房。

材料并不复杂，只是把两袋浓缩豌豆汤粉和煎过的培根，油润肥厚的上好培根，一起扔进一锅水里，然后就一直搅，等它煮开。汤很浓郁，是真正的豌豆的味道，加上烟熏培根和培根煎出来的油，正是在寒冷黑暗中守着光影闪烁的火堆时该喝的东西。下午到处乱转时他还找到了一些马勃菌，那是一种野生蘑菇，不是伞状的，而是圆滚滚的像个泡芙的模样，葡萄柚大小，白色的菌肉长得很结实。他把这些蘑菇切成片，放在培根的肥油里煎，我们用它们配炒饭吃。这顿晚餐棒极了。我们在汩汩流淌的小溪里洗干净盘子，熊熊燃烧的篝火把蚊子赶得远远的，一弯新月从松枝间探出头来。我们在草地上铺开睡袋，早早躺下，浑身的骨头都像散了架一样。

"嘿，雷，"贾菲说，"我马上就要出海远行了，你也要搭车沿着海岸去西雅图，穿过斯卡吉特乡了。真想知道我们都会遇到些什么。"

我们抱着这个充满想象空间的话题入睡。那一夜，我做了个梦，梦境像真的一样，是我最特别的梦之一，我清清楚楚地看到一个中国集市，人头涌动，烟熏火燎，尘土飞扬，有乞丐有商贩，还有驮马、烂泥、烟袋锅子、一堆一堆的垃圾，地上的陶土盘子里装着售卖的蔬菜，突然，从群山间走出一个衣衫褴褛的流浪汉，一个满脸皱纹、皮肤黝黑得难以想象的小个子中国流浪汉，他从山上下来，刚好站在集市一头的口子上，打量着集市，表情很滑稽。他的体格矮小结实，面孔被沙漠和高山的太阳晒得红黑发亮，仿佛鞣过的皮革；他的衣服根本就是一堆连缀起来的抹布；他的背上背着一个皮口袋；赤着脚。我只有很少几次见过这样的人，只在墨西哥，也许是从那些光秃秃的石头大山里跑到蒙特雷的，也许是住在山洞里出来讨食的乞丐。可这一个是中国人，是个比他们还要穷上一倍，坚韧上一倍，而且神秘得多的流浪汉，那是贾菲，绝对是。同样宽阔的嘴、同样闪亮的快乐的眼睛和瘦骨嶙峋的脸（一张活像陀思妥耶夫斯基的死人面部模型的脸，眉骨高耸，脸庞四方），个子矮小又结实，就像贾菲一样。黎明时我醒过来，心里想着："哇噢，那就是未来会发生在贾菲身上的事情吗？也许他会离开寺院，从此消失，我们再也见不到他，他会变成游荡在东方群山间的寒山的幽魂。"

我跟贾菲说了这个梦。他已经重新拨旺了篝火，吹起了口哨。"嘿，别只管躺在你的睡袋里打手枪，起来，去打点水来。唷德嘞嘿——嚯呼！雷，我要给你带清水寺的香回来，把它们一根挨着一根地插在黄铜大香炉里，虔诚地顶礼膜拜，就是这样。那就是你做的梦。如果里面的是我，那就是我。永远热泪盈眶，永远年轻。嚯呼！"他从背包里拿出手斧，砍下树枝，篝火噼啪作响。林间还有薄雾，靠近地面的雾气更浓。"收拾好东西出发，我们去探访劳瑞尔溪谷营地。然后我们可以沿着小路一直走到海边去游泳。"

"太好了。"这一次，贾菲带了很多好吃的来补充能量：Ry-Krisp 的薄脆饼干，一块漂亮的楔形切达奶酪，还有一根意大利蒜味腊肠。我们就着现煮的茶吃了这么一顿早餐，感觉好极了。有了这些加起来也不过一磅半左右分量的脱水面包、意大利腊肠（脱水的肉）、奶酪等东西，两个成年人能过上两天。

贾菲很懂这一类的事情。什么希望啊，什么人体能量啊，什么真正的美国式乐观啊，统统装在他小小的脑袋里，分门别类，清清楚楚！此刻，他踏着重重的脚步走在我前面，正回头冲我喊："试试在路上冥想，用你的脚看路，别用眼睛，只管让地面带着你走，进入一种恍惚的状态。"

我们十点左右到达劳瑞尔溪谷营地，这里一样有带炉栅的石头火塘，有野餐桌，风景却比波特雷罗草地露营区还要美得多得多。这里有真正的草甸，梦幻般的美景胜地，青草柔嫩，随着起伏的地面向四面八方蔓延开去，草甸边缘围绕着茂密的绿树，放眼四顾，只看到起伏的绿草和潺潺的流水，一片空阔。

"老天做证，我一定要再来这里，除了食物、汽油和油炉之外什么也不带，自己做晚餐，一丝烟也不会冒出来，林务局甚至察觉不到任何异样。"

"是啊。可要被他们逮到你在那些石头火塘之外的地方做饭，他们会把你赶走的，史密斯。"

"那要是赶上周末怎么办，难道我要跟那些欢天喜地的野餐者混在一起？我只想上山去，躲在那片美丽的草甸里。我能在那里待上一辈子。"

"沿着小路再往下走两英里就是斯廷森海滩了，那下面还有个杂货店。"中午，我们出发去海滩。这段路难走极了。我们先向上爬过一片又一片草甸，在那里，我们又一次看到了远处的旧金山，然后沿着一条小路下山，路陡得几乎算得上是竖直地插向海平面，有的地方你不得不跑下去，或者干脆仰面躺在地上滑下去，只此一条路。路边是一道欢腾而下的急流。我在贾菲前面，连跑带跳地沿着小路飞快下山，快活地唱着歌，把他抛下了足有一英里远，最后只能站在山脚等他。他慢条斯理地一路欣赏着蕨草野花。我们把背包藏在灌木丛下面的落叶堆里，一身轻松地下到滨海沼泽地上，走过海岸农场上正在吃草的奶牛，走进海边的居民区，在那里的一家杂货店里买了酒，出门大踏步走向沙滩与海浪。那天有点冷，太阳只偶尔露个小脸。可我们初衷不改，我们只穿着短裤跳进海里，游来游去，然后上岸，在沙滩上铺开一张报纸，拿出我们的意大利腊肠、Ry-Krisp 薄脆饼干和奶酪，喝着葡萄酒，聊着天。我甚至睡了会儿。贾菲感觉好极了。"该死的，雷，你绝对想不到我多开心我们能决定用这最后两天来徒步。我完全恢复了，感觉好极了。我知道，这一切到最后都会有好结果的！"

"哪一切？"

"我不知道……只知道这是我们认识生活的方式。你和我都不会敲破任何人的脑袋，不会割断任何人的喉咙——我是说经济那方面。我们全心全意地为有情众生祈祷，等到我们足够强大的时候，我们就能真正做到这一点了，就像古老的圣徒那样。谁知道呢，这个世界也许会醒过来，在每一个角落都绽放出美丽的达摩之花。"

打了个盹儿之后，他醒过来，左右看看，说："看看那些海水吧，它们就这样不停地流淌，一直流到日本去。"对于离开这件事，他是越来越伤感了。

第三十章

我们开始往回走，找出背包，还是走来时那条直落海平面的小路，手脚并用地在岩石和小树之间沿着陡峭的小路匍匐着往上爬，这几乎耗尽了我们全部的体力，不过我们还是爬了上去，到达美丽的草甸，穿越它，继续向上，又一次看见了远处旧金山的全貌。"杰克·伦敦以前经常走这条路。"贾菲说。我们沿着一座美丽山峰的南坡继续艰难跋涉了几个小时，一路上都能看到金门大桥甚至数英里外的奥克兰。路旁是漂亮的天然大公园，下午四五点的阳光下，宁静的橡树林青翠金黄，地上开满了野花。途中我们还遇到一头小鹿，站在一小丛草中好奇地望着我们。我们向下穿过这片草甸，深入一片红杉林，然后再一次折而向上，再一次在飞扬的尘土中被陡峭的土路逼得禁不住喃喃咒骂，大汗淋漓。山道就是这样：前一刻，你还在莎士比亚式的亚登森林天堂里飘飘欲仙，期望着能见到宁芙仙子和吹排箫的精灵男孩，下一刻就突然跌进了烈日当头的酷热地狱，漫天都是尘土，身边全是荨麻和毒栎……就像生活。"恶业能自动生出善业。"贾菲说，"别抱怨了，快，我们马上就能安安稳稳地在山头上坐下休息一会儿了。"

上那座小山的最后两英里路程简直可怕，我说："贾菲，

238

现在，这世上我只想要一样东西——比我这辈子想要过的任何东西都更想要。"傍晚的凉风吹拂着，我们弯腰弓背，背着背包在看不到尽头的山道上向前赶。

"什么东西？"

"一大块好时巧克力，一小块也行。说不清怎么回事，总而言之，现在只有好时巧克力能立刻拯救我的灵魂了。"

"那就是你的佛法，一块好时巧克力。月光下的橘园再加上一个香草味的蛋筒冰激凌怎么样呢？"

"太冷了。我需要的、想要的、祈求的、期望的、渴望的，在此时此刻，就是一块好时巧克力……带坚果仁的。"我们都很累了，艰难地走在回家的路上，聊着天，像两个孩子。我一直一直唠叨着我美味的好时巧克力老伙计。我是真的想要。不管怎么说，我需要能量，我有点儿虚脱，需要补充糖分，却只能走在冷风中，想象着巧克力和花生仁在嘴里化开的感觉。这太难熬了。

很快，我们翻过一道畜场围栏，围栏后面就是俯瞰我们小屋的马场，然后再翻过我们自己院子的刺棘铁丝网，艰难地在深草中跋涉过最后二十英尺，走过我睡觉的蔷薇花丛，终于，成功抵达了我们可爱的老小屋门前。这是我们两个人一起住在这里的最后一夜了。我们摸黑坐在小屋里，闷不作声地脱掉靴子，长长地吁出一口气。我没有力气动弹，唯一能做的就是坐在自己的双脚上，压住它们来缓解一点脚上的疼痛。"我再也不去徒步了。"我说。

贾菲说："唔，我们还得做晚餐，我看我们这个周末已经把所有东西都用光了。我得下去一趟，到公路边的超市里去买点儿吃的回来。"

"噢，伙计，你不累吗？睡觉吧，我们明天再吃东西。"可他只是闷闷地重新套上靴子，走出门去。所有人都已经走了，发现贾菲和我消失以后，聚会就散了。我生起火，躺下来，甚至还睡着了一会儿。一转眼天就黑了，贾菲走进来，点亮煤油灯，把东西往桌上一扔，其中有三块好时巧克力，是特意给我买的。那是我吃过最好的好时巧克力。他还买了我最喜欢的酒，波特红葡萄酒，也是给我的。

"我就要走了，雷，我想我们俩也许可以稍微庆祝一下……"他的声音渐渐消失，哀伤又疲惫。无论徒步还是工作，贾菲总是把自己累到精疲力竭，每次累了，他的声音就像是从遥远的地方飘过来的一样，很微弱。可他很快就重新振作起精神，开始做晚饭，在炉子前哼着歌儿，就像个百万富翁一样，穿着他的靴子在屋子里走来走去，重重地踏在有回声的木头地板上。他采下花儿插在陶罐里，烧开水，泡茶，拨弄他的吉他，想方设法让躺在一边闷闷地盯着麻布天花板的我兴奋起来。这是我们的最后一夜，我们俩都感觉到了。

"不知道我们两个谁会先死。"我大声自言自语，"不管是谁，鬼魂一定会回来，一定要给它们钥匙。"

"哈！"他把晚餐端给我，我们盘腿坐着，大口地吃，像之前许多个夜晚那样——风在林海间疯狂呼啸，我们的牙齿用力嚼着简单却美味的哀伤的食物。"试想一下，雷，要是回到三万年前尼安德特人的时代，这个地方，就在我们小屋的这座小山上，会是什么样的情形呢。你有没有发现，他们在佛经里说，那个时候也有一位佛，叫燃灯佛？"

"从来不说话的那位！"

"你能想象那样的情景吗？所有开启了智慧的猿人围坐在熊熊的篝火旁，围绕着他们一言不发却无所不知的佛。"

"星星也都跟今晚的一模一样。"

那天夜里晚些时候，肖恩上来盘腿坐了会儿，偶尔跟贾菲简单地聊上几句，很伤感。都结束了。后来克里斯汀也来了，两个孩子都抱在她的手里，她是个健壮的好姑娘，能负重爬山。那天夜里，我睡在蔷薇花丛旁的睡袋里，看着冰冷的黑暗瞬间降落在小屋里，只觉得悲伤。那让我想起了佛陀早年生活的一幕，那时候，他决定离开皇宫，离开他哭泣的妻子、孩子和他可怜的父亲，骑着一匹白马去到树林里，剪掉了他金色的头发，将抽泣的仆人与白马一同打发回去，走进森林，踏上哀伤的旅程，去寻找永恒的真谛。"犹如群鸟汇聚午后林间，"马鸣菩萨[1]早在差不多两千年前就这样写道，"夜幕降临便四散纷飞，世间离别莫不如是。"

第二天，我琢磨着要给贾菲一点特别的告别礼物，可我没什么钱，也完全没有什么好想法，于是，我翻出一张拇指指甲盖儿大小的纸片，小心翼翼地在上面写下："且善用你的慈悲之金刚利刃。"在码头上送别时，我把纸片递给他，他看完，

1　马鸣菩萨（Ashvhaghosha，约公元1—2世纪间），古印度（中天竺国）佛教诗人、佛教徒。引文原文出自《佛所行赞》（又译《佛本行经》）卷二，中文通行本译作："旷野茂高树，众鸟群聚栖。暮集晨必散，世间离亦然。"

好好地收进口袋里，什么也没说。

他在旧金山的最后一桩故事是：赛琪终于心软了，捎了张便条给他，说，"在你的船舱里等我，我会给你你想要的"，总之就是诸如此类的话，就因为这个，我们谁也没上船送他进船舱，赛琪在那里，等着同他上演最后的激情爱恋。只有肖恩得到允许上了船，溜达着打算看看究竟会发生什么。这样想来，等到我们所有人都跟他挥手道别并且离开之后，贾菲和赛琪多半是在船舱里缠绵做爱，然后，赛琪大概是哭了起来，坚持说她也想一起去日本，那时船长已经在发令叫所有无关人等下船了，可她不肯走，到最后，船拔锚起航，开始离开码头，贾菲抱着赛琪出现在甲板顶上，把她抛下了船，他很强壮，完全能把一个姑娘抛到十英尺开外，刚好落在码头上，肖恩在码头上帮忙接住她。虽说这跟"慈悲之金刚利刃"并不那么切合，但也相当不错，他想去彼岸，想去追寻他的事业。他的事业就是追随达摩。货轮渐渐远去，穿过金门大桥，驶入灰色太平洋翻涌的海浪间，一路向西。赛琪哭了，肖恩哭了，每个人都很难过。

沃伦·考夫林说："太糟了，他可能从此消失在亚洲中部，一次次地跟着卖玉米、安全别针和缝纫彩线的牦牛队行走在一条宁静的环线上，偶尔去爬喜马拉雅的山峰，而我们这方圆若干英里内的人却再也得不到他的消息。"

"不，他不会的。"我说，"他太爱我们了。"

阿尔瓦说："不管怎样，眼泪总是最后的结局。"

第三十一章

现在，仿佛贾菲还在伸出手指为我指明方向一样，我启程了，北上，向着我的大山进发。

那是一九五六年的六月十八日，我走下山坡，跟克里斯汀道别，感谢她为我做的一切，然后沿着公路离开。她站在长满草的院子里挥手。"你们都走了，这里就要冷清了，再也没有周末的大派对了。"她是真的很享受那一切。我顺着马场草地走远，她留在原地，站在院子里，赤着脚，身边是赤脚的小般若。

北上的旅程开始得很顺利，就像是贾菲给予了我永远不会消失的最美好的祝福，护佑着我去往我的大山。刚到 101 公路边，我就搭上了一名社会学教师的车，波士顿人，过去经常在科德角唱歌，头一天还刚刚在他好朋友的婚礼上昏了过去，因为他一直不吃东西。搭他的车到了克洛弗代尔后，我立刻为自己采购了路上的补给：一条意大利蒜味腊肠、楔形切达奶酪，Ry-Krisp 薄脆饼干和一些作为甜点的枣子，全都整整齐齐地分装在我的食品袋里。我还有上次徒步剩下的花生和葡萄干。那时，贾菲说："在货轮上我用不着这些花生和葡萄干。"回想起贾菲对待食物向来都严肃得要命的那副样子，一阵伤感袭来，

243

我真希望这个世界最最严肃对待的也能是食物，总之，别是那些火箭、机器、爆破品之类用人们本该买食物的钱来想方设法炸掉他们脑袋的愚蠢玩意儿。

我在一间车库的背后吃过午餐，然后向北走了大约一英里，来到俄罗斯河上的一座桥上，在那里，我在暗沉沉的天空下苦等了足有三个小时。然后，意外地突然搭上了一个农民的车，他有点痉挛症，脸老是一抽一抽的，车上还有他的妻子和儿子，这一段路程不长，把我带到了一个名叫普雷斯顿的小镇。在那里，一个卡车司机说可以直接把我带到尤里卡（"尤里卡！"我叫了起来），然后，他开始跟我聊天，说："他妈的我一个人开这玩意儿真是闷死了，我就想整个晚上都能有个人说说话，要是你愿意的话，我可以一直把你带到克雷森特城。"这有点儿偏离我的路线了，但比尤里卡更靠北，于是我说没问题。那家伙名叫雷·布莱登，那一夜，他载着我，冒着雨，开了两百八十英里，喋喋不休地说他的整个生活、他的兄弟们、他的妻子们、儿子们、他的父亲。在洪堡红杉森林一家名叫"亚登森林"的餐厅里，我吃到了一顿绝妙的炸虾大餐，甜品是巨大的草莓馅饼和香草冰激凌，外加一整壶咖啡，所有东西都是他买单。我劝他暂且放下他的烦恼，聊一聊终极话题，他说："是啊，好人都在天堂，他们从一开始就在天堂。"真是太有智慧了。

我们在雨夜里穿行，在灰蒙蒙的黎明晨雾中抵达克雷森特城，那是个海边小镇。我们把卡车停在海滩边的沙地上，睡了一个小时。之后，他为我买了一份鸡蛋煎饼的早餐便离开了，也许是烦了，不乐意一直要掏钱买单包我的餐。我走出克雷森特城，来到一条往东去的公路上，那是199号公路，我得搭车回到我的99号大路上去，比起风景更漂亮但却更慢的海岸公路，它能更快地把我带到波特兰和西雅图。

突然间，我感到了无比的自由，我跑到公路的另一边，相反的方向，一边走一边竖着大拇指，就像个随意云游的人，没有理由，无所谓去处，之所以要去我的大山，纯粹只是因为高兴。可怜的小安琪儿的世界！我突然不在乎了，我可以一路走过去。可大概就因为在错了方向的路边手舞足蹈，满不在乎，反倒谁都愿意立刻载我一程，这一次是个淘金者，他儿子开着一辆小型履带车在前面拖着他的车走，我们聊了很久，聊森林，聊锡斯基尤山（我们正开车穿越它，目的地是俄勒冈的格兰茨帕斯），还聊怎样才能烤出一条漂亮的烤鱼。他说，只要先在河边找一块干净的细黄沙地，生一堆火，然后把火挪开，把鱼埋在烧烫了的沙里，闷上几个小时，然后拿出来清干净沙粒就行了。他对我的背包和我的计划也非常有兴趣。

他把我放在了一个跟加利福尼亚的布里奇波特（就是当初贾菲和我坐着晒过太阳的地方）很相似的小山村。我朝城外走了一英里，在林子里小憩了会儿，不偏不倚，就睡在锡斯基尤山脉的心脏地带上。从小憩中醒来时，我有种非常奇怪的感觉，像是身在中国的无名迷雾中。我沿着之前的路继续走，走在错的方向上，在克尔比搭上一个金发二手车商的顺风车到了格兰茨帕斯，在那里，一个开沙土卡车的胖牛仔显然是故意想从我放在路边的背包上碾过去，一脸不怀好意的坏笑，之后，一个阴沉着脸的伐木工小伙子把我带到了坎宁维尔，他戴着安全头盔，一路飞快地沿着梦幻般山谷里的快速通路上上下下。好像做梦一样，一辆商店的进货车就停在路边，车上装满了待售的手套，司机欧内斯特·彼得森一路上喋喋不休，很亲切，却坚持要我面对着他坐（也就是说，我是背对着外面向后飞掠而去的道路的），他把我带到了俄勒冈的尤金。他什么都拿出来说，没有一点儿顾忌，给我买了两瓶啤酒，甚至在好几个加油站停下来拿着手套去推销。他说："我父亲是个了不起的人，他说过，'这世上蠢人总比聪明人多'。"他是个狂热的体育迷，会自己拿着秒表为室外田径赛掐时，无所畏惧地一个人开着属于他自己的卡车到处跑，不理会当地工会想拉他入会的企图。

透红的黄昏中，他在尤金城外一个甜美可爱的池塘边跟我告别。我打算就在这里过夜了。我横穿公路，走进密林，在一棵松树下铺开睡袋，可爱的郊野村舍在公路另一边，没有人能看到我，再说了，本来也没人会看我，因为他们全都盯着电视机。我吃过晚餐，裹在睡袋里睡了十二个小时，只在半夜里醒过一次，喷了些驱蚊水。

上午醒来时，我看到了雄伟的喀斯喀特山脉的起点，它的最北端就是我的山峰，在那加拿大的边境之外，从这里还要再往北走四百多英里。早晨的溪面上烟雾迷蒙，因为公路对面就是锯木场。我在溪边洗漱完毕，捻动贾菲在马特洪露营地时给我的念珠，做了个简短的祷告："敬拜神圣佛珠之空性。"

走上开阔的公路，我立刻就搭到了车，开车的是两个年轻壮小伙儿，把我带到了章克申城外，在那里，我喝了杯咖啡，走了两英里路，找到一家看起来好一些的路边餐厅，吃了些煎饼，然后沿着公路边的石头地继续走，汽车在一旁飞驰而过，我不知道要怎么去波特兰，更别说西雅图了。我搭上了一个粉刷匠的车，那是个有趣的小个子，浅色头发，穿一双斑斑点点的鞋，车上有四品脱的罐装冰啤酒，他刚好也停在路边一家酒馆门口打算再多买些啤酒。到最后，我们开过仿佛永世不朽的大桥，来到了波特兰，桥面在我们身后升起，好让起重机船通过，烟雾笼罩着这座河上的城市，四周青山环绕，松柏森森。在波特兰市中心，我花二十五美分坐巴士到了华盛顿州的温哥华市，在那里吃了个科尼岛风味的汉堡包，然后出城到99 号公路边，一个可爱的流动雇农[1]小伙儿捎上了我，他蓄了一脸络腮胡子，是个只有一个肾的人，他说："真高兴我载到了你，总算有人可以说说话了。"每次停下来喝咖啡，他都会去玩弹子机，玩得非常较真。他一路上都在捎人，见到搭车客就停车，第一次是一个说话慢吞吞的流动雇农，从亚拉巴马州来的，然后是一个蒙大拿来的疯子水手，满口聪明的疯话，我们挤作一团奔向华盛顿州的奥林匹亚，时速八十英里，然后登上奥林匹克半岛，沿着曲曲弯弯的森林公路开往华盛顿州布雷默顿的海军基地，等到了那里，我和西雅图之间就只隔着一趟五十美分的轮渡了！

---

1 流动雇农（Okie），又称农业工人，指自己没有土地而在各农场间流动做工的农民。英文字面意思为"俄克拉荷马州人"，源自 20 世纪 30 年代的经济大萧条和气候灾害频发时期，当时，以农业为主要产业的俄克拉荷马州内大量农民失去土地，不得不离乡背井以帮工为生。

说过"再见"，流动雇农流浪汉和我去搭轮渡。就当是对我那公路上出奇的好运气的报答吧，我为他付了船费，甚至还给了他一把花生和葡萄干，他饿痨似的三两下就把它们吞了下去，于是我又给了他一些腊肠和奶酪。

　　渡轮在带着寒意的毛毛细雨中出发了，他坐在主舱里，我上到顶层甲板上去一探究竟，欣赏欣赏普吉特海湾。开到西雅图码头要一个小时，我在甲板上找到了一瓶半品脱装的伏特加，酒瓶被裹在一本《时代》杂志里，插在护栏上。我自在地拿过来就喝，一边喝一边打开背包，抽出我暖和的毛衣加在防雨外套里面，冰冷的雾飘过甲板，我一个人上上下下地转悠，心潮澎湃，只觉得狂放而又自由。就在刹那之间，我发现了，大西北远比贾菲留在我脑海中的那点儿小小印象丰富得多。那是无法想象的群山，绵延无数英里，高低起伏，在乱云飞舞间直破云端，奥林波斯山，贝克山，巨大的橘色饰带装点在向着太平洋无限伸展的阴沉天空中，叫我开始懂得这世间的北海道西伯利亚的孤寂忧伤。我靠在驾驶舱外，听船长和舵手在里面说着马克·吐温的言语。越发浓厚的黄昏雾色中，前方大大的红色霓虹拼出几个大字：西雅图码头。突然间，贾菲曾经跟我提起过的有关西雅图的一切都渗入了我的肌肤与骨髓，就像这冷雨一样，现在我能感觉到它，能看到它了，不再只是想想而已。它跟贾菲说的一模一样：潮湿、巨大、多木多林、高山环绕、冷、叫人兴奋、充满挑战。轮渡对准了阿拉斯加大道边的码头，下一秒我就看见了老店铺前的图腾柱和随风摇晃的十九世纪八十年代风格的山羊皮，支流水道里吱呀来去的小船上，昏昏欲睡的锅炉工守着噼啪作响的炉火，俨然就是我梦中的景象，就像那部电视连续剧《凯西·琼斯》里的美国老机车头，那是除开西部片之外我唯一看过的电视剧，如今真真切切地在这魔幻城市的昏暗烟雾中运转着，身后拖着货厢。

一下船我就去了一家干净的贫民区旅馆，斯蒂文斯旅馆，要了个一晚七十五美分的房间，泡完热水澡，饱饱地睡了一觉。早上起来，我刮干净胡子，出门走上第一大道，出乎意料地发现了一大堆各色各样的慈善商店，里面有一流的毛衣和红色内衣卖。我在拥挤的早市里吃了一顿丰盛的早餐，配一杯五美分的咖啡，天空蔚蓝，云朵从头顶飘过，普吉特海湾水波粼粼，在古老的码头下鼓荡起舞。这是真正的、真实的大西北。中午，我回到旅馆退房，高高兴兴地将我的新羊毛袜、大手帕和各种东西统统打包好，走到离城几英里外的99号公路，一口气搭了好几段短程顺风车。

终于，我能看到喀斯喀特山脉出现在北面的天际线上了，那些令人难以置信的参差山峦、巉岩怪石和白雪皑皑的广袤巨大都足以叫人喘不过气来。公路刚好穿过斯蒂拉库阿米希和斯卡吉特那些梦幻般的肥沃山谷，那些流淌着乳汁的山谷，有农场，有奶牛在巨大的雪峰下吃草。一路搭车往北，山峰越来越高大，到最后，我开始害怕了。有一程，载我的是个戴眼镜的家伙，看起来像个细致谨慎的律师，开一辆不起眼的车，可没想到，他竟是大名鼎鼎的赛车冠军巴特·林德斯特伦，他那辆不起眼的轿车里藏着的是改装过的大马力引擎，能让这车跑到每小时一百七十英里。可他只是在一个红灯前轰了轰引擎，让我听听它那强劲低沉的轰鸣。之后，我又搭上一个伐木工的车，他说他对我要去的那段山脉很熟，"斯卡吉特山谷的肥沃仅次于尼罗河谷"。他在 1-G 公路口把我放下，那是一条小公路，连接 I7-A 公路，后者会一直深入大山的心脏地带，事实上，它会慢慢化身小土路，最后被阻断在魔鬼水坝前。现在，我真的在山区里了。让我搭车的都是伐木工、铀矿勘探者和农民，他们带着我穿过了斯卡吉特山谷里最后的大镇，赛德罗-伍利，一个农贸市集镇子。离开它之后，道路就开始变得更窄，更曲折，一路夹在悬崖与斯卡吉特河之间蜿蜒穿行。我们在 99 号公路上时就曾横跨过斯卡吉特河，那时它还是一条梦幻般的河流，水流丰沛，两岸都是绿草地，可现在却是一道纯粹的急流，卷着消融的冰雪，在狭窄的河道中疾速翻腾而下，河滩泥泞难行。渐渐的，陡峭的山壁开始出现在道路两旁。绵绵雪峰消失了，退出了我的视野，此刻，我看不到它们，才更能感受到它们的存在。

第三十二章

在一家老酒馆里，我看到从吧台后面为我端来啤酒的竟是个老朽不堪到几乎连路都走不动的人，不由得暗想，"我宁愿死在冰川洞穴里，也不要在这种到处都是土的一成不变的房子里永生"。一对"米因和比尔"式的夫妻[1]把我带到索克的一家杂货店门口，在那里，我搭上了我的最后一程顺风车，司机是个疯狂的醉醺醺的开飞车、留黑色连鬓胡子、弹吉他的斯卡吉特山谷放牧人，他直接开到马布尔芒特护林站门前尘土飞扬的停车点，把我送到了目的地。

助理林务官站在那里看着。"你是史密斯？"

"是的。"

"那是你的朋友？"

"不，他只是让我搭一程车。"

"他以为自己是谁，可以在政府管辖地里飞车？"

我倒吸一口凉气，我再也不是一个自由的比丘了，直到下

---

1 出自喜剧电影《米因和比尔》（又译《拯女记》，*Min and Bill*，1930 年），电影改编自苏格兰作家、好莱坞编剧罗娜·穆恩（Lorna Moon，1886—1930 年）的畅销小说《暗星》（*Dark Star*，1929 年），讲述码头客栈老板娘米因千方百计保护自己无辜的养女南希的故事。比尔是住在客栈的一名渔船船长。

个星期去到我的高山隐居所之前都不再是了，我必须跟一大堆年轻小子们一起在消防学校里待足一个礼拜。我们所有人都要戴安全帽，可以端端正正地戴在头上，也可以像我一样，俏皮地稍微斜戴一点，我们在湿乎乎的林子里挖防火带，有时候是砍掉一些树，有时候是小心翼翼地放一把小火。我遇到了曾经当过伐木工人的老前辈护林员伯尼·拜尔斯，就是贾菲常常压低了嗓门儿模仿他粗嘎逗趣的声音的那位"木材采运工"。

伯尼和我坐着他的卡车，在森林里聊起了贾菲。"贾菲今年不来真太他妈可惜了。他是我们见过最好的瞭望员，上帝做证，他是我见过最好的养路工。刚好还就那么一门心思地只想满山里到处乱跑，自己乐和得不行，我从来没见过比他更棒的小子。而且他谁也不怕，有什么都直接说出来。我就喜欢这样的，要是有一天连个敢想说什么就说什么的人都没了，那我看就该是我跑到深山老林子里找个棚子待着等死的时候了。不过，说到贾菲，不管他下半辈子在哪里过，我也不管他能活到多老，有一点是肯定的，他肯定都能过得快快活活的。"伯尼差不多六十五岁了，说起贾菲来完全像个老父亲一样。也有一些别的人记得贾菲，都很奇怪他为什么没来。那天正好是伯尼进林务局四十周年，当晚，其他护林员凑钱送了他一份礼物，是一条崭新的大号皮带。老伯尼的皮带总是不合用，那段时间一直拿根绳子之类的东西系在腰上。他扎上新皮带，说了些诸如他最好别再吃那么多了之类的逗乐子的话，所有人都鼓着掌大声欢呼。我猜伯尼和贾菲两个说不定就是这地方有史以来最出色的员工。

消防学校下课以后，我会花些时间去爬护林站背后的山，要不就坐在奔腾的斯卡吉特河边，盘着腿，嘴里叼着我的烟斗，两腿间放一瓶红酒，一待就是一个下午。有月亮的夜晚也来，那些时候，其他小子多半都在本地的狂欢聚会上喝啤酒。马布尔芒特的斯卡吉特河是奔流湍急的雪山融水，绿意清透；高处的太平洋西北岸松林间云雾缭绕；更远处是高耸入云的山峰，偶尔有阳光透过云层照射下来。我脚下这奔涌的纯净是静谧群山的作品。太阳照耀着翻卷的急流，急流拍击着断木残枝。鸟儿在水面盘旋，寻觅欢快的鱼，鱼儿暗藏在水下，只偶尔猛地跃出水面，弓起脊背，再落回水中，河水奔流不息，转眼便抹去了它们留下的涟漪，一切消失无踪。树干和细枝以每小时二十五英里的速度顺流而下。我估算着，要是跳下水去横渡这窄窄的河面，估计在抵达对岸之前我会先被冲下去半英里远。这是河的仙境：金色的无尽永恒的空阔，苔藓、树皮、细枝、淤泥的味道，眼前一切幽咽神秘的景象，无所不在的宁静恒久，山上毛茸茸的树，飞舞的阳光……我抬头看云，心中所见却仿佛是一张张隐士的脸。流水冲刷着松枝，松枝像是很满意。灰蒙蒙的雾缠绕着树梢，树梢像是很满足。洒满阳光的树叶在大西北的微风中轻轻摇摆，像是正孕育着快乐。天际线上的雪峰不见人迹，像是温暖的摇篮。一切都是那样的无拘无束、胸怀大敞，永远不变且无所不在，超越了真理，超越了空茫的蓝天。"大山拥有无与伦比的耐心，都是佛陀。"我大声说，喝了一口酒。有点儿冷，可只要太阳一出来，我身下的这个树桩就会变成火红的烤炉。我在月光下回到这同一个老树桩，到那时，世界会变得如梦，如幻，如泡，如影，如消逝的露珠，如闪电的光[1]。

终于到了该收拾行李进山的时候了。我在马布尔芒特的小杂货铺里赊账买了总共价值四十五美金的食品杂货，骡夫哈皮和我把东西全部装上卡车，一起坐车沿河边小道上到魔鬼大坝。越往上游走，斯卡吉特的河面就越窄，水流就越是湍急，到最后，索性在岩石间飞溅腾跃起来，接纳从茂树深林的两岸不断汇入的涓涓细流。路越走越野，越走越崎岖。斯卡吉特河上有好几道大坝，一道在纽哈莱姆，一道就是魔鬼水坝，在那里，一台巨大的匹兹堡式升降机会将你送上魔鬼湖上的一处平台。十九世纪九十年代的淘金热曾经席卷这处山野，淘金者们在峡谷坚硬的山岩峭壁间开出了一条小径，连接纽哈莱姆和如今的罗斯湖，那也是最后一道大坝的所在地，小径沿途点缀着红宝石溪、花岗岩溪和峡谷溪，他们宣称从未从中获益。不论是非功过，如今这条小径已经大半都被淹没在了水下。1919年，一场大火吞噬了斯卡吉特河上游地带，荒凉峰——我的山峰——周围全都陷入火海，足足烧了两个月，蔽日浓烟一直蔓延到华盛顿州北部和加拿大的不列颠哥伦比亚省。政府竭尽全力灭火，派出了一千人，花了三周时间从马布尔芒特的消防营接出长长的补给线，但直到秋雨落下，火势才被遏制，我听说，至今仍有焦木矗立在荒凉峰和一些山谷里。这也是它名字

1　此处化用《金刚经》中的偈子，鸠摩罗什译本为："一切有为法，如梦幻泡影，如露亦如电，应作如是观。"

的由来：荒凉。

"小子，"滑稽的老骡夫哈皮头上还扣着他那顶从怀俄明时期就一直戴着的软趴趴的旧牛仔帽，他手上卷着烟卷，一刻不停地讲笑话，说，"你可别像我们前几年送上荒凉峰的那个小子一样，也是我们送他上山，那是我见过的最嫩的生手蛋子了，我把他塞进他的瞭望站，他想煎个蛋当晚饭，结果拿起蛋一打，没打进煎锅里，也没打到炉子上，那玩意儿直接掉在了他的靴子上，他也不知道是脑子进了屎还是眼睛瞎了，我走的时候跟他说手枪不要打太多，那蠢蛋居然跟我说，'是的，先生，是的，先生'。"

"唔，那都跟我没关系，我只想这个夏天能一个人待在那上面。"

"你也就现在这么说说，要不了多久就会改口了。那些家伙也都说得勇敢得很。可接着你就会开始自己跟自己说话。那还不算糟，记住了，千万不要自己回自己的话，小子。"从魔鬼大坝到罗斯大坝这一段，老哈皮赶着骡子走峡谷的小路，我划船走水上，一路上视野开阔极了，无边无际，直叫人头晕目眩，你能看到整个贝克山国家森林的山脉全景，阳光闪闪的，从罗斯湖一直到加拿大。罗斯大坝那里有护林站的船，拴得有点太靠近岸边了，岸很陡，长满了树。晚上在上面睡觉不太容易，床铺会跟着船摇摇晃晃，水浪拍在木头上"嘭嘭"直响，叫人一直睡不着。

我在的那晚是满月，月光在水面上跳跃舞蹈。一个瞭望站的人说："月亮就在山头上面，每次看到，我总觉得自己看到了郊狼的剪影。"

不巧，到我动身上荒凉峰时遇上个灰蒙蒙的下雨天。助理林务官跟我们一起，我们三个要一起上山，在瓢泼大雨里骑马上山，显然，这一天不会太愉快。"小子，你该在你的购物清单里加两夸脱的白兰地，那上面很冷，你会用得上的。"哈皮顶着他的大红鼻头，看着我说。我们站在畜栏边，哈皮正在一包接着一包地给骡子们上饲料，想把饲料包挂在它们脖子上，它们大口大口地吃着，压根儿不在乎雨水。我们乘船穿过木头闸门，船左摇右晃的，绕着高耸的拓荒者山和红宝石山蜿蜒前行。水浪拍上船尾，撞得粉碎，再扑向我们。我们走进驾驶舱，船长已经煮好了一壶咖啡。就算站在湖边你也几乎看不见陡峭河岸上的冷杉，它们影影绰绰的，俨然成排的幽灵。这是真正的大西北，严酷，多苦多难。

"荒凉峰在哪里？"我问。

"今天怕是看不到，只能等你自己爬上去才行了。"哈皮说，"到时候你就不会那么喜欢那地方了。这个时候，那上头不是下雪就是下冰雹。小子，你真的不打算在你的行李里塞上一小瓶白兰地吗？"我们已经喝掉了一夸脱黑莓酒，是他在马布尔芒特买的。

"哈皮，等我九月份从山上下来，一定给你买一夸脱苏格兰威士忌。"我本来就希望能探索这座高山，何况如今还能顺便赚到不错的报酬。

"一言为定，你可别忘了。"贾菲跟我说过很多"驮夫哈皮"（他这么叫他）的事。哈皮是个好人，他和老伯尼·拜尔斯是如今还能找到的最棒的老派人物。他们熟悉大山，了解驮畜，他们都没有升官发财的野心。

哈皮也记得贾菲，还挺想他。"那小子肚子里总有一大堆滑稽歌之类的玩意儿。他绝对很喜欢到野外去砍树开路。有一阵子他还在下面西雅图那里找了个女朋友，我在他的旅馆房间里看到过那姑娘，那个贾菲，我跟你说，在女人面前他绝对是个大垃圾，花花公子。"船外风声呼啸，苍白的水浪在驾驶舱的窗户上撞得水花四溅，我仿佛听到了贾菲弹着吉他唱起欢快的歌。

"这就是贾菲的湖，这些就是贾菲的山。"我在心里念叨着，暗暗希望贾菲也在，能看到我正做着他希望我做的一切。

两个小时后，我们终于在罗斯湖上方八英里外的河边靠了岸。河岸陡峭，树木繁茂。我们跳到岸上，把船拴在老树桩子上，哈皮狠狠地拍打头骡赶它下船，那头母骡子左右两侧都挂满了行李，连蹦带跳地跑过木头船板，努力想要登上湿滑的河岸，脚下一个劲儿地打滑，差一点带着我所有的行李装备一起摔进水里去，好在最后总算是稳住了，在绵绵雨雾中走到一边的山路上，吃着草，等它的主人。接着是其他骡子，都驮着电池之类的各种装备，最后是哈皮，骑着马率先下去，然后是我自己，骑着母马梅布尔，最后是助理林务官沃利。

我们向拖船船夫挥手道别，在水雾弥漫的大雨中开启了我们悲伤的、湿淋淋的艰难北极攀登派对，沿着狭窄的岩石小路往上爬，路旁的树和灌木趁着与我们擦肩时把我们浇了个透。我原本是把防雨斗篷垫在马鞍上的，但很快就抽出来披在了自己身上。哈皮和沃利什么也没披，就那么湿漉漉地埋头骑在马上。马儿走在石头路上，脚下时不时趔趄一下。我们一直走，一直走，越爬越高，直到被一棵倒伏在路中间的树拦住了去路。哈皮跳下马，拿出他的双刃斧，和沃利一起骂骂咧咧地从旁边开出了一条新路，直干得大汗淋漓。我被分配去看着牲口，这份活儿很轻松，从头到尾就只是坐在一棵矮树下卷烟卷。新路是条近道，相当陡峭崎岖，连骡子都不敢走。哈皮冲我大吼："真他妈见鬼，拽着鬃毛把它拉过来。"接着，轮到母马害怕了。"把母马拽过来！你指望什么都靠我一个人搞定不成？"

终于，我们都过去了，继续往上爬，很快就离开灌木区，进入了一片新的高山地带。那是岩石山坡上的草地，蓝色的羽扇豆和红色的罂粟花为灰蒙蒙的迷雾装点上朦胧的美丽色彩，风呼呼地刮，夹着雨，带着雪。"五千英尺了！"哈皮坐在马鞍上，回过头来大声说，他的旧帽子被吹得卷了边，他的手上还在卷着烟卷，悠闲得好像这辈子都是在马鞍上度过的一样。杂色的野花星星点点地散落在草地上，随着曲曲弯弯的山道一路向上，向上。风越来越大，终于，哈皮大喊："看到上面那块大石头了吗？"我抬头望去，看到迷雾中现出一块滑溜溜的灰色岩石，就在前方了。"你觉得伸手就要能摸到了吧，可那还有一千英尺。等到了那里，我们就差不多到了。到时候就只差半个小时的路程了。"

"小子，你真的确定不要再加一小瓶白兰地？"才过了一分钟，他就又回过头来叫道。他全身都湿透了，惨兮兮的，可一点儿也不在乎，我能听到他的歌声随风飘来。不久，我们就彻底越过了林线，冰冷的石头取代了草地，突然间，地面上开始出现积雪，东一块，西一块，马儿在满地的泥泞雨雪中一步一泼溅，你能看到马蹄踩出的一个一个水坑，我们现在是真的到山上了。只是放眼四望，除了雾气、白雪和流动的迷蒙之外，我什么也看不见。换作是晴天的话，应该能看到山路旁就是直落而下的陡坡峭壁，然后被马儿的每一次打滑吓个半死；可如今我能看到的只有下方模模糊糊的树冠的影子，仿佛一小块一小块的草地。"噢，贾菲，"我心想，"这会儿你倒是安安稳稳地坐在船上漂洋过海，待在温暖的船舱里写信，写给赛琪、肖恩和克里斯汀。"

雪越来越深，冰雹开始砸在我们冻得通红的脸上，最后，哈皮终于在前方宣布："马上就到了。"我又湿又冷，索性翻身下马，让它自己走在山道上，它发出一声如释重负的叹息，温顺地跟在我身后。但不管怎么说，它的背上始终还是有一大堆沉重的补给。"到了！"哈皮大叫。在这世界之巅的盘旋流转的迷雾中，我看到了一栋小得可笑的尖顶房子，一个小木屋，立在一块光秃秃的大石头顶上，周围是尖尖的小冷杉和大块的卵石，遍地积雪，点缀着几小块湿漉漉的草地，地上开着小小的花儿。

我倒吸一口凉气。这也实在是太灰暗、太凄凉了，叫人很难喜欢得起来。"这就是我这一整个夏天的家？我的栖身之所？"

我们艰难地走到或许是某个三十年代的老瞭望员修的木头

畜栏边，把牲口们拴好，卸下行李。哈皮上前取下防风挡板，拿出钥匙，打开门，屋里一派灰暗阴郁景象，潮湿的地板上满是泥污，墙上是斑斑的雨迹，一个简陋凄凉的木头床架上放着一张绳编床垫（免得引来闪电雷击），窗户完全被灰土糊住了，最糟糕的是，满地都是被老鼠啃得稀烂的杂志，还有食物残渣和数不清的黑色老鼠屎。

"呵，"沃利冲我咧出他的大门牙，"看来你得花不少时间来收拾这堆破烂了，嗯？现在就动手吧，先把这些吃剩下的罐头什么的从架子上拿下来，用湿抹布和肥皂把那个脏架子好好洗一洗。"我照做了，必须做，这是值得的。

而好人老哈皮已经在大肚子的炉子里添上柴，生起了一炉旺旺的火，再坐上一壶水，往里倒了半罐子咖啡，大声说："再没什么能比得上正经够浓的咖啡了，在山上这种地方，小子，我们就想喝咖啡，那能让你的头发根儿都立起来。"

我望一望窗外，只有雾。"我们这儿有多高？"

"六千五百英尺。"

"这我要怎么看有没有火情？外面除了雾什么也看不到。"

"等两三天，这些雾就会全部被吹散了，到时候你随便往哪个方向都能看出去一百英里远，不用担心。"

可我不信。我记得寒山和尚说到过寒山上的雾，说它们如何终年缭绕，怎么也不散——我开始钦佩寒山的坚韧了。哈皮和沃利陪我一起出去，我们花了些时间来立好风速计的杆子，还干了点儿别的杂活，之后，哈皮进屋去做晚餐，在炉子上煎世棒午餐肉和鸡蛋，煎得"滋啦啦"直响。我们大口喝着咖啡，吃了顿丰盛的美餐。沃利拿出一台用电池的无线电收发机，联系上了罗斯湖船站。再之后，他们钻进各自的睡袋里休息，都睡在地板上，我睡在湿乎乎的床上，裹着我自己的睡袋。

早晨仍然是大雾弥漫，刮着风。他们收拾好牲口准备离开，走之前回过头问我："怎么样，你还是喜欢荒凉峰吗？"

哈皮还说："别忘了我跟你说的，千万不要自问自答。要是有熊经过，朝你窗子里面看，你只要闭上眼睛就行。"

窗户发出"吱吱呀呀"的哀号，他们骑着马走进岩顶那虬曲的树木之间，渐渐融进迷雾，很快，我就看不到他们了，荒凉峰上只剩我一个，我要在这里求证我所知的关于"永恒"的一切，我坚信自己无论如何也没办法活着离开这里了。我想看看群山，可只能在浓雾偶尔被吹开的缝隙间窥到一点遥远模糊的轮廓。我放弃了，回到屋里，花了一整天时间来清扫小木屋里的一片狼藉。

天黑以后，我把我的雨披罩在防雨外套外面，穿得暖暖和和的，走入这世界之巅的浓雾中，开始冥想。这里就是真正的法云地[1]，终极之地。夜里十点，我看到了我的第一颗星星，突然间，白色的迷雾散开了一些，我觉得我看见山峰了，雾那头是隐约的巨大山影，山体漆黑，山顶是白的，因为有雪。它出现得那么突然，那么近，我差一点跳起来。十一点，我能看到

---

1 佛教认为菩萨修行有十种境界，称为"十地"，最高境界即为"法云地"，到达这一境界的菩萨拥有无上智慧与无量功德。

加拿大上空的长庚星了，就在北面。我甚至能分辨出雾气背后的一道橙色晚霞。可一堆老鼠开始挠我的地窖盖板了，那声音立刻让我将空中的一切都抛到了脑后。阁楼上也有小老鼠，迈着它们乌黑的脚在燕麦、一丁点儿大米和当初一代折戟荒凉峰的拓荒者留下的旧装备之间轻快地跑来跑去。"呃，哎，"我想，"我会喜欢上这个吗？要是不喜欢，我要怎样才能离开呢？"唯一能做的只有上床睡觉，把我的脑袋埋进羽绒睡袋里。

半夜里，我半梦半醒地眯缝起眼睛，突然，彻底惊醒了，头发根儿都竖了起来，我刚刚看到一个巨大的黑色怪物站在窗前。我仔细地打量，它头顶上悬着一颗星星，那是霍佐米恩山，远在许多英里开外，紧靠着加拿大，凌驾在我的后院之上，注视着我的窗户。雾彻底散开了，一个繁星满天的完美夜晚。那是怎样的一座大山啊！它和贾菲用毛笔画下来挂在科提马德拉那间鲜花小屋的麻布墙上的山水画一模一样，都是巫师魔法塔的模样，绝不会叫人错认。它有一条类似盘山公路的山道，随着岩架蜿蜒伸展，盘绕着一路升上最高的山巅，山峰本身就像一座完美的魔法塔，竖直向上，指向无限的时空宇宙。霍佐米恩，霍佐米恩，它是我见过最悲伤的山，也是最美的山——直到熟悉、了解之后，直到看过北极光在它背后飞舞，闪耀出世界另一端的北极所有冰川反射出的光亮，我才意识到这一点。

第三十三章

　　到了早上，我醒过来一看，嚯，外面一片晴朗湛蓝，天空漂亮极了。出门走到我的高山小院里，没错了，贾菲曾经说起过的一切都在这里了，成百上千英里白雪覆盖的山岩、人迹不至的湖泊、高大的树木林海，低头望去，我看到的不是凡尘俗世，而是棉花糖似的云朵，仿佛遮蔽世界的屋顶，向着四面八方铺开去，绵延无数英里，奶油一般填满每一处山谷，那是他们说的"低云"，远远地飘浮在我这六千六百英尺的高峰之下。我在炉子上煮好咖啡，出门坐在门前的木头小台阶上，让热烈的阳光晒暖我那被阴冷雾气沁透了的骨头。我"啧啧"地逗弄一只毛茸茸的大兔子，它平静地跟我一起注视云海，享受了一分钟的时光。我做了培根煎蛋，在一百码开外的山路边挖了一个垃圾坑，拖了些木头回来，用我的全景望远镜和火灾巡视器找到了一些地标，将所有那些神奇的巨岩和裂隙谷地一一对号入座，对上那些贾菲曾经无数次唱给我听的名字：杰克山、恐怖山、挑战者山、绝望山、金角山、拓荒者山、火山口峰、红宝石山、远在西面仿佛比整个世界还要大的贝克山、蠢驴山、歪拇指峰，还有那些名字棒极了的溪流：三个傻瓜溪、肉桂溪、麻烦溪、闪电溪和淘汰溪。这一切都是属于我的，此刻，这世间再没有第二双人类的眼睛在看着这巨大的实实在在的全景宇宙。这梦幻般的景象给我带来了无比强烈的震撼，整整一个夏天，这震撼从未离开我，事实上，反倒是愈演愈烈，特别是当我倒立着帮助血液循环时——就在这高山之巅倒立，用一个粗麻布口袋垫在脑袋下面当头垫——每当那时，群山就像倒悬在广阔虚空中的气泡一样。我真真切切地意识到，它们是颠倒的，我也是颠倒的！在这里，再也没有什么东西能掩盖这个事实：是重力将我们万事万物牢牢钉在这无尽虚空中孤悬的地球表面，头上脚下。刹那间，我意识到，我是真的独自一人了，除了喂饱自己、休息和自娱自乐之外，再也没有别的事情可做，再也没有人能挑剔什么。小花围绕着岩石开得遍地都是，没人要求它们生长，也没人要求我生长。

中午过后，棉花糖云朵屋顶被吹散，变成了一片片的云彩，罗斯湖在我眼前现了身，美丽蔚蓝的湖泊，远远的山下，度假者在湖上划着玩具一般的小船。太远了，船是看不见的，只有可怜的细细水痕留在如镜的湖面上。你能看到松树在湖上投下粼粼的倒影，颠倒着，指向无限的远方。半下午时，我躺在草地上，面对这光辉闪耀的一切，生出了一丝厌倦，想："这些统统都不存在，因为我不在乎。"我跳起来，开始又唱又跳，撮唇冲着遥远的闪电峡谷打呼哨。峡谷太大了，没有回声。小屋背后是一大片雪地，直到九月，都能为我提供充足的干净饮水，一天只要打一桶雪就够了，放在屋里慢慢融化，用一个马口铁杯子舀水，冰冷的水。我一年比一年更加快乐，从童年开始就这样，我觉得从容、喜悦、孤独。"兄弟——噢，咿嗒唔，嘀嗒嘀。"我唱着歌走来走去，脚下踢着小石子儿。然后，我的第一个日落来了，那景象叫人无法置信。群山披上了粉红的雪，云彩遥不可及，层层叠叠，宛如古老佛土上光辉灿烂的遥远城市，风不停地吹着，呼，呼，偶尔轰然炸响，摇动我的小船。淡蓝色的背景板上兀然高挂着半轮新月，骑在自罗斯湖面升起的轻雾的巨大肩膀上，暗暗地笑。锐利的差互犬牙从山坡后悄然跃出，像是我小时候画的灰突突的涂鸦。在某个地方，似乎正有一场金色的欢乐庆典在举行。我在日记里写："啊，我真快活！"在这傍晚的群峰间，我看到了希望。贾菲是对的。

当黑暗四合，笼罩了我的山峰，很快，夜晚将再次到来，群星将再次闪耀，喜马拉雅雪人[1]也将在霍佐米恩山上阔步行走，我燃起噼啪作响的炉火，烤出美味的黑麦玛芬，再炖一锅漂亮的牛肉。强劲的西风猛力摇晃着小屋，可它是钢筋浇筑水泥建成的，不会被吹走。我心满意足。每一次望向窗外，我都能看见遥远雪峰映衬下的高山冷杉、遮人眼目的迷雾，或是山下泛着涟漪与月光的湖泊，那就像个玩具浴缸一样。我为自己采了一小束羽扇豆和高山野花，插在咖啡杯里，用水养着。杰克山的顶峰已经被银亮的云朵遮住，看不见了。有时我能看见远处有闪电划过，瞬间照亮那不可思议的天际线。有些早晨会有雾，我的山岭，饥饿岭，便整个变得仿佛流淌着乳汁一般。

接下来的周日清晨和第一天一样，破晓的晨曦准点撕开我脚下一千英尺外平坦善良的云海。每一次感觉到无聊，我就拿

1　西方传说中生活在喜马拉雅山脉高处的生物，体型高大，多毛发，似人或熊。

出我的阿尔伯特亲王烟草罐，为自己卷一根烟——在这世上，再没什么能比不紧不慢地为自己卷一根烟更棒的了。我踱着步子走进那明亮的银色的宁静中，西方的天边泛起粉红，所有昆虫退场，向月亮致敬。这里有些白天非常热，最惨的是，铺天盖地都是飞舞的蝗虫、小飞虫、飞蚂蚁，只有热浪滚滚，没有风，没有云，我不明白，在这么一个北部的高山顶上怎么竟也可以热成这样。到了中午，朋友，天地间唯一的声响就是百万飞虫的嗡嗡合鸣。可夜晚总会到来，伴随它的总是山间的月亮，湖面总会镀上银亮的月光，我会走出门去，坐在草地上，面朝西方冥想，期望在这一切无情的万物间会藏着一个有情的神。我会走到我的雪地上，挖出我的广口瓶子，里面冻着紫色的果子冻，透过它看白亮的月亮，我能感到整个世界都在滚滚涌向月亮。深夜，我钻进睡袋，有鹿会从下面的林带上来，慢慢吃院子里马口铁盘子上我剩下的食物，有顶着阔大鹿角的雄鹿，有母鹿和可爱的小鹿，它们背后是月光披拂的山岩，看上去就像来自另一个星球的另一个世界的动物。

　　要是有雨从南方来，绵绵细雨，狂野，多情，随风飘洒，我会说："雨的味道，为什么跪下来？"我会说："是时候喝点儿热咖啡再来一根卷烟了，兄弟们。"对着我想象中的诸比丘说。月亮渐渐变得饱满、巨大，随之而来的，是霍佐米恩山上空飞舞的北极光（"看那虚空啊，它愈发宁静"，在贾菲的翻译中，寒山和尚这样说[1]）；事实上，我坐在高山草地上，宁静极

1　原诗为"（默知神自明，）观空境逾寂"。

了，唯一的动作，就是更换一下盘腿的姿势，我能听到不知哪里传来呦呦的鹿鸣。上床睡觉之前，我在洒满月光的岩石上倒立，能真真切切地看到，地球果真是颠倒的，人是满脑子古怪想法的徒劳的虫子，颠倒着跑来跑去，炫耀自夸；我能意识到，人类是记得的，记得为什么这个有关星球们、植物们和金雀花王朝们的梦会发源自最原初的本质。有时我也会气得发疯，因为事情出了岔子，我烙坏了饼啊，取水时在雪地上滑了一跤啊，还有一次我的铲子一路刺溜着滑进了山谷里，我会气得发疯，恨不得把山头都咬下一块来，然后我会回到小屋里踹碗橱，踹得我脚趾都疼。但平心而论，虽说肉体备受困扰，周遭的环境却是无与伦比的。

我要做的不过是留神看看天边有没有烟冒起来，打开无线电收发机联络联络，拖一拖地板，仅此而已。无线电没太困扰我，没什么火情近到需要我在其他人发现之前就先发出报告，我也不太参与瞭望员的群聊会。他们用降落伞给我空投了一对电池，不过我自己那对的电力都还很充足。

一天夜里，我在冥想时看到了观世音菩萨，这位众生祈愿的倾听者与回应者对我说："你得授天命，可以去告诉人们，他们是全然自由的了。"我伸手按在自己身上，首先告诉我自己，立刻，我感受到了洋溢的喜乐，不由大叫一声"呔"，睁开眼睛时，一颗流星刚好划过。银河中的万千世界都是"言"。我用盛满忧伤的小碗喝汤，味道比装在大汤盘里好得多……喝我的贾菲配方的豌豆培根汤。我每天下午小睡两个小时，醒来后，环顾我的山头，意识到"什么都没发生"。世界头上脚下地倒悬在无尽的太空海洋中，所有人都坐在剧院里看电影，在下面那个我将要回去的世界里……黄昏时，我在院子里漫步，哼着《凌晨时分》[1]，唱到"当整个广阔世界都陷入沉睡"时，我的眼中盈满了泪水。"好的，世界，"我说，"我会爱你的。"等到夜晚上了床，舒舒服服地躺在睡袋里，身下是上好的麻绳床垫，又暖和，又幸福，我会看着月光下的桌子和我的衣服，为雷蒙德感到难过，"可怜的雷蒙德小子，他的日子是那么的悲伤，那么烦恼，他的人生道理都是那么的短暂，不得不活着真是太困扰、太可怜的事情了。"思索着这个，我沉入梦乡，睡得像只羔羊一样。我们是否都是跌落人间的天使，不肯相信空无即无，所以生来就注定了必须一个又一个地失去我们爱的人和我们亲爱的朋友，直到最后，失去我们自己的生命，只为见证它？……可寒冷的清晨会回来，云朵会从闪电峡谷里翻涌而出，就像巨大的烟雾，山下的湖泊依旧湛蓝宁静，不喜不悲，虚空依旧一如过往。噢，这些尘世间咬紧的牙关啊，除了甜美的金色永恒，这一切又能将我们引向何处去证明我们都错了，证明"证明"本身就是虚无……

---

1 《凌晨时分》（*In the Wee Small Hours*）是美国歌手弗兰克·辛纳屈（参见第 162 页注）在 1955 年发布的专辑，这里特指同名主打歌 *In the Wee Small Hours of the Morning*。

第三十四章

终于，伴随着摇晃我小屋的狂风和关于威严的奥古斯都月的小小预兆，八月到了。我在落日下做红宝石色泽的覆盆子果子冻。狂暴的落日向着不可思议的悬崖峭壁倾泻下云之海洋的泡沫，伴着天边昭示希望的每一抹玫瑰红。我只是单纯地喜欢这一幕，那样辉煌，又那样苍凉，超越了言语所能表达的一切。到处都是可怕的冰原和斑驳的雪，一片草叶在没完没了的风中颤抖，抱紧了岩石。东面，灰蒙蒙的；北面，叫人害怕；西面，暴怒的愚蠢铁汉徒劳地疯狂挣扎着跌入惑人的昏暗；南面，是我父亲的薄雾。杰克山，它一千英尺高的岩帽俯瞰着一百个橄榄球场那样大的雪地。肉桂溪是苏格兰式大雾的高山巢穴。沙尔峰在金角山的荒凉中失去了自己。我的油灯长明不熄。"可怜的孱弱肉体啊，"我终于懂得了，"这里没有答案。"我什么都不知道了，我不在乎，那无关紧要，转瞬之间，我感到了真正的自由。随后到来的，是真正刺骨的清晨，噼啪作响的火焰，砍柴时我得把帽子戴上（带护耳的帽子），我会懒洋洋地觉得待在屋里就棒极了，我会陷入寒冷云海的包围之中。雨落在山间，雷声隆隆，我坐在炉子前读我的《西部》杂志。到处都是透着雪意的风和柴火冒出的烟。最后，雪来了，从加拿大那一面的霍佐米恩山席卷而来，它向我派出了闪亮的白先锋，我在其中看到了光明天使的身影，风起了，低垂的黑云仿佛刚刚逃出锻铁炉一般急急忙忙地往上冲，加拿大变成了一片空洞的迷雾海洋；我的火炉烟囱唱起歌来，宣告它排开了常规的扇形阵线，发起进攻；它冲上去，吞噬着我的蓝天老友呈现的景致，那本是漫天的沉思的金色云朵；远方，加拿大的雷声轰隆隆地响着；南面，另一场更大的黑色风暴渐渐逼近，像是打算联手发起夹击；可霍佐米恩山屹立在那里，沉默地击退了它的进攻。什么也别想哄得遥远东北方那快乐的金色天际线与荒凉峰交换位置，那里没有暴风雨。突然，一道绿色与玫瑰色的彩虹落在了饥饿岭上，离我的门口还不到三百码远，像一道门闩，又像是梁柱，出现在蒸腾的云彩与橘红的太阳所搅动的混乱骚动中间。

上帝啊，彩虹是什么？
是铁箍
给凡人的。

它不偏不倚，箍住了闪电溪，雨和雪一同落下，一英里之下的湖面变成了乳白色。这太疯狂了。我走出门去，踏上山顶，突然间，我的影子被彩虹镶了边，那迷人的神秘光环让我禁不住想要开始祈祷。"噢，雷，你的毕生事业就像落在永恒明悟的无边海洋中的一滴雨水。还有什么好担忧的呢？写信把这个告诉贾菲。"暴风雨离开了，同来时一样迅疾，到下午过半时，湖水已经闪得我睁不开眼了。下午过半，我的拖把正晾在石头上晒干。下午过半，我赤裸着冰冷的背脊，站在世界之上的雪地里，铲起满满一铲子雪倒进桶里。下午过半，虚空没变，我变了。玫瑰色的温暖黄昏下，我在八月昏黄的半轮月亮下冥想。每当听到山间传来雷声，都让我想起妈妈最爱的熨斗。"打雷又下雪，我们该如何解！"我会这样唱。突然间大雨落下，像是要将一切都浇个通透，整夜的雨，上百万英亩的菩提树林一遍一遍地被洗刷，我阁楼上的千年老鼠们聪明地呼呼大睡。

早晨，明明白白的秋意到来了，我这份工作的尾声也到来了，如今是狂风卷乱云的季节，正午时分也有了泛金的薄雾。夜晚，煮一杯热可可，偎着炉火唱歌。我在山间呼唤寒山，没有人回答。我在晨雾中呼唤寒山，晨雾里一片寂静。我高声呼唤，燃灯佛用沉默不语指引我。迷雾飘过，我闭上眼睛，火炉在说话。"喔乌！"我高喊，稳稳立在冷杉枝梢的鸟儿只摆了摆尾巴；接着，它不见了，远处涌起漫天的白。狂野的黑夜里有熊的踪迹，我的垃圾坑里有几罐干结发酸的过期炼乳，如今罐子已经被咬开，被有力的巨爪撕得四分五裂——那是熊观音菩萨。狂野的寒雾里有着美妙的空洞。我在日历上圈掉了第五十五个日期。

我的头发长了，我的眼睛在镜子里映出清澈的蓝，我的皮肤晒黑了，我很快活。又回到夜夜狂风大雨的时候了，秋天的雨，可我躺在睡袋里，暖和得像刚出炉的吐司，我梦见了一场漫长的山间侦察行动；天气冷极了，狂风呼啸着，浓雾翻涌，流云如飞，突然间，太阳出来了，澄净的阳光斑斑点点地洒在山坡上，我点燃三根大木头，炉火熊熊燃烧，就在那个早晨，我欢欣鼓舞地听到伯尼·拜尔斯在无线电里通知他所有的瞭望员当天下山。这一季结束了。我握着咖啡杯，大拇指插在把手里，漫步到刮风的院子里，哼着"圆滚滚啊胖嘟嘟，草里有只花栗鼠"。它就在那里，我的花栗鼠，在明净透亮的有风有阳光的空气中注视着岩石，它双爪紧握，坐得笔直，爪子里握着些小小的燕麦粒，它一点一点啃咬，突然箭一般冲出去，它发现了一个小小的坚果宝藏。黄昏，巨大的云墙自北边逼来。"呵——"我说。我唱着"好啊，我的她是艘好船！"——说的是我的小屋，整整一个夏天过去了，无论狂风如何肆虐也没能把它吹倒，"扛住扛住扛住，它什么都能扛得住！"我在垂直高耸的山上看过了第六十个日落。这不朽的自由景象永远都是属于我的。花栗鼠跑进了石堆里面，一只蝴蝶飞出来。就是这么简单。鸟儿欢快地从我的小屋上空飞过，它们有一大片甜甜的蓝莓可以吃，足有一英里长，一直下到林线上。最后一次，我走到闪电峡的边缘，那里有一个小厕所，刚刚好建在陡峭峡谷的绝壁上方。六十天来，我每天蹲在这里，在雾中，在月光下，在阳光灿烂的白天或漆黑的夜晚，看着那些虬曲的小树，它们就像是直接从半空的山石上长出来的。

突然间，我似乎看见了一个不可思议的小个子流浪汉站在那里，在雾中，满布着皱纹的脸上展露出面无表情的幽默。那不是真正活生生的背包的贾菲、佛学生和科提马德拉的疯狂大派对，那是我梦中那个比真正活生生的贾菲更加真实的贾菲，他站在那里，一言不发。"滚开，头脑的窃贼！"他向着不可思议的喀斯喀特山脉的空谷嘶声大喊。那是建议我来到这里的贾菲，虽说现在他远在七千英里之外的日本，正伴随着木鱼声声入定冥想（他后来邮寄了一个小木鱼给我妈妈，一个逗她开心的小礼物，只因为她是我的妈妈），可他仿佛就站在荒凉峰上，身旁是盘根错节的岩间老树，正在证明，证实着，就是这里了。"贾菲，"我大叫出声，"我不知道我们什么时候能再见，也不知道未来会发生什么，可是，荒凉峰，荒凉峰，荒凉峰给予了我太多太多，我永远感谢你指引我来到这个地方，在这里我学会了一切。现在到了伤心的时候，我要回到城市里去了，我又老了两个月，愿上帝保佑他们，酒吧里的人，滑稽歌舞秀，坚韧的爱情，虚空中颠倒的一切，可是贾菲，你和我是永远的，我们都知道，噢，永远年轻，永远热泪盈眶。"天上的晚霞把山下的湖面也映成了玫瑰色，我说，"上帝啊，我爱你"，我抬头望着天空，说得真心诚意，"我爱上你了，上帝。请护佑我们所有人，无论用什么方法。"

对孩童和笨蛋来说，一切都没有区别。

贾菲在离开营地时总要单膝下跪，为宿营地做一个小小的祈祷，一次是对着内华达山脉的营地，另一次是对着马林县的营地，在他登船起航的那天，他动身离开时也对肖恩的小屋做了一个满怀感激的小祈祷。因此，我遵循他的习惯，背起背包下山前，回身单膝跪在山道上，说："谢谢你，小屋。"又微笑着加上一句，"废话"，小屋和这座山都懂得那是什么意思。然后，我就转过身，沿着山路，走向山下的世界。

—— 全书完 ——

达摩流浪者

作者 _ [美]杰克·凯鲁亚克　译者 _ 杨蔚

产品经理 _ 麦田　装帧设计 _broussaille 私制　产品总监 _ 应凡

技术编辑 _ 顾逸飞　责任印制 _ 刘淼　出品人 _ 吴畏

营销团队 _ 魏洋　孙烨　毛婷

鸣谢

孙谆

果麦
www.guomai.cc

以 微 小 的 力 量 推 动 文 明

图书在版编目（CIP）数据

达摩流浪者 /（美）杰克·凯鲁亚克著；杨蔚译
. -- 北京：台海出版社，2022.7
ISBN 978-7-5168-3263-9

Ⅰ. ①达… Ⅱ. ①杰… ②杨… Ⅲ. ①长篇小说－美
国－现代 Ⅳ. ①I712.45

中国版本图书馆CIP数据核字（2022）第070240号

达摩流浪者

著　　者：（美）杰克·凯鲁亚克	译　　者：杨　蔚
出 版 人：蔡　旭	责任编辑：俞滟荣

出版发行：台海出版社

地　　址：北京市东城区景山东街 20 号　邮政编码：100009

电　　话：010-64041652（发行，邮购）

传　　真：010-84045799（总编室）

网　　址：www.taimeng.org.cn/thcbs/default.htm

E - ma i l：thcbs@126.com

经　　销：全国各地新华书店

印　　刷：北京盛通印刷股份有限公司

本书如有破损、缺页、装订错误，请与本社联系调换

开　　本：880 毫米×1230 毫米		1/32
字　　数：197 千字	印　　张：8.75
版　　次：2022 年 7 月第 1 版	印　　次：2022 年 12 月第 1 次印刷
书　　号：ISBN 978-7-5168-3263-9	

定　　价：49.80 元